K HIH
0250
Jelw

LA FEMME ET LE SINGE

PETER HOEG

LA FEMME
ET LE SINGE

roman

TRADUIT DU DANOIS
PAR FRÉDÉRIC DURAND

ÉDITIONS DU SEUIL
27, rue Jacob, Paris VIᵉ

Ce livre est édité par Anne Freyer-Mauthner

Titre original : *Kvinden og aben*
© Éditeur original : Munksgaard/Rosinante, Copenhague
ISBN original : 87-16-14317-5
© original : Fonden « Lolwe » og Munksgaard/Rosinante, Copenhague, 1996

ISBN 2-02-030160-1

I

1

Un singe arrivait en vue de Londres. Assis sur un banc à l'abri du vent, dans le cockpit d'un voilier, ramassé sur lui-même, les yeux clos, enveloppé dans une couverture, en dépit de sa posture il faisait paraître plus petit que lui l'homme qui lui faisait face.

A l'époque, le nom de l'homme était Bally ; il n'y avait plus que deux choses qui comptaient dans sa vie : le moment où il abordait une grande ville, et celui où il la quittait ; c'est pourquoi il se leva pour aller s'accouder au bastingage et regarder la ville sans bouger ; il commit alors la première et dernière erreur de ce voyage.

Sa distraction gagna l'équipage. L'homme de barre mit en route le gouvernail automatique, le matelot délaissa le pont avant pour l'arrière, et tous deux s'appuyèrent au plat-bord. Pour la première fois depuis cinq jours les hommes cessèrent leur tâche et s'absorbèrent dans la contemplation des lumières des faubourgs, lucioles dansant le long du navire et disparaissant à sa poupe.

Le vent s'était levé pendant la nuit. Des bancs d'écume blanche striaient la Tamise. Le voilier courait vent arrière, la grand-voile et le grand foc étarqués ; une allure à la

9

limite de l'imprudence, mais Bally pouvait encore espérer débarquer à la faveur de la nuit.

Ce qui ne devait pas lui réussir, comme il allait le voir. Le vent avait changé aux premières lueurs de l'aube qui emmitouflait progressivement les maisons de sa fourrure grise. Bally pensa au singe et se retourna.

Il avait ouvert les yeux et se penchait en avant. L'une de ses mains reposait sur le tableau de bord et le petit bouton de commande du pilote automatique.

Bally avait toujours laissé les animaux qu'il convoyait monter sur le pont, ce qui augmentait leurs chances de ne pas mourir du mal de mer, et il n'avait jamais eu qu'à se louer de cette pratique. Il leur passait un harnais de sécurité, les enveloppait dans une couverture, et leur administrait un milligramme par kilo d'un neuroleptique deux fois par jour. Convenablement brêlés, insensibles au monde extérieur, ils somnolaient pendant tout le voyage.

Il se prit à penser, en l'espace d'un instant trop bref pour laisser place à la moindre réaction corporelle, que cette procédure devrait sans doute être désormais modifiée.

Avec un temps de retard infime par rapport au geste du singe, le pilote automatique dévia la proue de quelques degrés fatals hors du lit du vent. Le bateau chassa sur l'avant, soulevé par les vagues courtes et plates. Puis il vira de bord.

Au même moment, le singe regarda les trois hommes en face.

Bally avait découvert depuis de nombreuses années que la vie était faite de répétitions chaque fois moins agréables et que l'homme était lui-même une répétition dans ce processus déplaisant. Il avait aussi compris que s'il avait cherché tout au long de sa vie à être proche des animaux, c'est qu'il y avait, au sein d'une instinctive répugnance, l'attirance de régner sur des automates d'un ordre inférieur. Cette idée d'un univers de soumission fut alors ébranlée. Les gestes du singe étaient précis, parfaitement réfléchis, et ce n'était pas le pire. Le pire, encore que cela n'eût duré qu'une fraction de seconde – et ceci allait marquer Bally pour le restant de ses jours – était que le singe l'avait regardé droit dans les yeux.

Pour cela, il ne trouvait pas de mots – en cet instant nul n'en aurait trouvé. C'était en un sens le contraire de l'automatisme.

Le mât du voilier avait 17 mètres de haut, la surface de sa grand-voile excédait 45 m^2, et l'événement se déroula donc trop vite pour pouvoir être suivi des yeux. Les trois hommes eurent seulement le temps de ressentir une embardée et un choc brutal comme un coup de feu lorsque la bôme sectionna deux haubans en acier sur bâbord. A la suite de quoi les trois hommes furent projetés dans la Tamise.

Avec un grincement dû à l'effort excessif, le pilote automatique s'ajusta au nouveau cap et corrigea la course. A sa propre vitesse de douze nœuds, auxquels s'ajoutaient les deux nœuds d'un courant portant, le voilier – il s'appelait l'*Arche* – continua sa route vers Londres, avec le singe pour seul passager.

Quinze minutes plus tard, le bateau fut appelé sur ondes courtes. Cet appel et les deux suivants demeurèrent sans réponse, et la radio resta muette.

Dans une petite tour près de Deptford Ferry Road,

l'officier de service de la River Police, derrière une vitre panoramique teintée, reposa son micro et se saisit de ses jumelles. Lentement mais sûrement, les services de sécurité de la ville furent mis en alerte pour élucider ce manquement aux règlements de la navigation.

En aval du Tower Bridge, dans la marina contiguë au Pool, le Royal English Yacht Club possède un restaurant ouvert dès le matin. A la belle saison, on peut être servi en plein air sur la terrasse située entre la Tamise et Saint Catherine's Docks, et ce jour-là, en dépit de l'heure matinale, une douzaine de personnes s'y trouvaient rassemblées.

On dit que le Pool est le seul endroit où la Tamise est bleue. C'est ici que viennent s'amarrer les yachts royaux. Ici que les ambassadeurs en poste à Londres viennent prendre leur petit déjeuner à bord du navire-école de leur pays. C'est ici que 100 000 personnes vinrent assister, un jour de septembre 1866, au sprint final de deux *tea-clippers*, le *Taeping* et l'*Ariel*.

C'est un peu le même genre d'excitation qui s'empara des hôtes sur la terrasse du Yachting Club en voyant surgir l'*Arche*. Tous reconnurent un Ocean 71, construit à Poole, un ketch anglais rapide mais classique. Son cours décidé sous toute sa toile révélait un skipper de la vieille école, un puriste résolu à venir à quai sans l'aide d'un moteur auxiliaire. Quelques minutes plus tard, ils purent voir par-dessus les dauphins enluminés de la proue le maître du bord ; l'homme n'avait ni survêtement, ni lunettes de soleil, ni même de casquette, il ne portait qu'un pardessus gris élimé. Le silence se fit sur la terrasse, on

12

savait comment manœuvraient les grands navigateurs : mouiller l'ancre au dernier moment, carguer toute la toile avec un bruit sourd, et le bateau, virant sur son ancre, accoste le quai avec douceur et précision. Lorsque l'*Arche* passa les portes ouvertes de l'écluse, on se prépara à applaudir, d'aucuns avaient déjà levé les mains, mais c'était déjà trop tard. Dans un fracas de fin du monde, le ketch percuta les bateaux amarrés poupe au quai, les éventra à demi, provoquant une réaction en chaîne le long des coques en hickory et en palissandre.

Aucun des hôtes matinaux frappés de stupeur n'eut le temps de se ressaisir pour voir le pardessus gris bondir hors du cockpit, traverser un bateau en train de couler, et disparaître rapidement, mais en claudiquant, derrière une maison. Deux personnes seulement l'aperçurent. Dans la salle de contrôle de l'écluse, un préposé de Taylor Woodrow, la compagnie qui possède et gère Saint Catherine's Docks, reposa ses jumelles et empoigna un téléphone. Et du côté est des docks, Johnny se mit à courir.

2

Johnny courait vers un camion garé devant la marina, en face de la banlieue industrielle de Wapping. De son bord, il avait suivi l'*Arche* depuis le Klein's Wharf dans l'Isle of Dogs (lieu convenu pour le rendez-vous), jusqu'au cœur de Londres.

Ce camion était le seul domicile de Johnny, et son unique propriété ; il n'était jamais chargé. En revanche, un panneau sur la porte arrière représentait un chien de profil agrémenté d'une inscription en petits caractères, et ce panneau n'était pas là pour la décoration. Sur la couchette, derrière le siège du conducteur, était étendu un doberman de cinquante kilos appelé Samson. En cinq ans, ce chien avait remporté le plus grand nombre de victoires dans les *run and fight races* illégales des quartiers d'immigrants, et Johnny l'avait acheté quand il avait commencé à perdre et allait être abattu. En une année, le chien avait rétrogradé du statut d'idole du sport soumise à un régime sévère destiné à accroître sa capacité respiratoire et son potentiel agressif, à la condition de chien de garde, unique et meilleur ami de Johnny.

Johnny avait deux noms, et le second lui importait

autant et même davantage que son nom de baptême ; c'était Golf Zoulou India Thirteen Whiskey, son indicatif international de radio-amateur. Devant lui, sur le tableau de bord, il avait son émetteur-récepteur. Tout en lançant le moteur d'une main, il afficha de l'autre 148 MHZ sur son récepteur, la fréquence de la Metropolitan Police, et capta les derniers mots du premier appel de recherche (qui mentionnait vaguement l'homme au pardessus gris) ordonnant le verrouillage de la zone portuaire.

Le visage de Johnny était tendu, cependant qu'il remontait East Smithfield Road et traversait le Tower Bridge. Il avait travaillé pour Bally durant ces trois dernières années sans jamais lui voir commettre d'erreur. Ses pensées fusaient en désordre, l'*Arche*, la police fluviale, la collision, l'avenir immédiat du fugitif boiteux au pardessus gris.

– Tu crois, dit-il au chien derrière lui, que les bras de Bally touchent le sol quand il est debout ?

Samson ne répondit pas. Mais il s'agita, gagné par l'inquiétude de son maître.

Au cours des dix dernières années de sa vie, Johnny s'était efforcé de se rendre invulnérable, et il y était presque parvenu. Il avait un travail avec sa voiture, et une maison qui était aussi sa voiture. Il était mobile, et ne dépendait de personne, il avait Samson dans son dos, et grâce à son émetteur-récepteur, il était en contact atmosphérique avec des amis un peu partout dans le monde civilisé. Et cependant, assis derrière son volant, il était maintenant pris de tremblements. Car Johnny avait un point faible qu'il n'avait jamais réussi à vaincre : il pariait sur les animaux.

C'était une passion anonyme, presque invisible dans un monde où l'on pariait sur tout. Aux yeux de Johnny, Bally était le premier qui connût autre chose que l'appât du gain, et c'est pour cette raison qu'il s'était attaché à lui.

Johnny ne jouait pas pour gagner. Il misait toujours le plus faible enjeu possible, et, étrangement, il jouait à l'aveuglette, sans chercher à deviner les gagnants possibles, et sans se soucier des pronostics. Il jouait, poussé par quelque chose qu'il ne s'expliquait pas, mais qui était sans doute le besoin d'être près des bêtes quand elles s'éclataient. Quand il voyait débouler six lévriers à la poursuite du lièvre électrique, quand il voyait au coup de pistolet les pigeons déployer leurs ailes et s'envoler, sur les champs de course et au Derby, sur l'hippodrome de Sedgefield ou de Pontefract, aux combats de coqs dans les quartiers indonésiens, Johnny était saisi par une sensation d'indicible.

Bally ne lui avait jamais dit d'où provenaient ses cargaisons, pas plus que leur destination finale, et si leur· collaboration avait continué, même si dès le début Johnny avait compris l'importance du risque encouru, c'est que Bally l'avait rapproché de ce but mystérieux auquel il aspirait.

Derrière lui, dans la cage placée contre sa couchette, il avait convoyé pour Bally un rhinocéros javanais dont la peau était rugueuse et dure comme l'acier, mais dont le caractère avait été étonnamment docile et plaintif. Il avait transporté deux girafes des forêts équatoriales, un crocodile des marais d'une longueur record de dix mètres, enfermé dans une cage qui dépassait de cinq mètres l'arrière de son camion. Aussi quinze crapauds venimeux d'Amazonie, luisants et parfaits, tels quinze petits joyaux bleu cobalt. Également huit poissons-torpilles géants dans des aquariums de 6 000 litres. Un éléphanteau presque adulte. Deux léopards des neiges originaires de l'Himalaya, dont la queue était plus longue que le corps. Des singes hurleurs et des tamarins empereurs d'Amérique du Sud. Une autre fois qu'il n'oublierait jamais, une famille d'atèles avec deux petits qui, du fond de leur cage, l'avaient regardé en tournant la tête sur 180 degrés, comme pour l'implorer de conduire prudemment.

Il les avait respectés, ceux-là comme tous les autres animaux. Il les avait transportés avec une tendresse et une patience infinies, réglant le chauffage, leur donnant de l'eau et de la nourriture, il les avait séparés quand ils menaçaient de se battre ; et même la route qu'il savait être pour eux une terrible épreuve, des heures dans le noir sans pouvoir s'orienter dans une prison en mouvement, il la leur avait rendue douce comme une caresse. Pas un seul des animaux de Bally n'était mort pendant que Johnny les convoyait.

Durant ces heures passées dans son camion sur les grands-routes, avec une créature imprévisible, à la fois puissante et fragile derrière lui, brinquebalée au gré des inégalités de l'asphalte, Johnny avait été presque heureux.

C'en était maintenant fini. Avec une certitude grandissante, il pressentait que quelque chose d'irréparable s'était produit, et qu'il ne conduirait jamais plus un chargement pour Bally, ce qui le mettait en transes.

Son chien fut pris d'une toux sèche, et Johnny tendit la main pour lui tapoter le dos et le calmer. Il se rembrunit. Le doberman avait un poil court et dru, et ce qu'il avait sous la main n'était qu'une couverture hirsute à motifs de Rya*.

Devant lui les feux étaient passés à l'orange au carrefour de Southwark Street et de Saint-Thomas Street, juste au-dessous de l'embranchement ferroviaire. Il arrêta son véhicule et regarda dans son rétroviseur.

Les conducteurs des véhicules qui avaient stoppé derrière le camion virent d'abord s'ouvrir la portière, puis Johnny sauter dehors pour s'éloigner en courant à toutes jambes, s'arrêter ensuite et revenir, ouvrir la portière et remonter dans la cabine : ils ne pouvaient pas savoir ce qu'il cherchait, mais ils lurent sur son visage la déception, l'étonnement et l'inquiétude quand il constata qu'elle était vide. Ils le virent ranger le camion au bord de la chaussée, et, en le dépassant, quelques-uns l'aperçurent assis, le casque radio sur la tête, tenant ce qui paraissait être un plan de la ville. Certains eurent même le temps de lire toute l'inscription sur la porte du camion, sous la silhouette du chien : *This vehicle is guarded by a Doberman. Fuck with it and find out**.*

---

* Village du sud-ouest de la Suède, réputé pour les motifs abstraits et colorés de ses plaids.
** Camion gardé par un doberman. Joue au con et tu verras *(NdT)*.

3

Juste au-delà de Southwark Street, la voie ferrée bifurque. Une branche dessert Cannon Station sur la rive gauche de la Tamise ; l'autre, talutée en granit, étroite comme la trace d'un animal, aérienne comme la route des oiseaux migrateurs, s'engage dans le faubourg chic de Dulwich.

C'est ici que se trouve en contrebas de la voie ferrée un ensemble de maisons patriciennes du XVIIIe siècle, avec sur leurs arrières de grands jardins. Dans l'un de ces jardins, debout sur son perron, se tenait à cette heure matinale un homme qui suivait le singe dans la lunette télescopique de son fusil de chasse.

Ce fusil était un Holland & Holland à tir rapide, et il était chargé d'une balle de quinze grammes, capable d'étendre raide un éléphant. Une légère pression de l'index de l'homme sur la détente, et c'en était fait du singe.

Sur la clôture de barbelés qui séparait le bout du jardin de l'emprise ferroviaire, était accroché un écriteau où on pouvait lire *No trespassing* et, conformément à la tradition anglaise, figurait aussi le paragraphe de la loi *Aggravated Trespass* qui réprimait l'intrusion dans une propriété privée. L'homme se moquait bien de ce que le singe ne sût pas lire. Il avait la loi de son côté, et de plus il se devait de protéger sa famille barricadée au deuxième étage. En outre, son cœur était habité de longue date par la passion de la chasse.

Malgré tout, il n'avait pas tiré, bien qu'il eût le singe dans son viseur depuis quarante-cinq minutes. Et pire encore, il savait maintenant qu'il n'en viendrait pas là. Chaque fois que son doigt s'était crispé sur la détente, l'animal avait fait un mouvement, un changement infime de position, ou bougé la tête, et voilà que pour la première fois de sa vie lui venait irrésistiblement la pensée que s'il tirait sur cette bête, il allait commettre un meurtre.

Vingt minutes plus tôt, ne sachant plus que faire, il avait demandé à sa femme de consulter l'annuaire et de téléphoner un peu partout ; maintenant, il attendait, attendait encore, et espérait, lorsqu'on sonna à la porte.

Il avait compté sur un commando, ou tout au moins sur quelques hommes armés. Mais la personne que son épouse venait d'inviter à entrer était une femme ayant dépassé la trentaine, vêtue d'une robe longue, et chapeautée.

Le singe était adossé à un arbre, le menton pressé contre la poitrine. La femme alla droit vers le singe. L'homme se tint à dix pas d'elle, prêt à faire feu, mais ce fut la femme et non le singe qu'il suivit des yeux.

Depuis qu'il avait commencé à gagner de l'argent – à l'âge de vingt ans –, il avait pu acheter ce que bon lui semblait, tout récemment cette grande maison et ses dépendances. Selon son expérience de la vie en général et sa philosophie, tout était à vendre. Il avait rencontré peu d'exceptions à cette règle, et il se trouvait toujours à

20

la fois irrité et déconcerté quand il tombait sur un objet dont le prix n'était pas encore fixé. Il y avait chez cette femme quelque chose qu'il ne comprenait pas, un courage qui lui paraissait défier tout marchandage.

– Comment se fait-il que vous ne l'ayez pas abattu ? dit-elle.

L'homme comprit que, sans le connaître vraiment, elle savait que dans d'autres circonstances il avait payé 10 000 livres pour parcourir la moitié de la terre, et avoir en ces lieux le droit de tirer sur des animaux comme celui qui s'offrait maintenant à lui dans son propre jardin sans qu'il lui en coûte un penny. Il tenta vainement de se justifier, mais l'étrangeté de la situation avait fait naître en lui une honnêteté aussi nouvelle qu'inattendue.

– Je n'ai pas pu, dit-il.

Deux hommes vêtus d'une combinaison marron apparurent sur l'escalier.

– Nous l'emmenons, dit la femme. Voulez-vous nous aider ?

L'homme lui jeta un regard torve. L'animal était aussi grand qu'un homme, mais plus large. Et il y avait si longtemps qu'il ne s'était pas livré à un travail manuel. Il lui sembla que la femme s'était levée. Sans le moindre changement d'attitude de sa part, elle lui parut avoir grandi d'un pouce.

– Il est en train de mourir, dit-elle. Voulez-vous avoir l'obligeance de nous aider à le soulever ?

L'homme se pencha pour prêter main-forte.

De sa fenêtre, il vit un peu plus tard le singe emmené dans une voiture noire qui lui fit penser à un corbillard, il en conclut qu'il allait effectivement mourir, et cette pensée l'aida à le chasser de sa mémoire.

Par la suite, il fut longtemps tourmenté par des courbatures pour avoir soulevé une charge trop lourde pour lui, et par l'impression irréelle d'avoir vécu un mauvais rêve.

La voiture n'était pas un camion d'ordures, mais une ambulance de la Holland Park Veterinary Clinic, et l'homme qui fit le premier examen rapide du singe sur le brancard de l'ambulance était le docteur Alexander Bowen, propriétaire de cette clinique.

– Survivra-t-il ? demanda la femme.

– Il faut l'hospitaliser.

D'un geste imperceptible de la tête, la femme accepta ce qui était sous-entendu, à savoir les frais d'admission.

– Je préférerais qu'il ne soit pas enregistré, dit-elle.

L'ambulance stoppa, la femme en descendit. Elle se retourna en franchissant la porte.

– Si vous le sauvez, dit-elle, je vous couvre d'or.

Le médecin accepta cette promesse en s'inclinant comme un collégien.

– Mais s'il doit mourir, autant que vous utilisiez tout de suite une de vos seringues et que vous vous supprimiez vous-même.

4

A South Hill Park, non loin de Hampstead Heath, se trouvait un manoir caché dans un jardin aussi grand qu'un parc. Devant la porte donnant sur une des grandes pièces du rez-de-chaussée, Madelene Burden avala une gorgée d'eau d'une carafe qu'elle tenait à la main, resserra le nœud qui maintenait ses cheveux, poussa la porte, et apparut en pleine lumière.

– Comment me trouves-tu ? demanda-t-elle.

Son mari, Adam, se redressa, s'imprégnant de son apparition.

– Ravissante, dit-il.

S'il avait été plus près, il aurait pu, outre son ravissement, capter quelque chose d'autre, à savoir l'odeur d'alcool éthylique que dégageait son corps ainsi que la carafe d'eau. Mais il se tenait au milieu de la pièce, et à cette distance l'illusion était complète.

A l'exception d'une grande lampe chirurgicale, tout le mobilier de la pièce avait été repoussé contre les murs. Madelene se mit à sautiller le long des canapés, des tables gigognes et des fauteuils à oreilles.

– Est-ce que nous allons danser ? demanda-t-elle.

23

Adam aimait cerner les phénomènes importants et complexes en une formule unique et limpide. Pour Madelene, lorsqu'il l'avait rencontrée au Danemark, un peu plus d'un an et demi plus tôt, il l'avait trouvée « fraîche comme la rosée ». Il avait alors pensé que cela lui convenait parfaitement. Depuis, il avait parfois éprouvé un léger doute.

On frappa à la porte, la domestique ouvrit et s'effaça.

Venant du demi-jour et du silence, se firent d'abord entendre des pas, suivis d'une apparition en blanc. Deux hommes entrèrent en poussant une civière. Derrière marchait Alexander Bowen et, pour finir, Andrea Burden, la sœur d'Adam, qui referma la porte derrière elle.

Les infirmiers placèrent la civière au milieu de la pièce. Elle était couverte d'un mince drap bleu sous lequel Madelene distingua la forme d'un corps. Seule dépassait la tête du mort, encore dans l'obscurité.

Andrea Burden approcha du corps la lampe chirurgicale. Les infirmiers ôtèrent le drap bleu. Dans le faisceau de la lumière crue, le singe devint immédiatement l'unique centre d'intérêt dans la pièce.

Tels des papillons de nuit, Adam et Madelene furent attirés vers l'animal. Oubliant un instant sa jupe étroite et ses hauts talons, Madelene trébucha, comme montée sur des échasses, retrouva l'équilibre, et se planta devant la civière.

Elle pouvait entendre respirer l'animal, anesthésié, englué dans sa morve. Dans la pénombre, elle sentait derrière elle la présence de son mari qui tournait autour du cercle lumineux. Le silence régnait dans la pièce.

Mais, quelque part derrière ce silence, une conversation à voix basse avait commencé.

– Écoutez-moi, dit Adam Burden.

Alexander Bowen était venu se placer à la tête du singe.

– Nous sommes venus le prendre avant-hier. Dans un jardin de Dulwich. Le propriétaire a cherché dans l'annuaire sous la rubrique « Sociétés pour la protection animale », il a fini par tomber sur miss Burden qui m'a appelé. Grosse hémorragie, déshydratation, et traumatisme secondaire. État général critique, j'opère dès son admission dans la clinique.

L'index du médecin suivit un pansement blanc qui enveloppait l'épaule et l'humérus de l'animal.

– Après transfusion, j'extrais de la ceinture scapulaire droite quarante plombs de cinq. Ils ont été tirés d'une distance de quarante yards, sans pénétrer très avant, mais en causant une grosse hémorragie et de violentes douleurs ; je suture deux plaies sur les muscles gastronecmiens droit et gauche. Morsures, sans doute un chien.

Il désigna du doigt deux pansements sous le genou du singe.

– Nous avons aussi retiré des quatre plaies au bas du ventre une bonne quantité de rouille. La plupart des habitations le long de la voie ferrée sont défendues par des barbelés, par endroits renforcés par une clôture électrique.

Il tourna les paumes du singe vers la lumière ; la pommade contre les brûlures apparut, blanche comme de la craie.

– Il a dû venir par le viaduc, il a vu les jardins et tenté d'y descendre. Les plaques de béton et de granit sont lisses, il est tombé. Les ligaments des deux chevilles sont partiellement arrachés.

Il posa la main sur la poitrine du singe.

– Londres y a laissé l'empreinte de son cadastre.

– Mais comment est-il arrivé à Southwark ? demanda Adam.

– La Metropolitan Police et la River Police avaient ce jour-là bouclé Saint Catherine's Docks.

– Mais c'est de l'autre côté du fleuve.

Le médecin fit un signe de la main, et les deux infirmiers retournèrent le singe. La morsure était effilée, étroite, chaque dent avait laissé une marque qu'on avait recousue ou tamponnée avec de la gaze. La fourrure autour de la blessure avait été rasée, un tiers du dos était mis à nu. La peau décolorée virait du bleu au noir. Madelene se détourna, et reprit le chemin de sa carafe d'eau.

– Un camion a quitté le quartier juste avant la mise en place des barrages. Il n'a pas été retrouvé. Mais on a trouvé le doberman qui semble avoir été dans le camion. Le singe a dû être attaqué par-derrière.

Le silence retomba. Madelene trouva la table dans la pénombre bienfaisante, et but à même la carafe.

– Si bien que maintenant, dit Adam, tout le monde recherche un grand singe couvert de morsures ?

– Tout le monde recherche le capitaine d'un bateau, dit le médecin. Il s'est produit une collision. Mais on n'a pas parlé d'un animal.

Madelene remarqua qu'Adam avait cessé de s'agiter, et qu'à partir d'un ensemble d'éventualités qui ne pouvaient s'énoncer il était parvenu à une décision qui pour elle était incompréhensible.

– Il peut rester ici, dit-il, descendez-le dans la véranda.
Les deux infirmiers emportèrent la civière hors de la
zone éclairée.

Le champ visuel et le rayon d'action mental de Madelene étaient maintenant inférieurs aux dimensions de la
pièce, en dépit de ses efforts de concentration. Elle était
surtout décontenancée par le départ de tous ces gens.

– Mrs Clapham nous a fait de la pâtisserie, dit-elle.
Des cornets à la crème. Mais je peux aussi bien les manger avec notre babouin. Quand il se réveillera.

Une porte se referma. Madelene ne savait pas si elle
était seule. Elle essaya de boire sans y réussir, et posa sa
tête sur le bord de la table. Adam Burden était resté
debout près de la lampe chirurgicale, et il lui sembla que
la respiration oppressée de sa femme se confondait avec
celle du singe.

II

1

Chaque matin, Madelene ressuscitait. Cette résurrection avait lieu devant son miroir, et elle durait entre une demi-heure et trois quarts d'heure. Pendant ce laps de temps qui l'absorbait entièrement, elle se livrait à la seule occupation dans laquelle elle excellait : recréer l'illusion d'une Madelene toujours et encore merveilleuse.

Le visage qui venait à sa rencontre, quand elle prenait place devant sa coiffeuse, était de son propre aveu un visage défait. Non pas un visage fané ni un visage flétri car Madelene *n'avait* que trente ans. C'était – lui semblait-il – un visage blafard, anonyme, qui semblait sur le point de disparaître, non pas dans un anéantissement flamboyant mais simplement parce qu'en raison de la grisaille de son insignifiance il pouvait se dissoudre au milieu de tout.

A cette surface, elle appliquait un masque à la fois sensuel et réservé. Elle lavait son visage avec une lotion tonique pour obtenir une peau nette aux pores resserrés, et elle effaçait avec un fond de teint matifiant aux fibres de soie les dix dernières années de sa vie. Le visage qui lui apparaissait alors dans le miroir pouvait avoir, dans

31

sa fraîcheur impersonnelle, vingt ans, ou peut-être quinze, voire douze ans.

Avec un crayon correcteur, elle faisait disparaître les ridules microscopiques du contour des yeux, et l'expression de désenchantement que lui avait progressivement apportée la vie. A l'aide d'un fin pinceau, elle relevait ses sourcils, ce qui lui redonnait l'air perpétuellement étonné de la jeunesse.

L'âge et la lassitude se cachent dans les replis secrets de nos visages. Par une ombre légère qui suivait la ligne des sourcils, elle agrandissait ses yeux, avant de les souligner délicatement avec un eye-liner. Ils étaient maintenant grands ouverts, limpides, candides. Elle mettait sur ses joues une touche légère de blush couleur *terracotta*, accentuait le contour de sa bouche avec un rouge à lèvres, et faisait ressortir la plénitude de ses lèvres avec un brillant incolore. Pour finir, elle atténuait sa santé à toute épreuve en plaçant une petite mouche d'un rouge agressif et maladif au débouché des canaux lacrymaux. Son visage était désormais enfantin, rayonnant, un rien fatigué, restauré d'une façon si virtuose et si discrète qu'un expert n'aurait pu soupçonner l'usage des cosmétiques.

C'est auprès de sa mère que Madelene avait appris à se maquiller. Non en lui posant des questions et en attendant ses réponses – le sujet était trop délicat –, mais en l'observant.

La vie de sa mère avait été une longue succession de tentatives désordonnées, mais souvent réussies, pour tout embellir. A commencer par la vie quotidienne de la famille à Vedbæk, au nord de Copenhague, une vie trépidante, raffinée, où non seulement le service de porcelaine mais aussi l'atmosphère même étaient d'une limpidité cristalline constamment menacée par une catastrophe, où aucune voix ne s'élevait plus haut qu'un murmure, de crainte de provoquer une avalanche de verre brisé. C'était également l'atmosphère encore plus éprouvante des réceptions données dans le cadre familial, où les tragédies enjolivées de chacun étaient comparées à celles des autres familles, en une version policée et respectable d'un pandémonium tétanisé du XXe siècle finissant. En ces occasions, la mère de Madelene assurait un service qui fonctionnait comme un secours de première urgence à caractère social, et elle pouvait dire « Soyez cordialement bienvenus ! » d'une voix qui, tel un sédatif, faisait oublier le vide de la soirée. Qui plus est, elle était capable en dépit des tensions internes ou extérieures de paraître sous son meilleur jour. Elle émergeait dans un nuage de vapeur de la surveillance des cuisines, et une fois dissipés les remugles culinaires, on la découvrait couverte de bijoux, séduisante, affable, attentive et juvénile, au point que même sur le visage du père de Madelene pouvait passer l'expression sans réserve de la fierté du propriétaire.

La famille paternelle de Madelene était, au tournant du siècle, parvenue à s'arracher à une pauvreté moyenâgeuse au prix d'un effort collectif presque suicidaire, lequel avait permis de financer les études d'ingénieur de l'arrière-grand-père de Madelene. Ses deux fils étaient également devenus ingénieurs dans les années 20, et avaient amassé une fortune. D'une façon très discrète et bien danoise, et avec le souvenir obsédant – transmis par la famille – des famines et épidémies de choléra du siècle précédent, les

33

deux frères avaient consolidé leur richesse. Ils avaient investi et réinvesti, acheté des terres, avaient engendré, assuré l'avenir de leurs enfants, si bien qu'ils étaient plus qu'une famille, un clan, puissant et discret, distingué, pesant de tout son poids sur la politique étrangère du Danemark.

Ils avaient fait fortune en construisant des étables, et le père de Madelene avait poursuivi dans cette voie. Il ne s'agissait pas de ces étables à colombages que l'on voit au détour d'un chemin comme sur les dépliants de l'Office du tourisme danois, mais de bâtiments de quatre étages, entièrement mécanisés, où étaient produits industriellement des animaux domestiques. Le père de Madelene détestait toute forme de publicité, et avait réussi à garder l'anonymat en dehors d'un cercle étroit de relations. Mais ce cercle décelait son empreinte dans l'annuaire des statistiques mentionnant pour le seul Danemark une production annuelle de 20 650 000 porcs, et de 813 000 veaux et bovins.

Comme on peut s'y attendre de la part de gens qui tentent désespérément de mettre une distance entre eux et leur passé miséreux, le père de Madelene ne respectait que ceux qui avaient édifié une fortune, ou qui étaient des hommes à la pointe de la science. Avant de prendre le large avec Adam, Madelene avait dû, quand elle était à la maison, entendre les sempiternelles remarques de son père du genre « Madelene qui n'est rien du tout ». Certes, elle s'était vu offrir des études choisies, mais comme les autres elle avait toujours su que ce qui comptait réellement, c'était qu'elle devait prendre place aux côtés d'un homme comme il faut, et pour ce faire il ne suffisait pas d'être une riche héritière, il fallait avoir belle apparence. Et pour avoir belle apparence, il fallait constamment travailler. Comme ce matin-là.

En présence de ses parents, Madelene n'avait jamais osé protester. Par bravade, et sans toutefois voir d'alternative, elle s'était engagée sur tous les chemins battus et rebattus qu'on avait tracés pour elle. Tout en rêvant, tourmentée, désorientée mais passionnée, d'une autre vie. Dans ce rêve était entré Adam Burden, un homme prévenant, attentionné, peut-être même inquiétant, mais toujours en mouvement, et Madelene avait saisi l'occasion, telle la princesse que le prince prend en croupe sur son cheval blanc, ou encore comme le naufragé en train de se noyer qui s'agrippe à la bouée de sauvetage providentielle.

Le mariage de Madelene durait depuis 529 jours qui tous avaient commencé de cette même façon, devant le miroir, et il n'y avait pas de raison pour que cela change. Elle voulut se lever et descendre dans la cuisine pour parler du ménage avec la femme de Clapham, après quoi elle passerait sur la terrasse et échangerait directement quelques mots avec Clapham lui-même. Ensuite elle irait dans le West End faire des achats, ou jouer au tennis, ou encore monter à cheval à Hampstead Heath. Elle ferait plus tard une promenade avec une amie, et serait de retour à cinq heures pour accueillir Adam qui rentrait à sept heures.

Celui dont les jours se ressemblent, et qui n'aspire à rien d'autre, vit dans une sorte d'éternité, et c'est ainsi que Madelene concevait son existence. Comme si elle avait aspiré à l'éternité, l'avait cherchée et trouvée.

Elle passa une courte jupe plissée et se regarda une dernière fois dans la glace. Elle ressemblait à la fille aînée de la famille qui s'en va prendre sa leçon de tennis. Sur ce, elle quitta la pièce.

Sur le seuil de la porte, elle fit comme toujours une brève halte.

Madelene disposait de deux pièces, une chambre à coucher et un boudoir. Elle les quittait comme une bête quitte sa tanière, hésitante et circonspecte. La routine qui l'attendait lui était familière jusque dans ses moindres détails. Elle n'en éprouvait pas moins une certaine appréhension.

Les deux pièces qu'elle quittait, c'est elle qui les avait aménagées. Sans trop savoir pourquoi, elle avait obstinément insisté pour un plancher en bois clair, des meubles légers, et des murs blancs. C'était tout ce qui lui restait du Danemark. Passé le seuil, commençait le Commonwealth.

Les parents d'Adam Burden étaient morts quand il n'avait guère plus de vingt ans, mais Madelene avait entendu la voix de son père. Un soir, Adam lui avait fait entendre un enregistrement d'une série d'émissions de la BBC intitulée *Tales from the Dark Continent*. Une voix posée évoquait sans un seul « euh » la belle époque des Indes et de l'Afrique-Orientale anglaise avec un humour chaleureux, et Madelene avait eu l'impression d'entendre parler la maison qu'elle habitait.

Elle avait été construite par les parents d'Adam au milieu des années 50, à leur retour en Angleterre ; ils l'avaient bâtie comme un souvenir de l'océan Indien, et l'avaient appelée Mombasa Manor. C'était une construction tout en angles, avec un toit en tuiles, et un jardin vaste comme un parc planté d'arbres et d'arbustes tropicaux. Aux murs des pièces étaient appendues en guise de papier peint des peaux de lion ; des javelots et des boucliers ornaient les angles des cheminées. Madelene savait que beaucoup lui enviaient son existence fastueuse et passionnément exotique. Elle savait aussi qu'elle n'était la maîtresse de maison qu'en apparence.

Malgré tout, elle était chaque matin, comme aujourd'hui, retenue un court instant sur le seuil de sa porte, inhibée par une peur irraisonnée ; elle songeait que si l'Empire britannique avait soumis à sa loi tout élément étranger, il ne manquerait pas de l'avaler elle aussi.

Ce matin-là, comme chaque matin, la halte fut brève. Madelene hocha la tête, cette idée était folle, et elle se propulsa en avant. Tout en marchant le long du couloir, en descendant les escaliers, et en traversant le rez-de-chaussée, comme chaque matin elle laissait derrière elle cette angoisse qui s'effilochait en passant d'une pièce à l'autre.

Clapham ne manquait jamais de la saluer de la même manière. Quand Madelene apparaissait sur la terrasse, il se levait, ôtait sa casquette, lui tendait une fleur, et lui proposait une tasse de café.

Il le faisait toujours à voix basse. Le café était le gage de leur fraternité, elle l'étrangère et lui le travailleur réunis dans un monde qui ne connaissait rien de plus grossier que le darjeeling première récolte.

Madelene avait une certaine confiance en lui. Comme

elle, il faisait partie de l'environnement, et comme elle il ne s'identifiait pas à lui.

Elle franchit la porte. Clapham claqua les talons et lui tendit une petite branche de seringa. Elle lui sourit pardessus les fleurs, attendant son compliment. Il ne vint pas.

– Monsieur Burden a téléphoné, dit-il. Il rentrera plus tôt. Pour travailler.

Madelene reposa la branche, se saisit d'une chaise et s'y assit lentement. Il n'était encore jamais arrivé qu'il travaille à la maison. Elle ne se rappelait pas qu'il eût jamais parlé de travailler chez lui. Il lui semblait que c'était de sa part une résolution secrète, ne concernant que lui seul, de n'y jamais penser dès qu'il avait franchi les murs du parc.

– Travailler, reprit-elle. Et à quoi ?

Le visage de Clapham se ferma, devint celui d'un étranger.

– Madame, il faut le demander à M. Burden.

Madelene détourna les yeux. Clapham ne l'avait pas appelée « Madame » depuis les premières fois qu'ils s'étaient vus.

Il se leva et posa sa tasse.

– Le travail m'appelle, dit-il.

Sur ce, il lui tourna le dos.

Le pavillon de jeux se trouvait au-dessus de la terrasse ; Madelene alla y chercher une raquette, dernier élément de son déguisement.

Le court de tennis était situé à l'arrière de la maison. Elle s'y dirigea d'un pas souple et décidé ; mais elle s'arrêta en chemin. La vivacité et l'optimisme de son élan ne dépassèrent pas l'angle au-delà duquel on ne pouvait plus la voir. A partir de là, ses mouvements devinrent furtifs comme ceux d'un chat. Quittant le chemin de gravier, elle s'engagea par une porte basse dans l'autre aile de la maison pour déboucher dans l'atelier du jardinier.

L'endroit était chaud et humide comme une forêt tropicale, le toit était en demi-verrière ; dans des pots en terre, et sur des plates-bandes généreusement fumées, poussaient des boutures, dans une vasque d'eau fraîche flottaient des nymphéas en fleur. Madelene perçut le reflet de son image sur la plaque d'acier poli d'une armoire, et se sourit à elle-même, rassurée. Elle procéda ensuite comme à l'habitude.

Elle prit sur un rayonnage en treillis d'acier un siphon, dans une armoire une cornue de Pyrex, et sur un séchoir une petite éprouvette graduée. Elle fit sauter le bouchon en caoutchouc d'un flacon en laine de verre, et versa 2,8 décilitres d'alcool à 99,6 pour cent en usage dans les hôpitaux et les laboratoires. D'une bouteille en plastique, elle versa dans la cornue de l'eau distillée. Le liquide comportait désormais 55 pour cent d'alcool. Elle vida la moitié du verre.

Madelene était seule dans son alcoolisme comme dans la vie en général. Elle n'avait personne pour la conseiller, pour la diriger, ni partenaire ni expérience. Elle partait à la découverte de l'ivresse comme un voyageur solitaire se lance dans l'exploration d'un nouveau continent. Pourquoi le faisait-elle ? Elle n'en savait rien, et ne voulait pas le savoir. Mais elle avait trouvé que 55 pour cent était la dose idéale. A 55 pour cent se produisait, juste avant le premier effet des vapeurs volatiles inhalées par les muqueuses du palais, une brûlure cautérisant les cellules de la cavité buccale. C'est cette brûlure qui importait. En elle résidait une lucidité qui lui permettait de discerner l'âme de son vice : le souhait profond, irrépressible, de se détruire elle-même.

Ensuite venait la première ivresse. La porte de l'armoire lui renvoyait son image. De son vide intérieur jaillissait progressivement la flambée ardente et irrégulière de l'alcool. De l'état de néant, elle passait sans transition à celui d'être quelqu'un.

A elle le Monbasa Manor, à elle le parc, à elle le monde entier. Et elle se trouvait belle. C'était imparable. Elle trinquait avec elle-même à sa bonne santé. Puis elle finissait le verre.

Elle envoya un revers impeccable à l'adresse de son univers d'acier inoxydable. Une reine avait besoin d'espace, elle avait droit à l'espace. Elle leva sa raquette au-dessus de son épaule et arqua son corps en un smash aussi parfait que fictif contre la porte devant elle. Celle-ci ouvrait sur le jardin d'hiver. Elle posa la raquette. Le souvenir du singe l'assaillit avec la même violence que l'alcool. Elle ouvrit la porte et entra.

Le Monbasa Manor avait été construit davantage en fonction des exigences de l'Afrique que de celles de l'Angleterre : gages africains pour les domestiques, ambiance africaine, et société mondaine des administrateurs de l'empire colonial britannique. A Londres, le manoir s'était révélé trop grand, trop coûteux et trop froid, c'est pourquoi toute l'aile latérale avait été condamnée, à l'exception de l'appartement de Clapham au premier étage et des ateliers sous le porche. Madelene avait pénétré en de rares occasions dans la pièce où elle se trouvait maintenant. Elle se rappelait de lourds rideaux retenus par des embrasses, des lustres emmaillotés dans des sacs, des meubles protégés contre la poussière, et la senteur entêtante de quelque chose qui avait disparu et qui ne reviendrait jamais.

La pièce était de nouveau en service. C'était une grande salle, ou plutôt une petite salle qu'un jardin d'hiver vitré aux montants d'acier peints en blanc prolongeait de cinq mètres pris sur le parc. L'accès au jardin d'hiver était maintenant condamné par un grillage de fer. En regard se développait une forêt tropicale de fougères, de feuillus et de bambous nains. Devant cette végétation, la pièce était partagée sur toute sa hauteur et les deux tiers de sa largeur par une cloison de verre. Du côté où Madelene était entrée, la cloison touchait le mur ; de l'autre côté, elle était limitée par une barrière métallique blanche que prolongeait jusqu'au plafond une claire-voie de même couleur.

Contre la plantation se dressait un tronc ramifié comme on en voit dans les aires de jeu pour enfants. A ses pieds, deux pneus de tracteur et une brouette chargée de fruits et de légumes verts. Le singe était assis à côté.

Faisant un effort sur elle-même, Madelene établit le calendrier des deux derniers jours. Le singe était arrivé avant-hier. Le jour suivant, elle était restée couchée près de sa carafe avec une migraine tenace. L'essentiel du dispositif qu'elle avait devant elle devait avoir été mis en place en l'espace de vingt-quatre heures.

Le singe était assis en tailleur, et dormait adossé au mur.

L'entrée de la cage était commandée par une porte dans la cloison métallique. Sur la porte figuraient l'horaire des repas, une courbe de température et la liste des injections. La porte avait deux targettes. Madelene les poussa, et entra.

A l'instant où elle franchissait le seuil exhaussé, elle perçut une subtile brûlure sous sa peau, comme lorsque le système nerveux est surchauffé. La même sensation que lorsque l'éthanol vous irrite l'épithélium de la gorge et de la cavité buccale. L'appel léger, presque joyeux du désir de s'anéantir.

Elle referma la porte derrière elle.

– De quoi ai-je l'air ? dit-elle.

Au son de sa voix, le singe ouvrit les yeux. Madelene s'avança vers l'animal, un pas après l'autre, jusqu'à ce qu'il ne reste plus que trois mètres entre eux, et elle s'assit sur un pneu de tracteur, plaçant la cornue et le verre devant elle.

Franchir cette frontière l'avait presque dégrisée. La douce et sourde chaleur au creux de l'estomac avait fait place à une sensation de limpide lucidité. Elle entendait leurs respirations, la sienne presque deux fois plus rapide que celle de l'animal. Elle emplit son verre et le vida.

– A ta santé, dit-elle.

Un court instant, elle goûta le plaisir de ne pas être comprise. C'est alors qu'elle rencontra le regard du singe.

Il était direct, indéfinissable.

Madelene éprouva un picotement désagréable, comme si elle s'était assise sur une fourmilière. Elle changea de

42

posture, mais le singe ne la quittait pas des yeux. Elle se sentit déjouée, espionnée, percée à jour, c'était comme s'il voyait en elle, la voyait nue, non maquillée, et, pire que tout, voyait son pitoyable for intérieur, son manque d'assurance et son insignifiance.

Elle se leva, désorientée. Il lui vint à l'esprit qu'elle était elle-même un singe ; même si elle pouvait quitter la cage, et sa maison, mais elle ne pouvait aller bien loin sans être arrêtée par les barrières économiques, sociales et matrimoniales qui enfermaient son existence.

Ses mains étaient gelées et tremblaient, elle avait renversé son verre sur son poignet, et l'évaporation du liquide l'avait glacé. Elle se leva.

– Excuse-moi, dit-elle.

Une pêche pendait devant elle. Elle suivit la branche qui la portait jusqu'au tronc – c'était le bras du singe. Il lui tendait une pêche.

Très lentement, précautionneusement, elle prit le fruit mûr, duveté, doré par le soleil, dans sa main grise. Puis elle se recula lentement.

– Merci, dit-elle. J'avais en effet oublié de prendre quelque chose ce matin.

2

Le lit de Madelene mesurait deux mètres sur deux ; ses draps étaient en satin rose. C'était à ses yeux à la fois un cocon et un royaume, le seul endroit au monde où elle se sentait par instants entièrement en sécurité. Elle vint s'asseoir en tailleur en son mitan, la carafe dans une main et un grand verre médicinal dans l'autre.

Madelene aimait à se figurer qu'elle vivait dans une nouvelle ère marquée par deux événements à peu près simultanés qui l'avaient coupée du passé : son mariage et sa découverte des comprimés de vitamine B.

Alors que son mariage lui avait permis d'échapper au Danemark et à sa famille, les comprimés de 15 mg de vitamine B1 achetés sans difficulté dans n'importe quelle pharmacie lui avaient fourni un allié dans sa lutte contre la gueule de bois, lui permettant de paraître à jeun quoi qu'elle ait bu.

Elle se sentit perturbée, sans bien comprendre pourquoi. Elle s'employa à noyer cette sensation dans le contenu de la carafe qui agit comme un baume lénifiant. Afin de conserver toute sa lucidité en prévision de ce qui

44

LA FEMME ET LE SINGE

l'attendait, elle avala deux comprimés qu'elle accompagna d'un demi-verre d'eau.

Ce qui l'attendait, et qui revenait régulièrement comme tout le reste dans la vie de Madelene, avait lieu, dans ce cas, une fois par semaine. Mais alors qu'elle allait à tous ses autres rendez-vous avec une indifférence résignée, elle envisageait celui-ci avec impatience.

Celle qu'elle devait rencontrer était déjà présente dans la pièce sous la forme d'une photographie fatiguée, détachée d'une carte d'autobus, et placée sur sa table de nuit à côté du portrait encadré d'Adam. Le visage était celui d'une femme pâle, ponctué de taches de rousseur, et son nom était Suzanne, la seule amie que Madelene eût jamais eue.

A l'âge de dix ans, Madelene avait été placée à l'École anglaise, au nord de Copenhague. C'était un internat à vocation internationale, l'une des dernières écoles de filles du Danemark. Elle était dirigée par des sœurs converses anglicanes, et fréquentée par les filles de diplomates et hommes d'affaires britanniques, ainsi que par celles de parents danois qui souhaitaient sortir leurs enfants de l'ornière, et en avaient les moyens de par leur profession. Les trois premières années furent pour Madelene une sorte d'hibernation proche de la mort, au milieu d'enseignants aussi distants qu'inaccessibles et de camarades de classe qui ne se considéraient pas comme des individus, mais comme les représentantes d'une grisaille universelle noyées dans un magma anonyme. Au cours de sa quatrième année d'école se produisit une catastrophe naturelle. En l'espace de quelques mois, l'érotisme s'empara des trente filles de la classe de Madelene.

Un calme inquiétant avait toujours régné dans la classe, et au cours des dernières années le silence s'était encore épaissi ; les sœurs avaient confondu cette attitude réservée avec de l'apathie. En réalité, cette immobilité n'était qu'un faux-semblant. D'entrée de jeu, ces jeunes filles avaient été comme un fluide que le temps allait rendre chimiquement instable. Aussi lorsque cette solution tomba dans une particule microscopique qui ne fut jamais identifiée, autour de cet infime miroir aux alouettes, la solution cristallisa. C'est alors qu'il explosa.

La catastrophe allait revêtir diverses formes. Aucune des filles n'avait pressenti ce qui les attendait, et pour quelques-unes cette évolution suscita un traumatisme incurable. Sur leurs corps jusque-là maigres et garçonniers apparurent des enflures adipeuses qui les gênaient au gymnase, les comprimaient dans leurs vêtements et leurs habitudes, et les exposaient à l'obsédante concupiscence de la gent masculine. D'aucunes débordaient d'une nouvelle vigueur. Au sortir d'une enfance calme et rangée, elles furent sans transition jetées – ou se jetèrent elles-mêmes – dans une promiscuité démesurée, ignoble, tout d'abord verbale, et bientôt physique.

Ce fut comme la fin d'un voyage. Comme si trente lemmings atteignaient simultanément la mer. Certaines se détruisirent dans une tentative désespérée pour rester sur la terre de leur enfance. D'autres se jetèrent à l'eau et se noyèrent.

Au plus fort de ce désordre, Madelene et Suzanne se découvrirent, après s'être ignorées des années durant tout en se côtoyant. Elles se regardèrent un bref instant chargé d'intensité, et comprirent que dans ce naufrage général elles étaient les seules à surnager. Spontanément, sans échanger une seule parole, elles surent qu'elles avaient un rendez-vous secret avec les forces qui étaient en train de désintégrer leur univers.

Pour faire face à la situation, les sœurs eurent recours, outre leur expérience pédagogique, à une certaine forme de brutalité. Avec l'énergie qui était dans l'air du temps et qui les gagnait, elles s'employèrent pendant deux bonnes années à rétablir l'ordre. Après bon nombre d'avortements, une série de maladies vénériennes, deux tentatives de suicide réussies et, pour finir, une révolte ouverte suivie d'expulsions définitives, il ne resta plus que dix-neuf filles, en apparence bien élevées et soumises. Parmi celles-ci, Suzanne et Madelene.

Elles restèrent encore dans l'école deux années – jusqu'au désastre final –, et réussirent pendant ce temps à se faire plus ou moins ignorer. Leur entourage ne les comprenait pas, et ce qu'on ne comprend pas passe toujours inaperçu.

Ce qu'elles trouvèrent l'une chez l'autre, ce fut cette insolence qui, pour leurs camarades de classe et les sœurs, se situait dans un domaine au-delà de toute norme, dans une dimension nouvelle et inaccessible. Elles mûrirent comme deux jeunes animaux. A l'écart de la panique qui avait gagné celles de leur âge, elles développèrent tranquillement, sans à-coups, cette intense certitude qui vous vient comme une démangeaison. Pour la plupart de celles qui avaient appartenu à leur groupe, le voyage avait pris fin. Pour Madelene et Suzanne, la traversée ne faisait que commencer.

Elles ne doutèrent jamais du but vers lequel elles tendaient. Au plus profond de leur disposition neurologique, elles pressentaient qu'à la fin du compte il y aurait un homme. Dont elles ne connaissaient ni le nom, ni le visage, ni le corps, mais dont elles comprenaient la nature avec une certitude instinctive.

Pour ce voyage, elles s'entraidèrent. Quand la dernière série d'expulsions eut vidé une partie de l'école, elles occupaient à elles deux une chambre pour quatre, et c'est de cette pièce qu'elles s'embarquèrent pour le grand large. Le lit qu'elles partagèrent fut leur bateau, et la mer passa pour elles du bleu au rose, du rose au pourpre, ayant la même agréable température que l'eau de leur bain.

Elles dormirent peu durant ces deux années, ce qui n'était d'ailleurs pas nécessaire. Leur amour était comme un jeu, sans hâte, sans fureur, et d'une façon générale sans but. Ce qu'elles désiraient, c'était voguer le plus longtemps possible sur l'ardente surface qui les portait.

De ce qu'elles entreprenaient, elles ne parlaient jamais, ni aux autres ni entre elles, pas plus qu'elles ne l'évoquaient pour elles-mêmes. Elles savaient que moins on en parle, et moins la chose est inconvenante. Personne ne fut jamais témoin du moindre attouchement, et ce qu'elles partageaient avec leur entourage, ce n'était rien d'autre qu'une camaraderie de bon aloi, comme il est d'usage entre des élèves effacées, discrètes et ordinaires dans une école respectable. Mais en marge de cette sphère, il en existait une autre. Et dans celle-ci un regard, un frémissement des narines, une certaine façon de passer la pointe de la langue sur l'arc de la lèvre supérieure suffisaient à faire jaillir une flambée qui partait du creux des cuisses pour atteindre la racine des cheveux et, au-delà, la voûte azurée du ciel.

Cernant cette éblouissante orgie de tous leurs sens, s'étendait leur misérable réalité quotidienne couleur de cendre. Elle était faite d'enseignants redoutés, d'une sensation écrasante d'insécurité, et de camarades partageant leur situation, celle d'êtres livrées à des femmes leur infligeant sans pitié l'ineptie d'un pensum scolaire.

Dans ces conditions, l'amitié des jeunes filles prit force et vigueur, et c'est ainsi qu'elles en vinrent à aimer leur lit.

Deux ans plus tard, Suzanne trouva son premier amant hors de l'école. Elle fut découverte, admonestée, réintégrée, puis exclue et renvoyée à Londres par son père, ambassadeur d'Angleterre à Copenhague, disparaissant ainsi de la vie de Madelene.

Douze ans s'écoulèrent avant qu'elles ne se retrouvent à Londres. Bien que pendant ces douze années elles n'eussent jamais eu le moindre contact, leur relation ne s'était pas interrompue. De la même manière qu'à l'école elles passaient la journée chacune dans un coin du lit sans mot dire, pelotonnées comme des renardeaux, mais intensément conscientes de la présence de l'autre dans la chambre, chacune d'elles avait par-delà l'hiatus de ces douze années perçu l'existence de l'amie. A l'instant même de leur nouvelle rencontre, Madelene retrouva Suzanne à travers ses deux enfants, son mari et la nurse, et Suzanne reconnut Madelene malgré son fard et son haleine chargée d'alcool ; elles virent qu'elles étaient toujours, en dépit de leur nouvelle condition, partie intégrante du monde qu'elles avaient eu en commun.

Depuis, chaque mardi après-midi, quand les enfants de Suzanne allaient apprendre le danois à l'église danoise, elles faisaient un tour ensemble dans Regent's Park. Alors que les gens cherchent normalement à diminuer par le dialogue la distance qui les sépare, elles avaient accepté une fois pour toutes leur différence, et la promenade se faisait lentement, paisiblement, et le plus souvent en silence.

Mais pas aujourd'hui. Madelene arriva en retard et se mit aussitôt à parler.

– Tu sièges à la direction de la Royal Society for the Protection of Animals, lui dit-elle.

Suzanne dut réfléchir. Elle siégeait au conseil d'administration de différentes associations philanthropiques. Pour faire plaisir à son mari, meubler son oisiveté, et avoir de bonnes excuses pour n'être pas là où on l'attendait.

– Alors tu connais Andrea, la sœur d'Adam ?

Suzanne secoua la tête.

– L'Animal Welfare Foundation, dit-elle.

– Quelle différence y a-t-il ?

Suzanne garda le silence. C'est aux hommes qu'elle s'intéressait. A certains en particulier, et aussi à Madelene, et à ses propres enfants. Et plus loin encore, à la périphérie de sa conscience, au reste de l'humanité. Pour les animaux, elle n'éprouvait qu'une grande absence d'intérêt.

Cependant la question provoqua chez elle une association d'ordre animal. Elle se rappela que Madelene lui avait toujours fait penser à un chat, ronronnant fort, au pelage électrique, doté d'une ardente spontanéité, toutes griffes dehors. Et maintenant, elle entrevoyait, dans et au-delà de la question posée avec insistance par son amie, d'autres animaux, moins élégants mais plus consistants : le mouton, l'âne, voire la vache.

– Il s'agit de gros sous, dit-elle. L'Animal Welfare Foundation est une affaire de gros sous.

Il s'était établi entre les deux amies un accord tacite, jamais mentionné, mais que toutes deux avaient présent à l'esprit, à savoir qu'alors que Suzanne racontait tout à Madelene, Madelene se confiait en grande partie à Suzanne, mais jamais entièrement. Suzanne attendit la suite avec déférence. Mais le visage de Madelene restait vide et fermé.

Elles mirent le cap sur l'église, bras dessus, bras dessous. Une grande femme, tavelée de taches de rousseur, dans le bas-ventre de laquelle les semences de trois hommes différents tentaient de se réconcilier. Et une jeune femme à l'allure de gazelle, avec un taux d'alcoolémie de 1,2, qui ne parvenait à se tenir droite et à rester lucide que grâce au soutien de son amie, des vitamines B, et de sa curiosité.

3

Le nombre d'hommes que Madelene avait connus, même s'il était trop faible pour être quantifié statistiquement, était assez élevé pour lui avoir permis de déduire certaines règles générales de comportement. La plus importante était d'avoir découvert que la substance et le déroulement d'une relation amoureuse sont déjà révélés dans les premières vingt-quatre heures.

Adam avait rendu visite à son père pour ses affaires. Il l'avait aperçue au cours d'une soirée et, sans se presser, comme c'était sa règle de conduite, avait commencé à se frayer un passage dans la foule jusqu'à elle. Dans ce comportement résidait déjà toute sa personnalité. Dans son corps résidaient le cricket, le javelot, et toute une série de victoires physiques sur d'autres mâles ; dans sa peau, l'indispensable confiance en soi et autres aptitudes également nécessaires ; et dans sa voix, quand il arriva jusqu'à elle, la tonalité grave que possèdent seuls ceux dont le rugissement remonte du bas-ventre, sans parler de cette pointe finale qui ne s'acquiert que dans les écoles privées et les universités les plus huppées. L'entourant comme une crinière ou une aura, le baignait la certitude de n'avoir de façon générale aucun ennemi naturel.

La fin de la première journée confirma cette impression, à laquelle s'ajouta le fait qu'il était attentionné et très, très accroché.

Durant ces vingt-quatre heures où ils ne se quittèrent pas, Adam Burden ne rit pas une seule fois.

Non qu'il manquât d'humour. Il possédait à un haut degré un sens acéré et raffiné du sarcasme, qu'il pouvait mettre en œuvre à tout moment, surtout lorsqu'il était menacé dans sa profession. Lorsque quelqu'un mettait en doute ses connaissances, attaquant ainsi tout l'édifice du sentiment qu'il avait de sa valeur, il pouvait devenir mortellement drôle. Mais durant les 529 jours de son mariage – probablement ni avant celui-ci ni à aucun moment après –, il n'était venu à l'esprit d'Adam Burden qu'il pouvait être comique. Sa première approche de Madelene, ce que confirma par la suite tout son comportement, montra qu'il possédait l'infatuation innée et monumentale des grands fauves et des grands dictateurs.

Non que Madelene espérât trouver de l'humour dans son mariage. Rire était pour elle du superflu, un produit de luxe, mais Madelene se rappelait qu'Adam l'avait sauvée de l'inévitable naufrage familial. Pour celui qui a survécu de justesse, la satisfaction quotidienne des besoins les plus élémentaires est un miracle, et c'est ainsi que Madelene voyait son mariage : comme la satisfaction quotidienne et partagée des besoins fondamentaux.

Ce partage commençait habituellement à dix-neuf heures pile, heure à laquelle Adam rentrait à la maison. Mais, ce jour-là, il revint deux heures plus tôt ; Madelene l'accueillit à dix-sept heures exactement. Dix minutes plus tard, ils prenaient le thé dans la bibliothèque.

La bibliothèque était la tanière d'Adam. Elle était sombre, étroite comme une caverne, et son odeur un mélange complexe d'Adam, des forêts tropicales qui avaient fourni le bois des meubles, et du cuir des reliures.

Elle dégageait aussi la sensation tonique et rassurante d'une caverne. Quand Adam rentrait chez lui, son visage était blanc de fatigue. Mais à l'instant où il s'affalait dans un des fauteuils de la pièce et posait devant lui son agenda, il revenait à la vie. Tandis qu'une faible partie de son attention prenait le thé et conversait, le reste de son individu inhalait l'impression de sécurité que dégageaient ce cadre et la femme qui se tenait devant lui.

Madelene avait conscience qu'au cours de ces instants en apparence anodins, elle administrait à cet homme assis devant elle la grande transfusion sanguine de la femme.

Adam Burden se défaisait progressivement de ses attitudes de parade pour devenir un être humain plus fragile, mais Madelene n'avait encore jamais profité de cette faiblesse pour l'entreprendre sur des sujets de quelque importance. Quand elle le fit, sa question surgit avec vivacité et désinvolture, comme une inspiration jaillit d'une foule d'associations sans importance.

– Et le singe ? dit-elle.

Les yeux mi-clos, l'air absent, Adam regarda la question s'évanouir, tel un insecte, ou la vapeur montant de sa tasse de thé.

– Il est dans le jardin d'hiver, dit-il. On va y faire le ménage tout à l'heure.

– De quelle espèce est-il ?

Un silence se fit : une zone frontière entre eux encore

inexplorée. Madelene comprit qu'elle s'approchait d'une ligne de démarcation.

– Un genre de chimpanzé nain.

– Pourquoi est-il si important ?

Le visage d'Adam était dans l'ombre. Deux lueurs jaunes s'allumèrent – comme si un gros chat regardait Madelene.

– Quand une bête sauvage s'échappe, ou bien elle erre sans but, prise de panique, ou bien elle se terre dans un coin. Un animal est incapable de s'adapter spontanément à la liberté. Il est surprenant que celui-ci ait réussi à aller si loin.

Madelene baissa la tête. C'était un geste de compréhension, presque de soumission. Adam n'avait pas menti, elle le savait. Mais il en avait dit le moins possible. Derrière sa tasse de fine porcelaine, il se ramassait avec la concentration d'un animal prêt à bondir sur sa proie.

Elle leva la tête et lui sourit, de ce sourire apaisant qu'ont les infirmières. Puis elle lui versa du thé, mit du sucre dans sa tasse, remua tandis qu'il comptait jusqu'à trente – le nombre de tours nécessaires pour que fondent complètement les gros morceaux de sucre tropical gorgé de mélasse.

Cette nuit-là, elle attendit Adam dans sa chambre à coucher. Il ne vint qu'à deux heures du matin. En la voyant couchée sur son lit, il chassa d'un sourire sa fatigue et sa contrariété maussade, et commença à se déshabiller.

L'agenda d'Adam était un petit calepin gris où il consignait, comme tous les hommes accablés de travail, ce qu'il devait se rappeler. C'était à la fois un agenda et un aide-mémoire ; il y notait aussi bien les moindres événements que ses obligations les plus pressantes et, privé de ce secours, il oubliait tout. C'était son arme de légitime défense, comme le thé dans la bibliothèque, et son mutisme au sujet de son travail.

Ce carnet, Madelene ne l'avait encore jamais ouvert, et elle n'avait jamais désiré l'ouvrir, il lui était à la fois indifférent et sacro-saint. Cette nuit-là, elle y jeta un œil. Quand Adam quitta la chambre pour la salle de bains, elle se jeta de l'autre côté du lit, et prit le carnet dans le tiroir de sa table de nuit.

Elle négligea délibérément le texte, les annotations d'Adam étant codées ou sténographiées, semblables aux traces d'un oiseau dans le sable. Son attention se porta sur les feuillets détachés glissés entre les pages du carnet.

Il y en avait cinq, un peu plus grands qu'un format A 4, attachés par un trombone et insérés à la date de ce jour. Les trois premiers étaient illisibles, les deux derniers comportaient des dessins.

Les dessins représentaient le singe. Les premiers étaient des esquisses de l'animal, de profil et de face, sans aucun détail. Ce qui était précisé, c'était seulement l'attitude corporelle et les proportions des membres.

Au-dessous, les narines de l'animal étaient représentées plusieurs fois sous des angles différents. Plus bas, c'était les mains, sans la fourrure ni les ongles, de simples contours, comme si elles avaient reposé sur les genoux de l'animal pendant qu'il posait.

La dernière demi-page était incompréhensible. On y voyait une carte topographique, un archipel en forme de deux paraboles inversées, deux atolls polynésiens placés dos à dos. Il était dessiné à peu près une douzaine de fois, pour finir vu de côté, comme si les îles se soulevaient hors de l'eau, certaines lisses, d'autres rugueuses, rectangulaires, semblables à des tours rondes, à des planches de bois.

Depuis la salle de bains, elle entendit Adam se savonner les joues. Elle arracha de l'agenda la dernière feuille qui était restée blanche. Avec son eye-liner elle dessina l'une des cartes, la seule qui paraissait définitive, et qu'Adam avait surlignée. Elle la dessina rapidement, mais avec précision, à la fois en plan et en élévation. Quiconque a croqué des portraits pendant sa vie d'adulte trouve dans une feuille de papier un support obligeant.

Au moment où elle reproduisait les différents sommets qui dominaient le littoral des îles, et où elle entendit Adam masser ses joues à l'after-shave, elle comprit ce qu'elle venait de dessiner : les dents de l'animal. Elle ouvrit le tiroir et y déposa l'agenda.

Dans le tiroir se trouvait un morceau de plastique gris. Le vague souvenir lui revint que le singe le portait au poignet quand il était allongé sur la civière. Elle le prit. C'était le genre de bracelet que l'on met dans les hôpitaux aux morts et aux nouveau-nés. On pouvait y lire *Erasmus*.

Lorsque Adam franchit le seuil de la chambre, elle était adossée aux oreillers.

Elle apprécia, cette fois comme toujours, les préparatifs minutieux qu'apportait Adam au prélude amoureux. Une courte et intime récréation avant de se donner entièrement à lui. Elle songea à l'irritation qui se lisait sur son visage, et en vint à la conclusion que quoi qu'Adam ait pu chercher, le singe n'avait rien laissé deviner. Il ne lui avait rien donné. Sauf à elle. A elle, il lui avait donné une pêche.

4

Madelene se réveilla tôt, seule comme d'habitude. Elle n'avait jamais passé une nuit entière à côté de son mari. Si ardente et intime qu'ait pu être leur étreinte, venait le moment, souvent à la pointe du jour, où Adam se retournait dans son sommeil pour venir l'effleurer et, percevant la proximité d'un autre corps, était saisi d'une sorte de désespoir. Endormi mais résolu, il se levait, ramassait son pyjama, et allait se coucher dans la pièce voisine. Madelene ne lui en avait jamais demandé la raison. Dix ans avant les femmes de son âge, elle avait appris qu'il ne sert à rien de parler des choses qu'on ne peut changer.

Habituellement, elle était réveillée par la sensation que son lit était une île déserte sur laquelle elle s'était échouée durant la nuit, et ce n'est qu'en se postant devant sa glace que l'impression d'un danger mortel et imminent la quittait. Ce matin, c'était différent. Elle s'éveilla, croyant flotter, et sans tourner la tête elle tendit la main pour saisir sous sa chemise le feuillet arraché avec son dessin d'un archipel appelé *Erasmus*. Le gardant à la main, elle passa un kimono et alla s'asseoir devant sa coiffeuse.

Ce qui n'arrivait jamais se produisit : elle rata son maquillage.

Normalement, Madelene pouvait étendre son fond de teint clair et juvénile avec une totale maîtrise. Mais quand ses yeux quittèrent sa brosse et se portèrent sur les détails de son visage reflétés dans le miroir concave, elle vit qu'elle était passée à côté. Son visage était certes franc de toute ride, mais il avait le même teint blafard que dix minutes plus tôt.

Elle se saisit de sa crème à démaquiller, mais hésita. Avec son eye-liner, elle dessina un trait de l'épaisseur du doigt sous chaque œil, puis l'estompa avec soin. Il en résulta une cavité sombre, comme produite par l'érosion de cinq années. Avec un rouge à lèvres, elle se fit une bouche dure, épaisse, maniérée. Elle chaussa des lunettes de soleil, mit sur sa tête une serviette, et se leva. Elle voûta légèrement son dos. Elle ne pensait plus à elle. Pour la première fois depuis le lointain passé où elle avait troqué les joies de l'enfance contre les vêtements des adultes, pour la première fois Madelene se fit plus vieille qu'elle n'était.

Elle se mit à la fenêtre et sentit le vent passer sur sa nouvelle apparence. Elle aperçut Clapham. Il coupa une rose dans un massif près de la grille, laissa entrer une camionnette de livraison, éconduisit un homme en gris dans une voiture blanche, et revint en marchant vers la maison. L'idée de la routine quotidienne la saisit. Elle se rappela qu'aujourd'hui Adam travaillait à la maison, dans le jardin d'hiver, avec le singe.

Cette pensée l'inquiéta. Le mariage de Madelene n'était pas seulement sentimental, juridique, et physique.

Il était aussi territorial. Jusqu'alors, elle était assurée de ne pas rencontrer dans son espace réservé son mari avant qu'il ait fini sa journée de travail.

Elle traita son inquiétude comme à l'accoutumée. Elle prit sa carafe sous son lit, et debout devant la fenêtre avala le premier petit verre de la matinée.

Son courage se raffermit. Elle dénicha un léger cache-poussière, et l'enfila sans nouer la ceinture, tel un sac sans forme. Elle trouva une paire de vieilles espadrilles, et se regarda dans la glace. Sa propre mère ne l'aurait pas reconnue. Ou, tout au moins, n'aurait pas souhaité la reconnaître.

Dans un petit sac noir, elle plaça tout ce qui est nécessaire à une femme : clés, argent, rouge à lèvres, eye-liner, mouchoir, ainsi que le dessin des dents du singe et une flasque en plastique contenant de l'alcool. Puis elle quitta son appartement rapidement, furtivement, sans marquer le temps d'arrêt habituel sur le seuil.

Elle descendit l'escalier de service, traversa le jardin d'hiver, et sortit par une petite porte ménagée dans le mur. Pour la première fois depuis longtemps, elle était à pied, sans être séparée de l'extérieur par la vitre teintée d'une voiture. Elle se réjouit du soleil, des bruits, des couleurs limpides, ainsi que de l'incognito de son nouveau déguisement. Elle passa à côté d'un camion dont la porte était ornée d'une tête de chien, l'homme au volant ne l'honora pas d'un seul regard. Elle croisa une domestique qui promenait Casimir, le chien du voisin, la fille et le chien la virent sans la reconnaître. Elle dépassa une voiture blanche avec l'homme dont Clapham s'était détourné ; l'homme regardait vers Mombasa Manor comme à travers elle. Arrivée à une station de métro, elle s'y engouffra.

Une fois sur le quai, elle eut peur.

Madelene avait grandi dans un milieu particulier, protégé, dans un quartier résidentiel. Toute sa vie elle avait été partiellement éloignée des gens du commun ; entre elle et les couches moyennes de la société, il y avait toujours eu des filtres, de grandes demeures, des écoles choisies, des bonnes d'enfant et des chauffeurs. Elle affrontait maintenant dans le métro la brutalité de Londres, telle une dame qui se jette hors de sa Jeep bien fermée au beau milieu d'une réserve d'animaux sauvages pour continuer seule à pied.

Elle connaissait bien sûr le tragique de la vie, la mort, l'écœurement, la haine de soi-même que chaque être humain porte en lui dès sa naissance. Mais elle n'était pas préparée à comprendre la misère d'autrui, tout au plus en connaissait-elle les mots. Peu après leur rencontre, Adam lui avait donné quelques ouvrages de Debrett, et lui avait montré, avec un sourire entendu, comment au XXᵉ siècle une maison d'édition publiait sous couvert d'une ironie facile des manuels enseignant comment une seule classe pouvait préserver une véritable autorité féodale. Madelene avait retenu la leçon. Après un an et demi seulement, elle parlait sans accent la langue agrémentée de latinismes des classes dirigeantes. Mais lui faisait défaut toute relation personnelle avec des mots comme abcès gingival, faim, chancre mou, ulcères de Wormwood, coup de poing américain, cor au pied, allocations de chômage, genou cagneux, fracture du crâne ou *deli-*

rium tremens. Dans le wagon, elle s'assit, raide, silencieuse, sur ses gardes, protégée seulement par les sensations que lui procuraient les gorgées de sa petite bouteille.

Elle n'avait plus conscience ni du temps ni du lieu et ce n'est qu'après avoir changé machinalement de train, monté des escaliers, tourné, évité des bêtes de proie et des mendiants, risqué d'être piétinée que – se retrouvant devant un bâtiment en béton, bas et allongé – elle comprit qu'elle était arrivée et qu'elle avait un but précis à l'esprit. Elle avait été guidée par une loi de l'espace qui s'efforçait de rétablir son équilibre. Elle s'était éloignée en sens inverse d'Adam. Lui était resté à la maison, alors qu'elle avait été conduite là où elle devait être. Devant l'Institute of Animal Behavioural Research, une filiale scientifique du London Zoological Garden dont Adam était le directeur.

La première fois que Madelene avait visité Londres, Adam l'avait conduite dans l'une des dépendances de Mombasa Manor. Il avait refermé la porte derrière eux, et l'avait laissée un instant dans le noir et dans une puanteur de mites, de formol, et de putréfaction imparfaitement traitée. Puis il avait allumé une puissante lumière électrique, et lui avait révélé son credo professionnel.

La pièce était pleine des trophées de chasse de son père et de sa mère. Circulant parmi les défenses, les peaux de lion, les mâchoires de requin, les plumages d'oiseau de paradis, les cornes de rhinocéros, les andouillers, les hures de phacochère, les peaux de python, les fanons de baleine, une tête de gorille empaillée et montée sur socle, la peau de deux varans de Komodo travaillée en grandeur réelle selon les plus récentes techniques de taxidermie, Adam l'avait conduite devant une photographie de ses parents se tenant par le bras, posant sur une montagne faite de six éléphants morts. A voix basse et posément, il lui avait expliqué que le but de ses parents avait été d'abattre, de collectionner et d'exposer ces animaux, ils l'avaient fait avec panache, mais le monde avait changé, et l'heure était à l'étude, à la vulgarisation, et à la conservation des espèces. Il avait parlé avec l'autorité que confère l'appartenance à une famille vieille de 700 ans comptant de prestigieux ancêtres dont on ne démérite pas soi-même. Il lui avait parlé ensuite du London Zoo.

– C'est le plus vieux jardin zoologique du monde, lui avait-il dit, il a même été le meilleur du monde, et il peut le redevenir. Mais cela exige des agrandissements qui sont en cours, tu as dû en entendre parler, il sera encore plus important qu'on imagine. Andrea et moi sommes tous deux engagés dans cette affaire.

Ses doigts pianotaient sur une série de photographies et s'arrêtèrent sur l'une des Last Night of the Proms montrant Edward Elgar sur scène.

– Concert de bienfaisance, ajouta-t-il, au bénéfice du London Zoo.

Ses mains tambourinaient au hasard sur les représentants de l'aristocratie férue d'animaux. Quand il se remit à parler, Madelene comprit qu'il avait oublié sa présence, qu'il parlait à ses pairs, et à leurs fantômes.

– Ils ont travaillé dur. Leurs enfants ne font rien, ils se contentent de gérer le patrimoine. Quand fut créé le London Zoo, ce fut avec leur apport personnel. Maintenant, nous pouvons à peine faire face aux frais d'entretien quotidiens. Ils se sont endormis sur leurs lauriers. Quand ils se réveilleront, ils s'apercevront que c'est trop tard.

Ce discours – Madelene se le rappelait sans trop l'avoir compris – avait eu lieu un an et demi plus tôt. Par la suite, elle avait visité une fois l'Institut, et avait pris part à un dîner du conseil d'administration rigoureusement ordonné, où Adam en sa qualité de directeur et sa femme avaient été assis au haut bout de la table. Madelene n'avait résisté que parce qu'elle avait bu avant de venir, et qu'elle avait continué à boire sans retenue pendant toute la soirée.

Aujourd'hui, elle franchissait pour la première fois les portes vitrées sans être accompagnée.

Une secrétaire poussa une barrière pour lui interdire le chemin, aussi avenante qu'un fox-terrier. Un instant Madelene pensa faire demi-tour et s'enfuir. Mais elle se rappela qu'en ce jour elle semblait être une autre.

– Je suis envoyée par la Direction des recherches dentaires des abattoirs. Nous enquêtons sur la denture d'un animal.

La réceptionniste recula. Derrière ses lunettes de soleil, Madelene la comprit parfaitement. Elles avaient toutes les deux une formation scolaire bien trop courte. Elles étaient entourées de gens plus intelligents qu'elles, qui pouvaient se formaliser d'être tenus à l'écart. Et pour elles, des mots comme « direction des recherches » et « enquêter » faisaient l'effet d'un ordre incontournable.

La dame parla au téléphone, puis aboya un nom et un étage. Madelene n'avait pas fait les premiers pas vers l'ascenseur que la dame l'avait déjà oubliée avec l'indif-

férence spontanée du chien de garde pour ce que son
maître vient d'approuver.

L'homme qui pria Madelene de prendre place à un
grand bureau portait une blouse à la manière d'une cape,
et Madelene le reconnut à ce détail. Il avait été assis à la
table d'honneur juste un peu plus bas qu'Adam et elle-
même. Elle plaça sous ses yeux le dessin fait avec son
eye-liner.

– Nous avons un problème, dit-elle. Nous avons reçu
ceci, et personne ne peut l'identifier, alors on m'a
envoyée...

– Mais pourquoi moi ?

Madelene évalua rapidement et prudemment le trait
majeur du médecin qui envahissait la pièce : sa vanité.

– A la Direction, on pense que vous êtes le meilleur,
dit-elle.

– Vraiment ? Se rappelle-t-on encore mon traitement
des dents de Roberto ?

– Il ne se passe pas un jour sans qu'on en parle.

– C'était la canine supérieure. J'ai employé deux seaux
de cinq litres d'eau de Javel pour la nettoyer.

– C'est depuis longtemps légendaire, dit Madelene.

L'odontologue vétérinaire ramassa son dessin, y jeta
un œil, et le reposa.

– Je ne veux pas me ridiculiser, dit-il.

Madelene enleva ses lunettes de soleil et se pencha.

– Il a été adressé à la Direction, dit-elle. Ils ne savent
pas par où commencer.

Un soupçon effleura le médecin.

– Peut-être êtes-vous vous-même vétérinaire ? Ou dentiste ?

Madelene sourit, chaleureusement, innocemment.

– Employée de bureau, dit-elle.

Le médecin se détendit.

– Molaires, petites incisives, canines de forme conique, les antérieures séparées. Tout semble indiquer un chimpanzé.

– Mais encore ? dit Madelene.

– Je pourrais ajouter qu'il y a quatre dents de trop. Une molaire supplémentaire de chaque côté. Nous voyons constamment des mutations. Bien que l'évolution tende à diminuer le nombre des dents. Je pourrais à la rigueur identifier les antérieures. Mais pourquoi ont-elles des bords tranchants comme des lames de couteaux au lieu de surfaces triturantes ? Et l'arc dentaire est trop prononcé, êtes-vous d'accord ?

Madelene approuva de la tête.

– Cette courbure est impensable chez un singe, elle est humanoïde. Je vais vous dire une chose : on s'est moqué de vous, on a abusé de votre ignorance. Vous avez reçu le diagramme dentaire d'un animal qui n'existe pas.

Madelene se rejeta en arrière sur sa chaise, sortit la petite bouteille, et avala une petite gorgée.

– Médicament, dit-elle, asthmatique, je suis pluri-allergique.

Elle se leva lentement.

– Existe-t-il un registre où sont inscrits les animaux volés ou enlevés ?

– Bulletins actualisés. Tous les parcs zoologiques de

quelque importance échangent quotidiennement ces bulletins. Chaque vol est enregistré.

Le médecin reprit la position guindée dans laquelle elle l'avait trouvé.

– Docteur, dit-elle. Que diriez-vous si malgré tout vous vous trouviez en présence d'un animal portant exactement cette dentition ?

– Je démontrerais qu'il y a méprise.

– Et si malgré tout il était devant vous, la bouche ouverte, avec des dents comme sur le diagramme ?

Il se rembrunit derrière son bureau, contrarié et agacé d'être poussé hors de ses retranchements empiriques.

– Jusqu'à preuve du contraire, je maintiendrais qu'il s'agit d'un faux.

Madelene défroissa sa jupe, et sourit de toutes ses dents.

– Docteur, dit-elle. Combien de dents a l'homme ?

– Trente-deux.

– Je vais donc retourner à la Direction, et regarder mes dents pour m'assurer qu'il ne s'agit pas d'un faux.

Le médecin détourna les yeux.

– Vous pouvez utiliser le miroir des toilettes. Mais ce n'est pas nécessaire. J'ai observé vos dents et leur surface triturante. Elles sont tout à fait normales.

Dans le couloir, Madelene s'arrêta et prit le pouls du bâtiment. Il avait le dynamisme d'Adam, il était jeune, débordant d'activité, et ambitieusement fonctionnel. C'était le genre d'endroit où celui qui n'avait rien à y faire se sentait facilement déplacé. Pour atténuer cette sensation, elle but une gorgée de sa flasque. Quand elle

67

eut essuyé les larmes qui lui venaient, elle aperçut le nom et le titre d'Adam au-dessus de sa tête. Elle s'était arrêtée devant son bureau.

Elle enleva ses lunettes de soleil et entra.

Elle déboucha sur une antichambre, une dame fit pivoter son fauteuil et lui fit face.

Madelene avait rencontré la secrétaire d'Adam cinq ou six fois, et elle se sentit tomber en chute libre. Mais elle se reprit pour tenir son rôle.

– J'ai rendez-vous avec Adam Burden, dit-elle.

La secrétaire sourit gentiment, impersonnelle, aimable, un sourire qui voulait dire qu'il ne pouvait s'agir d'un rendez-vous, car sinon c'était elle qui l'eût pris, ce qui n'était pas le cas ; l'oubli n'était pas son point fort, et le cas échéant elle pouvait se payer le luxe de le passer sous silence.

– Malheureusement, dit-elle, il est en ville pour une réunion importante qui durera longtemps.

– Y a-t-il un endroit où je puisse le joindre au téléphone ?

Le visage se figea. La courtoisie, d'entrée de jeu limitée, touchait à sa fin.

– C'est malheureusement exclu. Quel est votre nom ?

Madelene regardait cette femme, fascinée par sa tenue impeccable et son autorité désarmante. Adam lui avait dit une fois qu'un grand chef d'entreprise devait choisir avec soin ses collaborateurs immédiats, qu'ils ne devaient jamais se tromper. Cette femme était infaillible. Elle se rappela la fuite d'Adam au petit jour, son aversion pour toute promiscuité, les portes qu'il plaçait entre lui et le monde. La femme assise devant elle était un semblable rempart. Elle se pencha en avant.

– Je suis venue pour savoir comment il est reparti hier soir, souffla-t-elle.

La secrétaire tenta de se dégager en reculant son fauteuil. Madelene se rapprocha encore d'elle jusqu'à ce que celle-ci pût voir son image reflétée et déformée sur les lunettes de soleil de Madelene et respirer son haleine chargée d'alcool.

– Et pour l'abattoir, poursuivit Madelene. Qu'avez-vous à dire ?

La secrétaire était acculée contre sa machine de traitement de texte, toute fuite lui était impossible. Elle avait empoigné un bras de son fauteuil.

– Vous pourrez lui dire, continua Madelene, que s'il n'est pas capable de trouver une explication qui tienne la route, je téléphone à sa femme.

La main de la secrétaire trouva sur le bureau un morceau de papier jaune avec l'écriture d'Adam. Elle le lui tendit.

– Vous voudrez sans doute téléphoner vous-même et le lui dire.

Madelene prit le papier et recula.

– Quatre heures passées au milieu de poulets et de boyaux congelés. Vous pouvez le lui dire, et le saluer de ma part.

– De la part de qui ? demanda l'autre.

Madelene réfléchit.

– De la part de Priscilla, dit-elle. Priscilla, du Centre de recherche des abattoirs.

Elle referma la porte en sortant.

Une fois dans le couloir, elle s'arrêta, le regard perdu. Madelene nourrissait bien des sentiments pour son mari, et tous n'étaient pas purs. Mais sa confiance en lui était entière. Il y avait cependant des aspects d'Adam et de sa vie qui lui échappaient. Mais elle avait toujours été certaine qu'avec le temps elle finirait par les comprendre et les accepter. Aujourd'hui, elle était en présence du premier gros mensonge depuis leur mariage. Adam était à la maison, dans le jardin d'hiver, elle le savait. Et il avait laissé à sa secrétaire cette note : *Earp. Vet. Inst.*

Madelene but une gorgée de sa flasque. Puis enfila le couloir.

L'odontologue vétérinaire était assis comme elle l'avait laissé. Madelene mit la note d'Adam sous ses yeux.

– Docteur, dit-elle, j'ai oublié de vous poser une question. Le Centre envisage de collaborer avec cette institution. Pourriez-vous me dire confidentiellement où elle se trouve ?

Le médecin regarda par la fenêtre, en contrebas se développait le chantier couvert qui bientôt allait devenir le New London Regent's Park Zoological Garden.

– Diriger mon personnel me donne bien assez de travail, dit-il.

– J'avais pourtant espéré, dit Madelene. On parle si souvent de la fabuleuse étendue de vos relations.

Le médecin jeta un regard sur le papier, puis regarda de nouveau par la fenêtre.

– Laissez tomber. Jamais entendu parler. En tout cas, certainement pas à Londres.

Madelene s'était levée. Le médecin étendit le bras derrière lui et sortit un épais volume de référence.

– Le Who's Who du monde vétérinaire. Mentionne tous les vétérinaires et les établissements d'enseignement d'importance. Complet, mais truffé de coquilles inadmissibles.

Il l'ouvrit, le referma, et le remit à sa place.

– On se sera moqué de vous encore une fois. Il n'y a aucune institution de ce nom en Angleterre.

Il regarda Madelene par-dessus ses lunettes bifocales.

– C'est partout la même chose. On nage dans l'incompétence et l'amateurisme. Et faire ça à une gentille fille bien élevée comme vous !

Précautionneusement, Madelene essaya de contourner le bureau pour voir si elle pouvait se tenir sans aide.

– Docteur, dit-elle lentement. Mille, mille fois merci. De ma part et de la part du Centre de recherche.

Pendant peut-être une heure, Madelene déambula dans Londres avant de prendre un taxi. Elle marcha aussi prudemment que son état le lui permettait.

Elle ne se préoccupait ni d'elle-même, ni de la pensée qu'elle s'était rendue coupable d'une imposture, ni du fait qu'elle avait été témoin d'une autre supercherie. Ce qui s'imposait à elle, c'était un nouveau sentiment de sa valeur intrinsèque. Aussi loin que remontaient ses souvenirs, elle ne se rappelait pas être sortie d'elle-même pour devenir une autre. Elle n'était plus seulement Madelene. A la périphérie de sa propre nature, elle devinait les contours d'une autre femme qui était pourtant elle-même. Et c'était cette autre sur laquelle elle veillait, tout en traversant Londres sur le chemin du retour.

Une fois dans ses appartements, elle se démaquilla avec un tampon d'ouate, puis s'étendit sur le lit. Elle s'était absentée de Mombasa Manor sans donner d'explication, et personne n'avait rien remarqué. Mais dans une autre partie de la ville, trois personnes avaient rencontré une femme inconnue, différente de Madelene, et pourtant identique : Priscilla, du Centre de recherche des abattoirs.

5

Quand elle se réveilla, la pendule marquait minuit. La chaleur dans la pièce était lourde et moite, elle tâtonna sous son lit, la carafe était vide. Elle enfila un peignoir, le contact de l'étoffe lui fut pénible ; et fourrant la carafe dans une de ses poches, chancelante et faible, elle entreprit sa remontée vers les sources du Nil.

Le domaine chercha à lui barrer la route avec ses ombres épaisses et menaçantes, où s'attardait le souvenir d'une respiration humaine. Les dalles de la cour brûlaient ses pieds nus, et le ciel était noir. Mais dans l'air flottait un soupçon de fraîcheur. Elle s'engagea sur le gravier, et abaissa la poignée de la porte de l'atelier. Elle était verrouillée. Elle resta d'abord interdite devant cette cachotterie nouvelle et inattendue. Le périmètre de Mombasa Manor était placé sous la surveillance de la même société que le reste du quartier. Mais habituellement les portes de la maison n'étaient pas fermées à clé. Elle se prit à sourire. Comme tous les explorateurs prévoyants, elle avait elle aussi établi un dépôt sur sa route.

Le grand réservoir d'eau douce de l'atelier débordait du mur pour former une vasque, et dans cette vasque se trouvaient quantité d'éprouvettes contenant des échantillons. Madelene ferma les yeux, et tâtonnant parmi les plantes aquatiques et les poissons rouges, elle se saisit d'une éprouvette apparemment semblable aux autres. Elle fit sauter le bouchon, but lentement, et respira profondément. Dans cette solution, les têtards ne pouvaient se développer : adamantin, il contenait cinquante-cinq pour cent d'alcool.

Elle s'assit sur la margelle. Les nuages se déchirèrent au-dessus d'elle et la voie lactée apparut. De la vasque montait un frémissement, comme dans les fontaines et les canaux de Copenhague. Elle trinqua avec elle-même. Elle se sentit bien, c'était une véritable et tranquille soirée danoise, la fin d'une journée réussie.

Elle repensa au singe. Au sentiment de solitude qui devait être le sien, privé de tous les petits moyens propres à adoucir une solitude. Avait-on jamais entendu parler d'un singe qui buvait ? Non. D'un autre côté, on n'avait pas davantage entendu parler de l'arc dentaire d'Erasmus. Et il n'était jamais trop tard pour apprendre à boire, puisqu'on pouvait apprendre à un chimpanzé les signes du langage.

Madelene se coula dans la vasque. A genoux, tenant bien haut son éprouvette pour éviter tout risque de dilution, elle rampa jusque dans l'atelier. Elle gagna le jardin d'hiver et alluma. Les fenêtres étaient occultées par des rideaux noirs. La cage était conforme à son souvenir. Mais le singe n'y était plus.

Elle s'arrêta devant la paroi vitrée pour s'en assurer. Puis elle ouvrit la porte et entra.

C'est précisément à l'instant où nous comprenons que

nous avons perdu quelque chose, lorsque l'absence saigne et la conscience n'est pas encore coagulée que la signification de la perte nous apparaît en pleine lumière. Tout en arpentant la cage maintenant vide, Madelene comprit que le singe allait lui manquer.

Elle-même n'avait jamais eu d'animal de compagnie. C'est sans envie, sans jamais souhaiter posséder quelque chose de semblable qu'elle avait observé les poneys des îles Shetland, les golden retrievers et les hamsters en caisse de ses amies, et elle avait tout de suite compris que le cheval entre les jambes, le chiot tenu contre la poitrine et le cochon d'Inde dans le lit tenaient lieu de quelque chose d'autre. Sans mot dire, ne ressentant que de l'apitoiement, elle avait encore et encore été le témoin du naufrage d'une illusion affective, quand les bêtes en grandissant perdaient ce côté attendrissant du chiot, devenaient sexuellement entreprenantes, se voyaient bannies de la chambre de la jeune fille au confinement dans la cour, où elles développaient dans leur solitude – et conformément à une logique psychologique animale inévitable – une agressivité qui culminait dans l'attaque du facteur, coûtant 50 000 couronnes à la famille, sans compter les 700 couronnes de leur mise à mort.

A présent, dans la cage, elle voyait que là où ces bêtes étaient censées rappeler à chacun autre chose – des enfants, des parents, des jouets, des hommes –, ce singe, dans son impuissance résignée, lui avait fait penser à elle-même.

Un sentiment d'abandon s'empara d'elle. Elle but à l'éprouvette en une sorte d'adieu rituel, un toast funéraire pour un ami disparu. Tout en buvant, elle arpentait machinalement la cage, ce qui l'amena dans le seul recoin où le singe était visible.

Elle écarta les branches. A première vue, la végétation semblait s'être enroulée pour former un lit sous l'animal, mais elle découvrit qu'il reposait sur une sorte de paillasse. Sans casser ni déformer les branches et les feuilles, il les avait tressées pour s'en faire un hamac. Le côté tourné vers la vitre était constitué de feuillage mort d'un brun grisâtre qui se confondait avec la fourrure de l'animal, construction qui le rendait pratiquement invisible. Dans le seul endroit de la pièce où les plantes formaient un fourré pouvant le cacher, le singe paraissait flotter à hauteur d'épaule derrière un camouflage élaboré.

Madelene s'assit sur une branche.

– Tu es encore plus invisible que tu crois. En fait, tu n'existes pas.

Elle désigna du doigt sa denture.

– Comme le bourdon. Il ne peut pas voler, on peut le prouver. Mais il ne le sait pas. Si bien qu'il le fait quand même.

Elle but à la santé du bourdon.

– Voudrais-tu ouvrir la bouche ? dit-elle.

Elle ouvrit démonstrativement sa bouche.

Les lèvres du singe se desserrèrent avec hésitation, il ouvrit la bouche.

Madelene vit la gorge d'un blanc rougeâtre, les puissantes gencives, un palais cranté comme un fond sableux, et le reflet de la salive sous la langue. Elle vit les deux petites molaires latérales, le bord acéré des incisives, le poignard conique des canines, et l'arc dentaire accusé, humanoïde. Elle reconnut le modèle du rigoureux diagramme dentaire d'Adam. Mais elle le vit comme en passant, comme le détail d'un fait beaucoup plus important.

Au moment où le singe ouvrit la bouche, ce ne fut pas seulement son arc dentaire qui parut humanoïde. Tout son visage parut brièvement humain, non pas humain au sens abstrait du mot, mais humain à l'égal du sien. Il imitait en cet instant ses propres mouvements, non comme une caricature, car une caricature a toujours quelque chose d'irréel de par sa simplification. Il l'imitait, elle, avec un réalisme parfait.

L'incident n'avait duré qu'une fraction de seconde, c'était comme si on avait regardé sous la surface d'un liquide, par exemple de l'alcool volatil, quand la surface se fige et que l'on distingue son propre reflet au-dessus d'un abîme où l'on se sent aspiré ; soudain pris de vertige, on ne sait plus s'il s'agit d'un reflet ou de vraiment soi-même.

Puis l'illusion s'évanouit, l'animal se recula, et Madelene vida son verre. Elle le remplit sans attendre, à deux mains, en but la moitié, dut repousser le verre pour reprendre son souffle. Elle voulut le reprendre, mais ne le put. C'était comme si un couvercle le fermait ; son regard suivit le bord du couvercle, et elle vit les yeux du singe. Il avait posé sa main sur le verre.

Madelene fit un pas en arrière.

– Non, dit-elle, c'est aussi bien ainsi.

Après son départ, les feuilles et les plantes grimpantes reprirent leur place comme de l'eau qui s'écoule, et bientôt seuls les yeux du singe restèrent visibles, le feuillage se referma, et l'animal disparut.

6

Madelene et Adam étaient mariés depuis six mois, lorsque Andrea avait donné une réception dans sa maison de Mayfair dont le but avoué avait été de souhaiter à Madelene la bienvenue dans la famille. Une minute après être entrée, Madelene avait essayé de décamper, mais Adam l'avait retenue.

Étaient présents une bonne vingtaine de membres de la famille, un échantillon de l'élite actuelle ou à venir de l'Angleterre, des hommes qui avaient étrenné leur premier smoking à l'âge de cinq ans, et des femmes qui avaient eu à commander des domestiques dès le berceau. Et en compagnie d'Andrea Burden, tous, quel que fût leur âge, de l'adolescent jusqu'au septuagénaire Sir Toby – le conseiller du gouvernement pour les questions vétérinaires –, affichaient une certaine nervosité, tels de petits poissons voyant se profiler l'ombre du brochet.

Les invités, imbibés de champagne, avaient évolué à travers une succession de pièces débouchant sur une salle à manger qui ressemblait à un banneton lamé d'or, éclairé seulement par des candélabres multipliant l'éclat du service poli en métal précieux, et tellement couvert de grands tableaux qu'on ne voyait le papier peint qu'aux endroits où on avait dépendu une peinture pour la remplacer par un petit papier blanc de la Llyod's mentionnant à quelle exposition temporaire elle avait été prêtée.

Andrea Burden avait alors pris la parole pour remercier chacun des invités que Madelene n'avait jamais encore vus, les remercier pour leur contribution à l'établissement d'une *Development Corporation* – expression que Madelene entendait ici pour la première fois –, pour Primrose Hill, Gloucester Gate et Albert Terrace, lieux que Madelene serait bien incapable de situer. De ce discours de bienvenue, Madelene n'avait absolument rien compris, mais elle avait observé Andrea pendant qu'elle parlait, et avait constaté que la sœur d'Adam n'était pas une plantureuse reine des abeilles, ou une mante religieuse nerveuse et dynamique, mais une créature svelte, élégante, angélique, mortellement dangereuse, et que l'un des objectifs d'une si grande réunion de gens était d'en abattre d'un coup le plus grand nombre possible. Son discours asséna ce coup-là, et quand il fut terminé la société demeura prostrée. Les invités avaient écouté sans broncher, le regard fixé sur la nappe, sans pouvoir s'y soustraire, rivés sur place par ce sentiment d'appartenance à l'espèce, comme celui qui unit sous l'apparence du désordre une fourmilière régie par une discipline de fer. Plus tard, on passa bien sûr au dessert et une conversation hésitante s'établit, et Madelene constata que tous avaient dû déjà être tancés d'importance, car ils avaient développé un seuil élevé de tolérance à la douleur. La société dans son ensemble était groggy, et les couples s'esquivèrent l'un après l'autre, reconduits à la porte par Andrea

79

Burden qui les embrassait sur la joue, acceptant de bonne grâce leurs excuses maladroites.

Quand Adam et Madelene furent seuls, Andrea se laissa tomber dans un fauteuil profond en face d'eux, et considéra le verre de vin empli de cognac que tenait Madelene.

– On ne l'effraye pas facilement, dit-elle à Adam.

Madelene comprit que la sœur d'Adam était mue par des motifs autrement plus complexes qu'une méchanceté ordinaire, et une poussée de curiosité lui vint, le désir de comprendre cette autre femme.

Peu après, Andrea Burden les avait suivis à la porte. Ils avaient déjà descendu trois marches de l'escalier, quand elle les rattrapa.

– Cela me gêne de le dire à Adam, mais on en a parlé à l'office, il manque une fourchette.

Adam resta court, et sans rien dire fixa les ténèbres.

– Vous êtes bien entendu au-dessus de tout soupçon. J'ai seulement cru devoir vous le dire. C'est à coup sûr C. J. Vander.

– J'en enverrai une autre, dit Adam, les lèvres pincées.

Se serrant l'un contre l'autre, ils s'éloignèrent dans la nuit, elle amollie par l'alcool, et lui roidi sous l'effet d'une colère réprimée.

Depuis, Madelene n'avait vu Andrea Burden que quelques fois, et brièvement, jusqu'à voici trois jours, quand on avait amené le singe. Elle était à présent en route pour la voir. Pour la deuxième fois en deux jours, elle était assise dans le métro, direction Aldgate, tentant laborieusement de reconstituer l'image ambiguë de la sœur d'Adam.

Madelene avait ce jour-là commencé à réformer son existence.

Elle s'était réveillée deux heures plus tôt qu'à l'habitude, ayant dormi peu mais profondément, persuadée que les deux dernières journées n'avaient été qu'un mauvais rêve, un cauchemar, et qu'elle allait repartir du bon pied. Avant même d'être complètement éveillée, elle avait perçu que le sens profond de l'existence était l'amour, qu'elle allait vivre pour Adam, et se sacrifier comme l'avait fait sa mère, peut-être même allait-elle arrêter de boire. Après une courte mais intense séance devant sa glace, elle se hâta de descendre encore en peignoir dans la cuisine pour convaincre Mrs Clapham de la laisser elle-même accueillir Adam.

Elle prépara son thé, lui grilla du pain. Elle le suivit jusqu'au garage, et quand la voiture – après avoir tourné à l'angle – fut hors de vue, une impulsion la fit courir à travers le potager jusqu'à la petite porte du mur pour se retrouver sur le trottoir. Elle voulait être là quand il passerait et le surprendre en agitant la main, rayonnante de beauté. Elle entendit s'ouvrir le portail électrique, et levait déjà la main quand elle réalisa que l'Aston Martin d'Adam s'éloignait ; pour la première fois il avait tourné à droite, et non à gauche comme chaque matin.

A droite, c'était la mauvaise direction, plein est, à l'opposé de Regent's Park et de l'Institut. Madelene resta figée sur place, puis elle laissa tomber ses mules et se mit à courir pieds nus.

Elle tourna le coin et vit disparaître la malle arrière du véhicule. Et alors qu'elle gesticulait et criait, une voiture se détacha du bord du trottoir, une centaine de mètres plus loin. Au moment où Madelene reconnut la même voiture blanche qu'elle avait déjà vue, conduite par le même homme en gris que Clapham avait mis à la porte l'autre jour. Un camion avec une tête de chien peinte sur la portière débouchait pour suivre la voiture blanche qui suivait Adam. Aucun des deux poursuivants ne remarqua Madelene restée sur place, sans avoir plus personne à qui faire signe, témoin d'un incompréhensible manège.

Revenue dans sa chambre, elle s'étendit sur son lit et pêcha sa carafe d'une main mal assurée, regardant affolée autour d'elle comme le cerf acculé à la rive du fleuve, et but coup sur coup deux demi-verres.

Elle se calma sur-le-champ. Ordinairement, l'alcool mettait Madelene en route pour une fête foraine intérieure avec des montagnes russes sur lesquelles il était impossible, une fois grimpé, de savoir à l'avance dans quelle direction on allait être propulsé. Cette fois, elle ne fut projetée nulle part, le liquide la plongea dans une douce et voluptueuse sentimentalité. Elle pensa à Adam, à son inébranlable solidité, et à son dynamisme. Elle se mit à pleurer. Ses larmes mouillèrent les draps de satin rose, et en elle s'éleva le désir de la grande réconciliation. Elle devait le voir immédiatement. Elle devait s'en imprégner physiquement, sans plus attendre. N'importe où, s'il le fallait dans son bureau.

Elle prit le téléphone et composa le numéro de sa ligne directe. Si pressant était son besoin d'entendre sa voix qu'elle n'eut pas le temps de s'étonner en entendant la secrétaire lui répondre.

– Puis-je parler à Adam ? dit-elle.

Au ton de la voix et à la teneur de la réponse, Madelene comprit trois choses. Que la secrétaire croyait parler à Priscilla, qu'à l'avance elle avait renoncé à toute résistance, et qu'Adam avait encore une fois trompé son monde en effaçant toute trace derrière lui.

– Mr Burden travaille chez lui, dit-elle. Dois-je prendre un message ?

Madelene s'appuya au mur. Si elle avait été seule, le dialogue en serait resté là. Mais elle n'était pas seule. La secrétaire avait invoqué un esprit qui maintenant se matérialisait. Priscilla prit l'appareil des mains de Madelene.

– Écrivez, dit-elle, « ton corps est pour moi beaucoup plus que toute la viande persillée des boucheries de Smithfield ».

Elle reposa l'appareil et se leva.

Elle sortit par le couloir, descendit l'escalier, et traversa la maison sans but précis, trop énervée pour rester sur place. Sur le seuil de la terrasse se tenait Clapham.

– Puis-je vous proposer une tasse fumante de café noir frais moulu ? demanda-t-il.

Madelene prit la rose qu'il lui tendait.

– Oui, s'il est fort.

Il était noir, fort, épais comme de la peinture à l'huile, et tout en buvant Madelene regardait pensivement Clapham. Il semblait en forme, détendu, tout était comme d'habitude. Se tenant en retrait, il n'en exerçait pas moins ses attributions, se comportant comme le maître des lieux qui surveille celle qui n'est son supérieur que pour la forme.

83

Il croyait qu'ils étaient seuls sur la terrasse comme d'habitude ; mais Madelene devinait l'ombre de la deuxième femme qui se profilait sur la table.

– La voiture que vous avez fait partir hier, dit-elle doucement, n'est-ce pas quelque chose qui me concerne ?

Clapham vida sa tasse, et la retourna sur la soucoupe d'un geste décidé et professionnel.

– Le travail m'attend, dit-il.

Un voile noir passa devant les yeux de Madelene. Précisément en cet instant, elle éprouvait plus que jamais le besoin qu'il reste assis. Qu'il pose, au sens figuré du terme, sa tête dans son giron, lui témoigne une gentillesse à peine nuancée d'un soupçon de respect. Mais à présent, il allait rejoindre la caravane qui s'était ébranlée ce matin, la laissant seule au milieu du désert anglais !

– Asseyez-vous ! lui dit-elle.

Clapham se figea.

– Vous ne partez pas, quand je vous parle.

L'homme inclina la tête. Il sentit la frappe, sans bien savoir d'où lui venait le coup. Madelene ne le savait pas davantage. Seule Priscilla avait conscience que le ton sur lequel elle venait d'apostropher Clapham était celui d'Adam. Et que c'était la voix du maître auquel l'homme obéissait.

– La voiture blanche, Clapham ?

– Celle des autorités vétérinaires.

Cette dénomination était nouvelle pour les deux femmes, et elles comprirent qu'elles étaient portées par une vague qui pouvait les abandonner d'un instant à l'autre, et que ce n'était pas le moment de regarder en arrière.

– A quel sujet ?

– Pour rencontrer Mr Burden.

– Et vous leur avez dit ?

– Que Mr Burden n'était pas chez lui.

Madelene marqua une pause, laissant mûrir la situation avant de poser une dernière question.

– Où est Mr Burden ?

Le visage de Clapham se ferma. Madelene et Priscilla se levèrent lentement.

– Où est Mr Burden ?

– Aldgate. L'Animal Welfare Foundation.

Madelene accentua son mouvement et Clapham se recula comme s'il s'attendait vraiment à être frappé.

Mais Madelene ne frappa pas. Elle tapota doucement la tête de l'homme qui se tenait devant elle, rétif, hostile et ahuri.

– Merci pour le café, dit-elle.

7

Dans toutes les grandes villes européennes, on trouve dans des faubourgs incolores de petits bureaux où de vieilles dames viennent mettre gracieusement leur temps à la disposition de gentilles associations, où l'on discute obscurément, et sur un ton cultivé, de la protection du porc-épic, des giroflées sauvages, ou des musaraignes, et c'était dans un tel cadre que Madelene s'était imaginé rencontrer Andrea Burden. Pourtant, ce n'était pas cela qui l'attendait.

L'antichambre du 13e étage de la House of the Animals à Aldgate n'était pas incolore mais d'un gris soutenu, et devant la plaque sur laquelle était gravé le nom des locaux, Madelene commença à deviner ce qui devint une certitude quand elle fut admise par deux agents de surveillance vêtus d'uniformes gris fer, précédée par un appariteur en habit gris, et qu'elle eut commencé un circuit pédestre à la suite de l'habit gris : l'Animal Welfare Foundation n'était pas une association reléguée dans un simple bureau, ou dans une section d'une aire de bureaux sans cloison, mais occupait un continent s'étendant sur un étage entier de l'immeuble le plus cher du monde.

Le périple achevé, Madelene se trouva devant deux secrétaires siégeant dans une pièce aussi grande que le vestibule d'un mausolée. En d'autres circonstances, Madelene se serait sentie oppressée par la pompe de ces lieux. Mais pas aujourd'hui. Durant les vingt minutes passées dans le métro, elle avait retrouvé confiance. Grâce non seulement à ce qu'elle avait bu, mais aussi et surtout à la nette certitude de ce qu'elle était venue faire.

Elle s'était remémoré ses précédentes rencontres avec la sœur d'Adam, et même si cet effort de mémoire lui avait coûté – n'étant pas à jeun à présent, pas plus qu'en ces occasions –, elle avait fini par se rassurer en pensant que derrière la froideur d'Andrea Burden se cachait une nature chaleureuse. Ce dont Madelene avait maintenant besoin, c'était bien de compassion et de réconfort humains. En présence d'Andrea, elle affronterait Adam, et l'autre femme serait l'intercesseur affectueux et résolu : ainsi tout se passerait bien. Alors que Madelene était montée dans la rame comme un animal qui fuit un incendie de forêt menaçant son terrier, elle arrivait à destination comme un poussin effaré qui cherche refuge sous les ailes de la poule.

Il y avait effectivement dans le sourire d'Andrea Burden, quand elle pénétra dans l'antichambre, quelque chose de maternel ; le baiser qu'elle lui donna sur la joue était chaleureux, et il y avait quelque chose de protecteur dans la façon dont elle la fit entrer dans son bureau avant de refermer la porte derrière elle.

Restée debout, elle décocha sa première droite au menton, sans paraître forcer.

87

– Madelene, mon trésor, dit-elle. Que puis-je te proposer si tôt le matin ? Un grand verre de gin ?

L'alcool était le secret le mieux gardé de Madelene. C'était pour elle une chambre forte, pleine de liquide, qu'elle était persuadée avoir réussi à dissimuler aux yeux du monde extérieur.

Durant le laps de temps où la réalité cessa d'exister pour Madelene, il lui vint à l'esprit que l'animal se distinguait avant tout de l'homme par la constance de ses certitudes. Le plus affreux, dans cette perpétuelle incertitude dont elle était la proie, c'était bien sa dynamique. Il y avait des jours où elle doutait de son propre corps, d'autres où elle craignait pour sa raison, d'autres enfin où venait à lui manquer la conscience de son mariage, de ses cheveux, de son mode de vie, de ses mouvements, de son odeur, de ses sens. La liste des possibilités était sans fin. A tout moment elle voulait s'imaginer détenir enfin une liste, certes longue, mais exhaustive, de toutes les formes de sa haine d'elle-même, et celle-ci lui apparaissait alors sous un aspect encore inconnu.

Le visage qu'Andrea Burden lui montrait était aux antipodes de ce déséquilibre. Elle la toisait avec l'insistante et froide curiosité du reptile.

La pièce était vide, pas la moindre trace d'Adam. Au point où en étaient les choses, cela valait mieux. Madelene se laissa tomber sur une chaise.

– Je voulais seulement voir cet endroit, dit-elle.

– Un lieu de travail doit paraître stimulant. Surtout pour celui qui ne fait rien.

Madelene sut que son temps était révolu. Elle aurait

voulu trouver un cimetière d'éléphants pour s'y traîner et mourir. Seule lui manquait la force de quitter sa chaise.

– Un petit verre serait le bienvenu, dit-elle.

Un verre lui fut avancé.

– Mais pourquoi ce décorum ? demanda-t-elle.

– Les espèces animales en danger et les animaux de compagnie les plus populaires attirent de grosses sommes d'argent. Nous répartissons cet argent.

– On se croirait dans une crypte.

– La mort inspire confiance. Toutes les banques sont aménagées comme des caveaux.

– Mais où est Adam ?

Andrea Burden ne répondit pas. Elle était venue se placer derrière sa chaise. Madelene sentit qu'elle avait posé les mains sur son dossier.

– Tu dois regarder la vue, dit-elle. Avant de partir.

La chaise tangua sous Madelene. L'autre femme l'avait tournée de 180 degrés.

Madelene ferma les yeux, car le gin la brûlait et l'épreuve de force l'avait laissée pantelante. Elle les rouvrit.

Trois des murs étaient vitrés. Devant eux et sous eux s'étendait Londres, lointain, irréel.

Andrea Burden était restée debout, comme un infirmier derrière le fauteuil roulant d'un malade.

– A quoi penses-tu ? demanda-t-elle.

Londres n'était pas une ville, Madelene s'en apercevait aujourd'hui. Car une ville a des limites. A ses pieds, l'étendue irrégulière de maçonnerie ondulait à l'infini. Au-delà de l'horizon formé par la rotondité de la terre, elle se poursuivait jusqu'aux limites les plus reculées de l'univers.

Elle voyait une étendue trop vaste pour qu'y règne un seul et même climat. Tout autour, sur Saint Catherine's Docks et la Tamise, le soleil brillait. Au-dessus de la nouvelle City, le ciel était gris. Plus à l'est, sur les Docklands, il pleuvait. Un voile jaunâtre de fumée industrielle flottait sur la rive sud du fleuve.

– Comment les gens peuvent-ils supporter de vivre ici ? dit-elle.

– On s'adapte. Même à une semblable existence. C'est à cette faculté d'adaptation qu'on reconnaît l'homme.

Tout en restant à côté de la chaise, Andrea Burden s'avança dans la lumière.

– 20 500 poulets, dit-elle. Par jour. Pour nourrir Londres. 5 800 porcs, 1 520 bœufs, 6 000 moutons. Selon la Meat and Livestock Commission, la ville consomme chaque jour deux millions de kilos de protéines animales. On pourrait voir en Londres une machine monstrueuse à débiter les animaux domestiques. Mais ce n'est pas ma façon de voir. Les abattoirs ne sont qu'un aspect secondaire du phénomène. Si nous regardons au-delà du simple ravitaillement, nous avons d'abord les animaux de travail. Le Grand Londres compte au moins 5 000 chiens de garde employés par les sociétés de surveillance. Au moins 5 000 chevaux de trait ou de manège. 4 000 chevaux de course répartis en 50 écuries, 2 000 chevaux de la police montée, 3 000 lévriers, 3 000 pigeons voyageurs. Auxquels s'ajoutent les animaux destinés à satisfaire à d'autres besoins. Les statistiques de Londres estiment qu'un million de chiens vivent parmi nous, un demi-million de chats, cinq millions d'oiseaux en cage non spécifiés, deux millions de petits rongeurs comme le cochon d'Inde, et un nombre de reptiles et de poissons qu'on ne peut qu'estimer. Sans oublier les cobayes des laboratoires – privés ou d'État –, ou des usines pharmaceutiques, le bétail dans les *city farms*, dans les instituts vétérinaires, etc. Et ces 20 millions ou plus d'êtres vivants n'en représentent qu'à peine la moitié. L'autre moitié est constituée de ce qu'on pourrait appeler le *Lumpenprole-tariat* animal de la grande ville. Les chiens errants, les chats sauvages, les hordes d'animaux à moitié sauvages qui tentent de s'adapter au biotope de la grande ville : les renards, les pigeons, les souris, les mouettes, les rats, les insectes. Et nous n'avons pas parlé des parcs zoologiques et des aquariums.

Andrea Burden s'était avancée jusqu'à la vitre, elle tournait le dos à Madelene. Elle vint se placer devant elle.

– Londres n'est pas seulement un marché pour les animaux, il y a quelque chose de bien plus important. Nos biologistes estiment qu'il y a en ville plus de 30 millions d'êtres vivants autres que les hommes, répartis en 10 000 espèces. Ils calculent que la biomasse animale par kilomètre carré est de 75 000 kilos. Sais-tu ce que cela signifie ?

Madelene secoua la tête.

– Cela signifie qu'il y a non seulement plus d'animaux à Londres que dans n'importe quelle forêt de chênes anglaise, mais aussi que dans toute l'Angleterre réunie. Cela signifie qu'il y a ici une présence animale plus importante que par exemple dans le Mato Grosso en

91

période de sécheresse. Londres est l'un des plus grands habitats d'êtres non humains de la planète.

Madelene regarda la ville au-dehors, le fond de son verre désormais vide, puis à nouveau la ville.

– Et alors ? dit-elle.

Ce n'était pas une grossièreté délibérée, mais la politesse explicite coûte de l'énergie, et Madelene en était à ses dernières réserves.

– Maintenant je te raccompagne, dit Andrea Burden.

Elle aida Madelene à quitter sa chaise. La moquette avait une consistance boueuse sous ses pieds.

– Mais nous autres humains, dit Madelene, ne sommes-nous pas aussi importants ?

– Nous avons fait notre choix. Les animaux ont été amenés ici. Ce sont les victimes qui m'intéressent.

Andrea Burden enveloppa la bouteille de gin dans un sac en papier brun et la tendit à Madelene.

– Pour la route. J'ai été très heureuse de te voir. Mais une autre fois, aie la gentillesse de t'annoncer par téléphone.

Madelene se raidit contre le montant de la porte, tout en scrutant le visage devant elle. Elle se prit à penser que l'autre femme venait de lui faire passer un examen. Et qu'elle était recalée, sans avoir pu discerner dans quelle matière elle avait été interrogée.

– Quelque chose t'a échappé, dit-elle. Les animaux sur lesquels travaillent ceux qui étudient leur comportement.

La sœur d'Adam prit son bras pour la pousser dehors, le regard déjà lointain.

Dans l'esprit de Madelene se télescopaient cinq images : Londres, le singe, Adam, Priscilla, et ce visage glacé devant elle ; elles fusionnèrent et s'enflammèrent.

– En fait, je suis venue te dire que j'ai reçu une éducation sévère, dit-elle. Les incartades, je les ai payées au prix fort. Je dors mal la nuit. J'ai des angines. Et il y a le singe. Chez nous. Et la situation d'Adam. C'est toi qui l'as amené. Il est le directeur de cette belle entreprise. A l'insu des autorités vétérinaires. Peut-être devrais-je aller à la police ? C'est ce que je suis venue te dire.

Les gestes d'Andrea Burden avaient été jusqu'ici brusques, saccadés, ce que Madelene avait pris lors de leur première rencontre pour le signe d'une nature brouillonne, mais elle avait depuis appris à les interpréter comme la danse du pugiliste en face de son adversaire. Cette fois, elle resta interdite. Madelene ne lui laissa pas le temps de retrouver son équilibre, et ne la lâcha plus.

– Ou encore, je peux m'adresser directement aux journaux. Je n'ai pas pu manger de plusieurs jours. Je ne cessais d'espérer que quelqu'un me donnerait une explication.

Elles étaient revenues devant la fenêtre, arrêtées au bord du gouffre de la ville.

Andrea Burden courba la tête.

– Je voudrais t'emmener au zoo de Londres, dit-elle. Demain. Avant que les ouvriers commencent leur travail. Sept heures te conviendrait-il ?

– Je ne suis pas allée dans un parc zoologique depuis mon enfance, dit Madelene.

Elles retournèrent à la porte, Andrea Burden l'ouvrit. Dans l'antichambre attendait l'homme en habit.

– Et cette histoire de journaux, dit Andrea Burden, et la police ?

Madelene la laissa attendre un moment avant de répondre.

– Nous pourrons en reparler demain, dit-elle. Au parc zoologique.

8

Lorsque Adam Burden prenait son dîner, à première vue tout semblait banal. En y regardant de plus près, on percevait un cérémonial qui était l'aboutissement de quatre cents ans durant lesquels la classe dirigeante n'avait cessé d'affiner ses manières de table. Adam commençait par caresser sa nourriture, la découpait, la portait tendre et fumante à sa bouche discrètement entrouverte, ôtait d'une pression délicate le bouchon du col étroit d'une bouteille, tamponnait légèrement ses lèvres avec une serviette qui surgissait pour disparaître ensuite dans son giron. Les sauces ne laissaient aucune marque sur le bord poli des verres dont le pied était juste effleuré pour que les battements du pouls ne contrarient pas la température des vins. Quand tout était fini, Mrs Clapham ôtait le couvert, et la nappe de lin blanc mise à nu ne portait aucune trace de ce qui venait de se passer.

Madelene avait compris d'entrée de jeu qu'elle ne pourrait jamais le suivre dans la répétition quotidienne de ce numéro d'équilibriste. Quand elle mangeait, c'est qu'elle avait faim, même très faim, c'est pourquoi la nourriture retenait toute son attention, ce qui pouvait lui en rester s'appliquait à ne rien renverser et – ce qui arrivait de plus en plus souvent – à ne pas tomber de sa chaise. C'est pourquoi elle ne disposait que de peu de forces pour suivre la conversation animée d'Adam. Elle avait appris depuis longtemps, en interlocutrice bien élevée, à placer des marques d'approbation aux bons endroits tandis que son esprit était ailleurs.

Mais pas ce soir-là. Ce soir-là, elle était lasse mais attentive, guettant dans le flot des paroles d'Adam le moment de faire son entrée. Madelene avait réfléchi au rôle qu'elle s'était assigné.

– Un homme est venu aujourd'hui, dit-elle, des autorités vétérinaires. Il s'est plaint d'avoir été éconduit par Clapham. Il voulait te parler.

L'indifférence quitta le visage d'Adam, qui d'abord parut se vider, pour se voiler ensuite d'une légère expression d'inquiétude.

– Il y a aussi une dame qui a téléphoné.

Adam s'était levé pour aller se placer le dos contre la cheminée éteinte. C'était une attitude qui lui venait de l'hiver, une attitude futile car on n'avait pas fait de feu depuis avril.

– Son nom était... Priscilla, quelque chose comme ça. Elle voulait savoir si nous n'avions pas un certain animal.

Adam se figea devant la cheminée.

– Je lui ai dit : oui, des oiseaux que nous nourrissons dans le parc. Et les poissons rouges de Clapham. Sinon rien.

Adam appuya sa nuque contre le rebord de la cheminée.

– J'ai pensé qu'il valait mieux ne pas parler du singe.

Peut-être est-il, comment dit-on ? Fiché à la police ? Et si c'était le cas ? Sois gentil de me le dire.

Un moment s'écoula avant qu'Adam ne réponde, et sa voix était rauque.

– La convention de Washington a établi des listes de tous les animaux sauvages, répartis en trois catégories selon les risques qu'ils sont censés courir. Les animaux de ces listes doivent obligatoirement être signalés au bureau spécial du ministère de l'Agriculture, qui veille au bon respect de la convention.

– Ce qui n'a pas été fait dans le cas présent, dit Madelene.

– Le ministère s'adresse presque toujours à moi, en tant que représentant de l'autorité chargée du contrôle.

– C'est bien ce qui m'inquiète, dit Madelene. C'est pourquoi j'ai failli me confier à cette Priscilla, et lui dire que quand – quel est déjà leur nom ? – les autorités responsables enfreignent elles-mêmes la loi, où allons-nous ?

Ce qui occupa les pensées d'Adam durant le long silence qui suivit, ce n'était pas tant les conséquences de ce que Madelene venait de dire, non plus que le désagrément de la situation, c'était la personne de Madelene qu'il regardait fixement. Il s'efforçait de découvrir derrière la femme devant lui la personne qu'il avait épousée voilà à peine dix-sept mois.

– Cinq jours, dit-il. Il ne restera ici que cinq jours. Après, il repartira.

Celui qui boit ne connaît plus la fatigue naturelle, organique. Au cours de ces derniers mois, Madelene avait eu de plus en plus de mal à trouver le sommeil. Malgré tout, elle prit ce soir-là deux tablettes de caféine, et but trois tasses de café noir pour être sûre de rester éveillée. Puis elle attendit.

A 22 heures, une voiture entra dans la cour. De sa fenêtre, elle vit Adam aller à la rencontre de deux hommes qui, avec l'aide de Clapham, déchargèrent des caisses pendant près de deux heures pour les porter dans le jardin d'hiver. Là-dessus, la voiture s'éloigna. A deux heures du matin, Adam ressortit et monta dans ses appartements. Madelene se donna cinq minutes avant de le rejoindre.

Quand elle entra, la pièce était vide. Adam était dans la salle de bains. La longue table contre le mur était couverte de grandes feuilles de papier sur lesquelles trônait un bocal contenant un gros cerveau baignant dans l'alcool.

Il y avait des heures que Madelene avait mis sa raison en veilleuse, ses actes étaient désormais commandés par les décisions qu'elle avait prises plus tôt dans la journée, c'est pourquoi elle retira sans réfléchir le gros bouchon de caoutchouc pour flairer le liquide, mue par cette curiosité instinctive des alcooliques qui sondent un nouveau terrain à la recherche d'une source éventuelle.

Le bouquet qu'elle perçut était celui du formol, douceâtre, écœurant.

Elle replaça le bouchon et se redressa. Le sentiment qui l'envahit n'était pas la déception de voir que le conservateur n'était pas de l'alcool. C'était la peur que ce ne fût le cerveau du singe. Qu'au terme de leur examen ils n'aient ouvert son crâne pour en extraire le cerveau.

La porte de la salle de bains s'ouvrit et Adam en sortit.

Son visage était gris de fatigue, et ses yeux rouges comme ceux d'un lapin albinos.

Il s'arrêta en voyant la main de Madelene posée sur le bocal, devina ses pensées et se rappela le dîner.

– C'est un cerveau de chimpanzé, dit-il. Il vient des collections de l'Institut.

Madelene pensa à sa mission, elle s'avança vers son mari et le prit dans ses bras.

– Je ne suis pas vraiment dans mon assiette, dit-elle. Mais avant de me coucher, je voulais te serrer dans mes bras.

C'était pour cette étreinte, tendre et convaincante, qu'elle était venue. Elle suffit à effacer la lassitude du visage d'Adam, ainsi que le souvenir de leur différend. De cette façon, elle fit glisser ses doigts le long de ses vertèbres, ouvrit le gousset de sa ceinture, et y prit ses clés.

Elle attendit vingt minutes dans sa chambre à coucher. Puis elle se faufila à travers les pièces obscures, trouva dans le trousseau d'Adam les clés de l'atelier du jardinier et du jardin d'hiver, et s'y enferma.

Devant et autour de la cage avait été plantée une forêt de caisses, de projecteurs et d'instruments à travers laquelle elle se fraya un chemin, sans s'y intéresser. Elle savait qu'ils étaient destinés au singe, mais qu'ils ne rempliraient pas leur fonction.

Elle ouvrit la cage et resta un instant sur le seuil, regardant l'animal. Elle ne devrait plus jamais le revoir, et elle s'efforçait de s'imprégner de son image, de prendre mentalement une photo d'adieu.

Le singe était en train de manger, il mangeait avec concentration, égoïstement, comme elle avait toujours rêvé de pouvoir manger, tous ses sens autres que le goût et l'odorat abolis, sans manières, et sans cette crainte qui pour elle depuis le début avait semblé une question qu'il lui posait : comment souhaites-tu vraiment être ? A cette question, elle répondit dans son for intérieur : je souhaite – d'une certaine manière – être comme toi.

– Je suis venue te faire sortir, lui dit-elle.

Le singe se leva. Appuyant ses malléoles contre le sol, il se dressa, mais dans une position qui le laissait à quatre pattes. Il continua son mouvement ; lâchant le sol, il tendit son dos, et joignit ses mains sur sa poitrine.

Madelene comprit que dans une mesure et d'une façon qui lui échappaient, il s'était mis à l'école de ce qui l'entourait. Malgré tout, elle était ébranlée. Pendant un moment, ils restèrent immobiles, elle et le singe se faisant face. Elle retourna vers le grillage, l'ouvrit, puis la porte du jardin d'hiver. Ils sortirent dans le parc.

Le vent s'était levé. Sur un fond de ciel froid, bleu-noir, il chassait les nuages devant le visage de Pierrot de la pleine lune. Le singe rejeta la tête en arrière, comme s'il buvait le vent et le clair de lune.

Madelene se dirigea vers le mur, posa sa carafe au sommet et se hissa à la suite. Le singe se matérialisa à ses côtés.

Le plan de Madelene s'arrêtait là. Elle voulait montrer au singe dans quelle direction prendre la fuite, il partirait, rentrerait chez lui, elle resterait seule dans la lumière de la lune, verserait une larme, sourirait, boirait le verre de l'adieu, et se sentirait bien.

Elle se trouvait assise à six pieds du sol. En levant la main, elle s'éleva soudain à six cents pieds, à la hauteur d'où elle avait vu Londres à la House of the Animals. Elle vit la ville non avec les yeux d'un homme, mais avec ceux d'un oiseau.

Ce n'était pas un spectacle réel, mais une vision. Ce qu'elle voyait, c'était que les chemins de la liberté qu'elle voulait montrer au singe n'existaient pas.

Ce qu'elle avait vu de l'immeuble d'Aldgate, c'était une mégalopole qui s'étendait jusqu'au bout de la terre. Et bien qu'elle sût que ce n'était pas possible, que même ce désert de pierres habitées prenait fin quelque part, il n'en restait pas moins que son principe était illimité. L'essentiel n'était pas la ville elle-même, qui après tout n'était qu'un point à la surface de la terre, l'essentiel était le principe même de la ville : la civilisation contemporaine. Madelene le comprit, elle n'avait pas de fin, elle avait tissé sa toile autour du globe entier. Pour le singe à ses côtés, il n'existait plus d'*au-dehors*. N'importe quel jardin zoologique, n'importe quelle réserve, n'importe quel parc animalier était enfermé dans les limites de la civilisation.

Tous les humains – même ceux qui ont lu aussi peu que Madelene – ont rêvé d'une *terra incognita*, d'un monde vierge, encore jamais exploré. Un bref instant ce rêve avait semblé prendre consistance, pour s'évanouir aussitôt. Madelene savait maintenant qu'il lui était désormais inaccessible. Plus de départs vers la Toison d'or, les trésors de l'Arabie, le centre de la terre, la Terre promise,

101

les horizons perdus, l'El Dorado, l'Atlantide, les îles des Hespérides, ni même le pays de Cocagne.

Elle se tourna vers le singe.

– Il n'y a plus rien qu'on puisse nommer « *au-dehors* », dit-elle. S'il existe une liberté, c'est à l'intérieur de nous-mêmes qu'il faut la chercher.

Ces jours derniers, elle s'était remémoré l'aspiration de son enfance, non aux images de la félicité, mais à la félicité elle-même. Non pour son propre usage – son robuste sens des réalités l'en empêchait – mais pour le singe. Elle s'était de plus en plus convaincue qu'elle voulait le sauver en l'aidant à recouvrer sa liberté au-dehors.

Elle renonçait maintenant à cette dernière illusion.

Quitter le douillet confort que procurent les espérances et les rêves éveillés n'est jamais agréable, et Madelene se faisait l'effet d'un bernard-l'ermite contraint de laisser sa coquille derrière lui. Il y avait dans cette situation un désespoir qui aurait pu conduire un caractère mieux trempé à envisager sérieusement une forme de suicide plus rapide que l'alcool, et Madelene fut un instant effleurée par l'idée de se jeter dans le vide.

Cette idée ne dura qu'une fraction de seconde. Non parce qu'elle se trouvait seulement à quelques mètres du sol, et non pas au treizième étage, mais surtout pour une autre raison. Pour les *alter ego* qui l'avaient accompagnée durant ces derniers jours, l'idée d'être brutalement éliminés était proprement inconcevable.

Elle eut la sensation qu'une autre silhouette féminine venait de la rejoindre sur le mur. Madelene se tourna vers elle et reconnut la Responsabilité. Une apparition aussi neutre et indiscutablement présente que le clair de lune, le vent ou l'odeur de la terre.

Madelene se laissa glisser du haut du mur, suivie de la femme et du singe, ensemble ils refirent le chemin de l'aller. Une fois dans la cage, Madelene referma la porte derrière eux.

– Ce n'est pas comme quand nous étions petits, dit-elle. On ne peut pas tout simplement déguerpir. Les choses sont devenues trop compliquées. Il nous faut davantage de temps.

Elle observa à travers la vitre la forêt d'instruments.

Elle distingua un appareil à anesthésier, une table roulante chargée d'un matériel de mesures, une caisse blanche montée sur roues grande comme deux cercueils, une chaise sur vérins hydrauliques reliée à un appareillage dont la finalité électronique faisait penser à une version domestique de la chaise électrique.

– Ils vont revenir pour toi, dit-elle, et ce sera pire que jamais.

Elle avança la main, et le singe la lui prit. Sa paume était large comme une pelle, mais – au contraire de ce qu'elle avait attendu – douce comme de la soie.

– Je vais te quitter, dit-elle. Mais je reviendrai te chercher.

Ce n'était pas un engagement de pure forme, comme une promesse de mariage ou de bonnes résolutions de nouvel an. C'était un serment comme Madelene n'avait jamais été amenée à en prononcer ces vingt dernières années. C'était une déclaration de fidélité sans réserve, ignorant l'avenir, comme un enfant peut en faire à un inséparable compagnon de jeu.

9

Enfant, Madelene avait été entraînée, par des grandes personnes qui croyaient bien faire, au jardin zoologique de Copenhague. Elle avait vu des aigrettes dans une volière, des fauves dans des cages exiguës, des hippopotames dans des salles de bains carrelées, de grands singes qui jetaient leurs excréments – avant de se jeter eux-mêmes – contre les grillages qui les enfermaient, en une protestation muette. Depuis, elle n'avait plus mis les pieds dans les lieux où des animaux étaient gardés en captivité.

Elle suivait aujourd'hui Andrea Burden à travers le zoo de Londres ; elles franchirent une petite porte ménagée dans une palissade en bois et en treillis haute de sept mètres, qui depuis deux ans entourait le chantier et les constructions du côté de Gloucester Gate. Dans moins de deux mois, ce site, avec les dépendances de Primrose Hill et d'Albert Terrace, devait être rattaché au Zoo de Londres, et inauguré sous le nom de New London Regent's Park Zoological Garden.

Madelene s'était attendue au pire. Elle avait sur elle un étui cylindrique en carton qui pouvait et devait paraître contenir les notes d'une étudiante, voire d'un architecte

– ce qui était le cas dans une certaine mesure – mais recelait également un flacon en Pyrex qu'elle avait rempli dès son lever et qui était encore plein aux deux tiers. En passant la porte, elle avait fermé les yeux. A présent, elle les ouvrait lentement.

L'éclairage était doré, les ombres longues et vertes, l'air frais et humide comme les gouttes d'un jet d'eau. A leurs pieds s'étendait une pelouse à la limite de laquelle Madelene put distinguer un grand lac ; sur sa large rive paissait un lama. Au milieu du lac, il y avait une île où une antilope était en train de boire. Derrière le lac s'étendait une forêt, et l'un des arbres bougeait, une bande de gorilles en avait pris possession, telle une colonie de grands oiseaux, lents et noirs. Vers l'ouest, la forêt s'arrêtait au bord d'une falaise au sommet de laquelle une famille de lions ensommeillés s'étirait paresseusement dans la lumière du soleil.

Ce que Madelene se rappelait du jardin zoologique de son enfance, c'était des prisons avec un arbre mort et nu pour les bêtes. Elle découvrait maintenant un paysage tropical, un lieu où la savane rejoignait la jungle.

Loin à l'horizon, une simple barrière de béton, un mur de verre, une allée goudronnée, révélaient que le paysage à leurs pieds était fait de main d'homme.

– En ce moment, lui dit Andrea Burden, je crois comprendre ce que dut ressentir le bon Dieu quand il est venu le matin du sixième jour se promener dans son Jardin.

Madelene s'efforça de se rappeler la chronologie de la *Genèse*.

– Qu'a-t-il ressenti ? demanda-t-elle.

105

– C'est la paix du petit matin. Les pensées sont encore claires. Il a pu établir son budget pour le lendemain.

Elles s'assirent sur une balustrade en pierre. A leurs pieds, une cascade chutait de dix mètres dans un bassin.

– A dire vrai, il n'a pas connu nos difficultés avec les propriétaires des terrains. Ou du fait de la libre concurrence. Tout cela n'existait pas, quand Sir Stamford Raffles a fondé au siècle dernier le Zoo de Londres à l'intention d'un petit public d'aristocrates, avec une poignée de spécimens d'animaux de la terre et d'oiseaux du ciel. A présent, les choses ont changé. L'espace sur lequel la presque totalité de Londres est bâtie, le terrain sur lequel nous nous trouvons, sont la propriété de la famille royale. Tu ne peux pas t'imaginer – personne d'étranger à l'affaire ne le pourrait – tout ce par quoi nous avons dû passer pour obtenir la jouissance de cet endroit. Jusqu'à l'arrivée du nouveau gouvernement, toutes les tractations devaient se faire avec le Greater London Council. Maintenant c'est un vrai casse-tête. Pour finir, nous avons traité d'une part avec les communes et leurs représentants, le Borough of Marylebone, le Borough of Camden, la London Borough Association et la Corporation of London Association. D'autre part, avec la Direction des Châteaux agissant au nom de la famille royale. Troisièmement, avec les entreprises qui avaient sous contrat Albert Terrace. Sans parler des représentants des résidents qu'il a fallu payer pour qu'ils partent.

Elle respira profondément.

– Tout est maintenant réglé. Nous avons gagné le premier round. Vient maintenant la demi-finale. Quand nous ouvrirons, il faudra faire face à la concurrence des parcs de safari et des attractions pour touristes de la ville. Cela vaut pour le public et les autorisations. Nous aurons à nous imposer face aux 600 jardins zoologiques des États-Unis et du continent. Et aux 800 autres dans le reste du monde. Nous devrons constamment justifier, pièces à l'appui, nos résultats dans le domaine de l'élevage, de la recherche et des transactions si nous voulons rester membres de l'European Endangered Species Programm et du CBSG dont dépend la répartition de tous les animaux de grande valeur actuellement en captivité. Ce dernier décide à quel parc revient d'établir le registre généalogique de telle ou telle espèce. Notre but est de devenir en deux ans *studbook keeper* pour dix espèces. Et pour dix autres encore dans les dix années à venir. Nous comptons sur dix millions de visiteurs par an, et investissons dix millions de livres dans la recherche. Il y a deux ans, nous avons repris Saint Francis Forest pour en faire une annexe d'élevage. Sa gestion va nous coûter dix millions de livres par an avec celle de Whipsnade.

Devant elles, un jaguar était descendu nonchalamment du haut des rochers pour venir boire au bord de l'eau.

– Vous pourriez peut-être faire payer aux animaux le gîte et le couvert, dit Madelene.

– Il y a des impératifs à respecter, si l'on veut lancer un parc de cette importance. Si le bon Dieu devait refaire sa Création, il ne le ferait pas non plus à partir de zéro. Et pas pour deux spectateurs dans le plus simple appareil. Il faudrait qu'il commence par trouver le financement, et qu'il s'assure ensuite d'une foule de visiteurs. Après quoi...

– Après quoi, il laisserait sans doute tout tomber et se contenterait de laisser les animaux en paix, dit Madelene. Elle aurait pu rester bouche cousue. Une semaine plus tôt, elle n'aurait rien dit. Mais derrière elle, Priscilla était venue s'asseoir sur la balustrade de pierre. Seul le jaguar l'avait remarquée, il regardait attentivement cette troisième personne qui se mêlait à la conversation.

Andrea Burden se leva pour se rapprocher, avec ces petits mouvements feutrés circulaires que Madelene lui connaissait désormais.

– Ainsi, on aime la liberté, dit-elle. On aime les grands espaces. La vraie nature, paradisiaque. Comme dans les histoires lues à haute voix quand on était petite. On pouvait donc se contenter des livres d'enfants à la maison ? Et puis il y avait aussi les dessins animés.

Elle lui montra le jaguar.

– Sais-tu ce qui attend celui-là dans les forêts vierges du Brésil occidental ? Sais-tu ce qu'on fait des grands félins ? D'eux et des autres bêtes sauvages ? Ce qui les attend, ce sont des souffrances que seules reflètent les statistiques. Sur une portée de quatre, trois meurent en bas âge. De ceux qui passent la première année, un sur deux atteindra la maturité sexuelle, l'autre mourra. Seulement un sur huit se reproduira. Rarement plus d'une fois. Après, il mourra de faim. Ou de soif. Ou sera dévoré par un autre jaguar. Ou éventré par un sanglier, la plaie s'infectera, les larves d'insectes proliféreront dans tous ses muscles pour finir par attaquer le cerveau, et là...

– Assez, dit Madelene.

– Le bon Dieu ne l'avait pas prévu, quand au sixième jour il croyait encore que tout était pour le mieux. Mais peu à peu, il a dû comprendre – ce qui lui aura pris du temps comme à la plupart des spécialistes du comportement – que ce qu'il avait créé, c'était une usine à fabriquer de la souffrance. Que le sort du jaguar, c'est de rester en vie – au prix d'efforts et de souffrances le conduisant à la limite de sa résistance – juste assez longtemps pour parvenir à s'accoupler.

– Au moins, il aura connu l'amour avant de mourir, dit Madelene.

Andrea Burden retroussa les babines en une sorte de sourire.

– C'est le cas, tu peux me croire, dit-elle. Et laisse-moi te dire comment cela se passe. Le jaguar vit en solitaire. Un jour, il perçoit une odeur diffuse qu'il suit, poussé par une nécessité chimique interne qu'il ne comprend pas. Il la suit, et se trouve soudain en présence d'un autre fauve. Il ne reconnaît pas sa propre image, car il n'a aucune conscience de lui-même. Il ne perçoit qu'un danger mortel. Il veut s'enfuir – les deux bêtes veulent s'enfuir – mais elles ne le peuvent. Un carcan génétique les cloue sur place. Elle lui tourne le dos, s'aplatissant sur le sol, il bondit sur elle, enfonçant ses crocs dans sa nuque. Et sais-tu pourquoi ? Est-ce l'effet de la passion ? De l'amour ? Je vais te dire pourquoi. C'est pour une raison si évidente que même les zoologistes n'ont pu l'ignorer. C'est parce que s'il ne la tenait pas fermement, elle se retournerait dans sa peur stupide et le tuerait. Ensuite, il la couvre. Et à l'instant où il se retire et lâche prise, toutes les femelles jaguars, toutes les femelles tigres, et toutes les chattes du monde entier ont la même réaction instinctive. Sais-tu laquelle ? Sais-tu comment elles remercient pour l'accouplement ? Elles tendent le cou et tournent la tête, et tâchent de voir si elles peuvent réussir à planter leurs crocs dans son artère carotide.

Les deux femmes tournaient autour l'une de l'autre. Le jaguar et Priscilla les suivaient des yeux.

– Vous n'avez jamais posé la question à un jaguar, dit Madelene. On peut bien paraître souffrir, même si on se porte à merveille.

– Le pénis du félin est barbelé. A l'instant où il se retire, les barbes déchirent la femelle. Cette souffrance provoque l'ovulation. De la sorte – par la douleur – la nature se donne les plus grandes chances de fécondation et assure la survie de l'espèce.

Madelene détourna les yeux.

– Malgré tout, dit-elle, personne ne peut savoir... comment...

Andrea Burden s'accouda au rebord de pierre, et regarda le jaguar. Son visage s'éclaira de cette attention inquiète avec laquelle une mère regarde son enfant.

– Ma conviction, dit-elle, est que les meilleurs jardins zoologiques peuvent apporter aux animaux pratiquement tout ce dont la nature aurait pu les gratifier : la nourriture, la lumière, les conditions d'un bon développement. Et de plus, la diminution de leurs souffrances dans une certaine mesure.

Priscilla avait fait signe à Madelene.

– Et le singe ? dit-elle.

Andrea Burden ne répondit pas directement.

– Voici quelques années, dit-elle lentement, on croyait que le coin des ours blancs était l'endroit le plus dangereux, dans un jardin zoologique. Leur épaisse fourrure et leurs yeux marron incitaient les gens à passer la main pour leur gratter le dos. Sur quoi, d'un seul coup de patte, ils arrachaient le bras du visiteur jusqu'au coude. J'ai changé d'avis. Je pense que le coin le plus dangereux se situe là-bas, en face.

Madelene suivit son regard. Au-delà du rocher aux singes, de l'autre côté de Prince Albert Road, se distinguaient les contours grisâtres de l'Institute of Animal Behavioural Research.

– La volière universitaire.

Du doigt, elle désignait un point au-delà du parc.

– Albany Street. C'est là que les fonctionnaires supérieurs qui décident de tout ont leur résidence privée. Porte à porte avec la bourgeoisie financière. Le poulailler du pouvoir économique et politique, où règne la plus rigide hiérarchie des gallinacés. Et la plus désastreuse disproportion entre le corps et la cervelle. Les vrais paons se livrent à une brève mais sanglante explication, après quoi ils vivent sournoisement en paix sous la houlette du vainqueur. Mais ici, les batailles et les bêtises se succèdent sans fin. Ces gens-là soutiennent d'une main le World Wildlife Fund, et de l'autre vendent des armes et le bois des forêts tropicales. Ce sont eux qui ont supprimé les fonds au Zoo de Londres, affamé le parc, et laissé crever de faim les bêtes dans les cages. Jusqu'à ce que nous commencions notre... croisade. Ce sont les membres de ces charmants organismes qui décideront qui sera le nouveau directeur, quand dans deux mois les deux jardins zoologiques de Londres fusionneront en un seul.

Andrea Burden marqua un temps d'arrêt. Un oiseau émit un son bref, brutal, comme venu de la forêt vierge.

– Ce sera l'un des postes les plus puissants du monde zoologique. J'ai pensé qu'ils pourraient désigner ton mari. Le singe doit assurer sa nomination. Il doit convaincre les derniers hésitants. Il ne suffit pas en effet qu'Adam soit plus intelligent qu'eux tous réunis. Non plus qu'il ait écrit quarante articles et trois livres traduits dans cinq langues. On fera acte de candidature dans le monde entier. La désignation sera secrète, et foncièrement corrompue. Mais s'il prend trois semaines d'avance sur les autres, rien qu'avec le singe, personne ne pourra l'inquiéter. Voilà pourquoi il est chez vous. Parfaitement protégé. Et pourquoi nous avons très légèrement contourné la convention. Afin de pouvoir à l'avenir la faire respecter d'autant mieux.

– Adam dit que c'est un chimpanzé nain, dit Madelene. Qu'en penses-tu ?

Andrea Burden hésita un instant.

– Je ne suis pas zoologiste, dit-elle.

Elle prit Madelene par le bras, et l'entraîna. Quelqu'un – elle-même ou Priscilla – tendit la main, et saisit l'autre par le bras.

– Mais pourquoi Adam ?

Andrea Burden essaya de se dégager. Mais la main de Madelene retenait son bras avec la poigne de Priscilla, habituée à manier des crocs de boucher et des carcasses de bœuf d'une demi-tonne.

– Adam, dit Madelene, aime les animaux parce que... parce qu'ils ne peuvent rien lui faire. Parce qu'il leur est supérieur. Mais il ne leur fait pas confiance. Il ne fait confiance à personne au monde. Pas même à moi.

Madelene et Priscilla avaient été rejointes par une troisième femme, invisible, encore anonyme, mais nettement distincte de Madelene elle-même. Une personne d'une totale sincérité. Ce fut elle qui parla.

– Même quand nous sommes l'un près de l'autre, quand on peut espérer que les choses vont changer, il ne se laisse pas aller. Il a peur... que je tourne la tête pour déchirer son artère carotide. Et maintenant, c'est pire que jamais. Sans doute à cause du singe. Il est très soucieux. Très dangereux.

Andrea Burden montra un visage qui, pour un court instant, sembla se départir de sa réserve.

– Les internats, dit-elle. On y entre quand on a entre quatre et sept ans. Cela se fait dans notre milieu, et c'est considéré comme le meilleur départ dans la vie. Le sport, les beaux-arts, la littérature et quatre langues étrangères. Un peu plus de confort et de la comptabilité pour nous les filles. On vous donne tout. Sauf l'amour. Pendant dix ans. Après, c'est trop tard. Le reste de l'existence, on vit comme un soldat au front. On se protège, car personne ne le fera pour vous. Comme dans les mémoires de Churchill. Sa lettre à sa mère. Écrite en Afghanistan, pendant la pause, entre deux destructions, alors qu'ils détruisaient le système d'irrigation. Sur son temps à Sandhurst, il écrit qu'il est devenu un arbre rabougri. Il n'a pas eu le courage de le dire en face. Voilà pourquoi on choisit de ne pas avoir d'enfants. Parce qu'on sait ce qui les attend.

Pendant une fraction de seconde, les deux femmes se sentirent proches, comme c'est le cas lorsque des élèves renoncent momentanément à leurs masques. Mais Andrea Burden eut vite fait de se ressaisir.

– Tu es une étrangère, dit-elle. Tu ne pourras jamais

comprendre. Quoi qu'il en soit, Adam est un lion. Il a de la classe, des ambitions, et l'expérience des ministères, des conseils d'administration et de l'université. Il peut diriger le parc sans scrupules personnels. D'un mot il peut remettre les ennemis de l'extérieur à leur place. Il peut apprivoiser les associations écologiques ou locales, ainsi que le Royal Institute of British Architects. C'est pour cela que nous lui devons le respect, toi et moi.

– Je suis sa femme, dit Madelene. Et un mariage n'est pas un zoo.

Les deux femmes se regardèrent droit dans les yeux. En d'autres circonstances Madelene les aurait baissés. Mais depuis elle avait essayé de regarder Erasmus droit dans les yeux. Aussi ce fut Andrea Burden qui dut baisser le regard.

Elles avaient atteint la porte de la clôture, et pénétrèrent dans le Zoo de Londres. Le jardin était ouvert, et les premiers visiteurs arrivés.

– Je reste ici encore un peu, dit Madelene. Pour voir si je comprends ce que le bon Dieu a pensé plus tard ce jour-là.

Andrea Burden s'arrêta.

– Et cette histoire d'aller voir les journaux... ? dit-elle.

Il y avait en Madelene, comme chez toutes les femelles, un réel désir que tout finisse bien, qu'on se quitte franchement, chaleureusement, à regret. Et c'est bien ce qui allait se produire. Madelene était prête à se réconcilier. Mais derrière elle se tenaient les deux autres femmes, et elle devait répondre en leur nom à toutes.

– Partie remise, dit-elle. Jusqu'à nouvel ordre. Mais non classée.

Une fois seule, elle traversa le parc à la recherche d'une cabine téléphonique. Elle s'assit sur une balustrade devant le coin des fourmiliers, des lièvres d'Argentine et des guanacos, sortit sa flasque et but à la santé des animaux. Elle dénombra les fenêtres de l'Institut, cherchant à situer le bureau d'Adam.

Elle savait qu'elle devait se dépêcher. Que sa situation était comme celle d'Ève au Paradis, qui avait découvert juste après sa création que le bon Dieu était allé trop loin, et avait décidé de le stopper. Elle avait dû être perturbée et surmenée comme Madelene l'était à cet instant. Quoi qu'Andrea Burden et Adam fussent en train de mettre sur pied, ils étaient sur le point d'aboutir.

Elle entra dans la cabine téléphonique à pièces, et fit le numéro direct de son secrétariat.

La secrétaire répondit.

– C'est moi, dit Madelene. Puis-je lui parler ?

– Je vous le passe.

Madelene leva les yeux vers le bâtiment gris. La tête lui tournait. Elle avait été tellement sûre qu'il ne serait pas là, qu'aujourd'hui encore il serait resté à la maison, dans le jardin d'hiver.

– Oui ?

– C'est moi, dit Madelene.

Sans vraiment bien connaître la secrétaire, Madelene était sûre qu'elle écoutait. Sous l'effet de l'alcool et du manque de sommeil, sa voix était devenue râpeuse comme du gravier au bord d'une plage. Derrière cette sonorité, Adam reconnut la voix de sa femme. Mais ce qu'entendit la secrétaire, ce fut la Priscilla des abattoirs.

– J'avais besoin d'entendre ta voix, dit-elle.

Adam émit un grognement câlin, il se sentait flatté. Madelene s'efforça de réfléchir. Il fallait qu'elle entre dans l'Institut. En étant sûre de ne pas le rencontrer. Elle devait avoir la certitude qu'il ne quitterait pas son bureau avant qu'elle ne soit repartie.

– Je voudrais pouvoir te caresser, dit-elle.

– Hum...

Elle connaissait ce son chez Adam, et sut qu'elle venait de provoquer une érection.

Elle regarda autour d'elle. Un groupe de retraités portant des cacahouètes pour les singes la dépassa.

– Je voudrais te dire quelque chose d'obscène, susurra-t-elle. Puis-je te rappeler dans un quart d'heure ?

Elle entendit sa respiration devenir haletante. Le désir est toujours plus fort que la logique. Il ne vint pas à l'esprit d'Adam de demander pourquoi la communication devait maintenant être interrompue.

– Je ne décolle pas du téléphone, dit-il.

Madelene raccrocha.

Tout en courant en direction de l'entrée principale, elle ébouriffa ses cheveux, chaussa ses lunettes de soleil, et s'enveloppa à la diable dans son manteau. Contre le trottoir stationnait un camion avec une image de chien sur la portière. Il était inoccupé. En pénétrant dans le vestibule, elle vit, à la réception, le chauffeur du véhicule se faire éconduire par un grognement du fox-terrier. Madelene prit l'ascenseur, et dépassa en hâte la porte derrière laquelle la secrétaire et Adam attendaient son coup de téléphone.

Le bureau du vétérinaire était vide. Madelene s'assit pour l'attendre. Il lui restait dix minutes.

Il arriva au bout de cinq. Portant une tasse de thé et un croissant.

– Excusez-moi, dit Madelene.

Le médecin s'assit.

– Mais installez-vous donc, dit-il. Je peux même vous faire apporter un lit.

– Je ne connais personne d'autre que je puisse questionner, dit Madelene.

Elle entendit sous l'enrouement de sa propre voix la tonalité nouvelle et sincère d'un aspect de sa personnalité qui ne lui était pas encore familier.

Le médecin secoua la tête.

– J'aime bien avoir de la compagnie en prenant mon thé du matin. Et ici, plus personne ne me parle.

– Mais pourquoi ?

Il soupesa la question.

– Peut-être parce que je suis en train de devenir sénile. Peut-être parce que les temps changent et que j'appartiens au passé. Ou pour n'importe quelle autre raison. Que puis-je vous offrir ?

Madelene enleva ses lunettes de soleil.

– Une bière un peu forte ?

Le médecin étendit la main derrière lui, ouvrit un petit frigidaire, et posa devant elle une bouteille et un verre.

Madelene se servit, et but. Elle ouvrit son étui en carton, posa la flasque sur la table, et fit tomber en les secouant plusieurs feuillets de papier blanc. C'était les dessins des appareils qu'elle avait vus la veille devant la cage du singe. Tracés de mémoire, mais non à l'eye-liner.

117

Exécutés au fusain noir tôt ce matin, alors qu'elle était encore à jeun.

Elle tendit au médecin la première feuille qui représentait le double cercueil monté sur roues et la chaise électrique.

– Un scanner pour le cerveau, dit le médecin. Un appareil à scanner le cerveau.

– Comment fonctionne-t-il ?

Il hocha la tête.

– Une invention des temps nouveaux, dit-il.

Madelene lui donna le dessin suivant.

– Un moniteur de sommeil. Ils en ont un semblable juste au-dessous de nous. A l'Institut de la recherche sur le sommeil. Celui-ci est fait pour de grands animaux. On attache l'animal et on branche le courant. Quand il s'endort, la gravité entraîne une partie de son corps, un bras, la trompe, le cou. Il reçoit alors une décharge, et se réveille. On mesure le temps pendant lequel on peut le maintenir éveillé. C'est une pratique courante. On a démontré que les animaux peuvent se passer de sommeil. Mais bien sûr on n'a pas réussi à en persuader les animaux.

Madelene montra encore deux dessins.

– Des boîtes pliantes qui font partie d'un test. On dirait des damiers de jeux d'échecs, d'après ce que je vois.

Il prit un dernier feuillet.

– Un simulateur de stimulation. Venu tout droit de l'Institut de neuro-éthologie, deux étages au-dessous de nous. On s'est demandé dans quelle mesure les bêtes peuvent ressentir la douleur. Et on a suggéré que tant que les animaux ne peuvent pas nous dire en bon anglais qu'ils ressentent de la douleur, il n'y a aucune raison de prétendre qu'on maltraite les animaux.

Il regarda Madelene.

– C'est une machine adaptée aux expériences sur les grands animaux. A-t-on commencé à étudier le comportement animal dans les abattoirs ?

– Tester quoi ? Quel comportement ?

– Je dirais l'intelligence, la faculté à résoudre des problèmes. Ce sont des méthodes relativement brutales. La machine pour le sommeil, par exemple, il est devenu très difficile d'avoir l'autorisation de l'employer par l'Animal Procedure Committee. Mais l'expérience est sans doute urgente ?

Madelene ramassa ses papiers.

– Puis-je utiliser votre téléphone ? demanda-t-elle.

Le médecin fit un geste de la main.

– Il est à vous. Emportez-le, si vous voulez. Je pars en retraite l'année prochaine. De toute façon, personne ne me téléphone plus.

Madelene composa le numéro d'Adam.

Il s'écoula un instant avant que la secrétaire ait repris suffisamment ses esprits pour lui passer la communication ?

– Es-tu seule ? demanda Adam.

– Tout à fait.

– Habillée ?

Madelene regarda le médecin.

– Non, dit-elle, je n'ai rien sur moi.

Adam émit un sifflement étouffé.

– Il est raide comme un bâton, dit-il.

Madelene regarda autour d'elle, cherchant l'inspiration. La situation était délicate. Elle fixa des yeux les diagrammes dentaires affichés sur le mur derrière le médecin.

– Peux-tu le toucher avec ta langue ? dit-elle posément.

Un gémissement monta du téléphone.

– Je... j'arrive tout de suite, dit Madelene. Je suis obligée de raccrocher.

Elle raccrocha, et rangea ses dessins.

– Et comment va votre allergie, demanda le médecin.

– Mieux. Merci.

– J'ai téléphoné au Centre de recherche des abattoirs. Ils n'ont jamais entendu parler de vous.

Madelene respira profondément.

– Ils m'auront oubliée. Les gens vous oublient dès que vous avez franchi la porte.

– J'ai passé en revue les bulletins d'information. Des six derniers mois. Ils ne mentionnent aucun vol de grands singes ou d'animaux ressemblant à un singe.

– Vous êtes un amour, dit Madelene.

– Il y a toujours des faux bruits. Au cours de ces dix dernières années, on a parlé plusieurs fois sous le manteau d'un singe inconnu, un genre de primate, qui aurait été proposé à la vente. Il va de soi que nous n'achetons pas au marché noir. Et aussi que la chose est impossible. Avec le bœuf de Vu-Quang, le dernier grand mammifère a été découvert et répertorié. Il a pu se produire un croisement entre différentes espèces de singes.

Madelene sortit dans le couloir, voulut filer et, chancelante, tenta de passer en courant devant le bureau d'Adam.

120

La porte du bureau s'ouvrit et la secrétaire apparut. Il était évident, même pour Madelene, que si cette dame avait d'habitude des motifs précis et rationnels de se donner du mouvement, elle cédait cette fois au besoin de sortir pour calmer son indignation. En apercevant Priscilla devant elle dans le couloir, elle se colla au mur.

Madelene la gratifia d'un grand sourire, soulagée que ce ne fût pas Adam, et pour lui signifier qu'en dépit des désaccords passagers on se devait d'être aimables, charitables les uns envers les autres. Puis elle passa son chemin.

Dans l'ascenseur, elle commença par appuyer sur le bouton de la cave, mais elle réussit ensuite au premier essai à se retrouver à la réception. Elle s'aperçut qu'elle avait encore le temps de rattacher un dernier fil. Elle s'avança vers le comptoir.

– J'attends une voiture, dit-elle. Le monsieur qui était tout à l'heure ici, ce n'était pas le chauffeur ?

Le fox-terrier serra les mâchoires.

Madelene posa son étui en carton sur le comptoir. La femme le regarda avec indifférence.

– Ceci, dit Madelene, contient le scanning d'un cerveau, c'est urgent. Des ministres et des princes l'attendent. C'est une question de vie ou de mort. Si vous avez laissé la voiture partir sans moi, vous êtes demain au chômage, sans même la possibilité de finir vos jours parmi les vaches marines.

La femme mit en balance les avantages et les inconvénients qu'il y aurait pour elle à continuer de se montrer insolente.

– C'était le balayeur de la rue, finit-elle par dire. Pré-

121

tendait déplacer la voiture du directeur. Voulait savoir à qui elle appartenait. Pour balayer sous elle. Bien sûr, il a été mis à la porte.

Madelene se redressa, mal assurée, les yeux papillotants.

– C'est comme ça qu'il faut traiter ces gens-là, dit-elle.

Elle sortit au soleil, parvenue au stade final et euphorique de l'ivresse. En fredonnant, elle commença, incertaine de sa direction, sa promenade magique dans un monde foncièrement bon et joyeux. Dans son esprit bouillonnaient le chantier du zoo, Andrea Burden, les rêves possibles ou mort-nés, les amies inconnues ou inattendues, le souvenir de l'érection d'Adam, l'esquisse d'un moniteur de sommeil, et une énergie qui ne s'expliquait pas en des termes purement chimiques.

Elle passa devant le camion orné du chien sur la portière. Dans la cabine, le balayeur congédié regardait droit devant lui, semblable au jeune homme du conte qui intervient au moment le plus désespéré grâce à l'aide de la sorcière.

Madelene tendit la main, ouvrit la portière, et monta. Elle s'assit bien droite à côté de Johnny, ouvrit son étui en carton, en sortit le flacon contenant le dernier centilitre de carburant, et ôta le bouchon.

Johnny resta parfaitement immobile.

– Vous voulez ? dit-il.

– J'ai une rue qui a besoin d'être balayée, dit Madelene.

Elle but une gorgée du flacon, et le tendit à Johnny. Il

flaira et goûta prudemment. Ses yeux s'emplirent de larmes et de respect.

– C'est fort !

Madelene ôta ses lunettes de soleil. Ce n'est qu'alors qu'elle vit Samson plâtré sur sa couche derrière le siège du conducteur.

– Vous êtes sa femme, dit Johnny.

Madelene sourit. Au beau milieu de son sourire débuta la chute.

L'effet fut instantané. Les réserves épuisées, la fusée ralentit, s'arrêta pour larguer ses réservoirs vides, puis tomba comme une pierre droit vers le sol.

Madelene ouvrit la portière par laquelle elle était montée pour se pencher au-dehors. Les passants virent l'expression de son visage et s'écartèrent. A l'exception d'une personne. La secrétaire d'Adam, qui sans doute allait déjeuner, s'arrêta, encore blême et bouleversée. Madelene vomit. La secrétaire se recula.

Madelene serait tombée si un bras – qui avait soulevé des gnous et des hippopotames – ne s'était saisi d'elle et ne l'avait ramenée dans la voiture. Johnny lui tendit un grand mouchoir bleu soigneusement plié, et une Thermos.

– Buvez, lui dit-il. C'est de l'eau.

Madelene but avidement. De la poche de son manteau, elle sortit ses comprimés de vitamine B, en avala une poignée, et but à nouveau.

Johnny mit le moteur en marche et démarra.

Au fond d'elle-même, Madelene chutait de plus en plus vite. S'annonçaient la nausée, et plus bas encore, dans ces catacombes funéraires, ce que le monde appelle par un doux euphémisme la gueule de bois. Elle ne pouvait plus se payer le luxe de faire des manières. En même temps, la situation lui apparaissait avec cette lucidité qui précède la défaillance.

– Le chien, dit-elle. C'est celui dont a parlé Bowen. Vous aviez le singe dans votre voiture.

– Il a filé, dit Johnny. C'est bien la première fois. Je ne savais pas qu'il était à vous.

– Comment l'avez-vous retrouvé ?

Johnny posa la main sur la radio.

– La police émet sur 148 mégahertz, dit-il. La police vétérinaire sur 146.

Avec des ouvriers – spécialisés ou non –, Madelene n'avait jamais eu de rapport autrement que dans des situations bien définies. Ils avaient satisfait les besoins matériels de son existence, puis l'avaient débarrassée des débris. Elle les avait appelés, accueillis, leur avait ouvert et fermé les portes avec une gentillesse exagérée, mue par la peur qu'ils lui inspiraient, sans pouvoir les comprendre, se sentant complètement en leur pouvoir, incapable qu'elle était de changer un fusible, de dévisser un siphon, ou de préparer un gâteau à la crème. Dans un taxi, elle s'asseyait toujours sur la banquette arrière. Aujourd'hui, elle était assise à côté de Johnny. Embarquée dans une course qu'elle avait elle-même exigée. Et pour laquelle elle n'avait pas fixé le prix à l'avance.

Dans les cas douteux, tous les êtres vivants cherchent refuge dans les modes de comportement qu'ils connaissent.

– Vous serez dédommagé, dit-elle.

Johnny secoua la tête.

– Combien ?

Johnny secoua encore la tête.

– Il ne s'agit pas d'argent, dit-il.

Madelene le regarda avec des yeux nouveaux, comme on regarde une bête rare, un calao, ou un tapir nain. Un homme qui ne voulait pas d'argent.

– Que voulez-vous alors ? demanda-t-elle.

Du corps de Johnny remonta à son visage un tumulte de sentiments dont il ne pouvait exprimer aucun. Madelene vit qu'à ses côtés était assis un homme qui, comme elle, ne savait pas où il allait, mais qui – comme elle – était convaincu que la piste qu'il suivait était la bonne.

– Je veux seulement le revoir, dit-il.

Ils continuèrent à rouler en silence. Tous deux savaient que le singe s'était trouvé dans la cabine où ils étaient assis.

– J'ai promis de l'aider, dit Madelene.

Johnny approuva.

– C'est évident.

– Mais je ne sais pas comment.

– J'ai tout convoyé, dit Johnny. Des girafes mâles en chaleur. Des impalas. Qui meurent à la moindre pensée de ne plus être en Afrique.

Il arrêta la voiture. Alors seulement Madelene reconnut le quartier. Ils étaient à un jet de pierre de Mombasa Manor. Elle descendit prudemment.

– Je pourrais vous aider, dit Johnny.

Madelene le regarda bien en face. S'en remettre à un inconnu appartenant à une classe sociale différente lui était impossible. Mais elle n'était pas seule. Sa douloureuse lucidité lui fit comprendre que ses nébuleuses amies trouvaient Johnny sympathique.

— Je reste garé ici à partir de maintenant, dit-il. J'habite dans mon camion.

Il se pencha pour lui tendre son étui en carton.

— Dites-lui... dites-lui que moi et Samson nous lui pardonnons ce qu'il lui a fait. Il n'avait pas le choix.

Madelene referma la portière, tourna les talons, et se mit en route vers la maison, laborieusement, sans regarder derrière elle.

10

Elle fut réveillée par la lumière, un bruit de moteur et l'impression de devoir quelque chose à quelqu'un.

Il était deux heures du matin, mais le remue-ménage n'était pas nouveau pour elle. Au cours des derniers mois, une autoroute à six voies particulièrement fréquentée la nuit en était venue à traverser son crâne, zébré par la lumière des phares jaillissant derrière la cornée de ses yeux. Elle avait eu le temps de s'habituer à cet enfer de bruit et de lumière. Ce qui maintenant la réveillait, c'était des impressions sensorielles venant de l'extérieur.

Elle se mit à la fenêtre. Dans le jardin, à la lumière aveuglante de projecteurs, s'affairaient une demi-douzaine d'hommes, occupés à condamner définitivement le jardin d'hiver. Durant les deux heures où elle regarda dehors, ils placèrent des grilles d'acier devant les fenêtres, changèrent les portes, et disposèrent dans le sens de la longueur un promenoir ceint d'une clôture métallique haute de cinq mètres, fermée au sommet par trois fils électriques montés sur isolateurs. Après quoi ils s'en allèrent.

Madelene se recoucha, mais ne réussit pas à se rendormir, et elle se releva. Dans la lueur de l'aube, elle vit Adam accueillir trois hommes. Après avoir enfilé des blouses, ils s'enfermèrent dans le jardin d'hiver. Un peu plus tard, Clapham les rejoignit.

Tandis que pointait le jour, Madelene entreprit de combattre les séquelles de l'intoxication de la veille avec davantage d'alcool. Au début, cela parut lui réussir.

Au cours des trois jours suivants, Adam et ses quatre collaborateurs ne sortirent que pour manger, aller aux toilettes, et dormir une heure ou deux sur un sofa ou dans un fauteuil ; et pendant ces trois jours, Madelene n'arrêta pas de boire à intervalles réguliers. Tout d'abord pour calmer son inquiétude, ensuite – comme cela ne réussissait pas –, pour trouver si possible le sommeil. Et comme cela ne réussissait pas davantage, elle but pour s'éviter la gueule de bois et se garder d'être de nouveau à jeun.

Au cours de ces trois jours, quelque chose de bestial s'était abattu sur les habitants de la maison. Pas seulement Madelene, mais aussi les cinq hommes. La première fois où ils étaient réapparus, ils avaient pris un bain et s'étaient changés. Mais déjà la seconde fois, ils avaient gardé leur blouse de travail, et pris leurs repas sans mot dire. Par la suite, les repas furent abandonnés. Les hommes n'y pensaient plus, ils envoyaient chercher un sandwich, ou entraient par deux ou trois à la fois dans la cuisine pour y rafler un morceau de viande, s'asseoir sur une chaise, et s'endormir pendant une heure ou deux avant de retourner au travail. Dès le deuxième jour, les barrières sociales s'effacèrent entre eux. Quand ils peinaient ensemble, ou s'effondraient sur un siège, nul étranger n'aurait pu deviner qui était l'ouvrier, qui le majordome, ou qui le futur directeur du plus prestigieux jardin zoologique du monde.

Ils s'étaient mis au travail rayonnants d'enthousiasme scientifique. Au cours de ces trois jours, Madelene – à travers son ébriété grandissante – vit cet optimisme virer à l'espérance, l'obstination, la dépression et enfin la panique.

Quand Adam, à intervalles d'une vingtaine d'heures, revenait en titubant dans la chambre à coucher, Madelene le suivait, lui faisait l'amour, avant qu'il s'endorme pendant quelques heures. C'est ainsi qu'elle se réveilla la troisième nuit, entre deux cauchemars, prenant conscience de l'effondrement écologique de son organisme.

L'alcool avait épuisé ses réserves en fluides. Il avait pompé le plasma de ses cellules jusqu'à l'effondrement, paralysé la fonction hydrique de ses reins, et saturé les canaux encore existants avec les décharges ammoniacales de son métabolisme. Elle ressentait très nettement les à-coups de son cœur, la surcharge de son foie, et l'inertie létale de ses intestins. Et sur cette catastrophe intérieure flottaient les cancrelats de ses rêves, les grands amphibiens blancs vénériens des cauchemars de l'alcoolique.

Elle fit un effort pour quitter son lit, et alla vers la fenêtre. Dans la lumière du dernier quartier de la lune, elle vit le singe. Il sortait dans l'enclos, surveillé par Clapham, et en faisait lentement le tour. Il était enveloppé dans une couverture, son visage était caché dans l'ombre, il boitait, et semblait encore plus épuisé que les cinq hommes.

Mais Madelene vit cependant que, quoi qu'ils aient essayé d'en tirer, ils n'y étaient pas parvenus.

129

L'animal ne fit qu'un seul tour, puis disparut à l'intérieur du bâtiment, et Clapham referma la porte sur lui.

Madelene considéra les montants de sa fenêtre, le parc, et plus loin encore, la ville. Des conversations qu'elle avait surprises dans la maison de son enfance, elle avait une vague et répugnante idée du comportement animal dans le cadre de la production industrialisée. Elle connaissait la signification de mots comme fracture spontanée des os, retournement de la langue, tropisme somatique, ingestion des urines, morsures de mangeoire, agressions mutuelles, ou automatisation des activités sexuelles. Elle appliquait ces mots à elle-même. Tremblante, elle se voyait – et voyait la grande ville – à l'image du monde animal. Elle était dévastée intérieurement, un vide l'avait envahie qu'Adam lui avait injecté. Elle pensa aux protestations qu'elle n'avait pas émises, aux occasions qu'elle avait laissé passer. Un sentiment de culpabilité l'accabla. Non pas la mauvaise conscience, la petite monnaie des broutilles personnelles, mais un arriéré suicidaire. Dans sa déconfiture librement consentie, elle avait atteint le point de l'incontournable remords.

Elle pensa au singe. Depuis son parc naturel intérieur saturé d'alcool jusqu'aux cancrelats de ses hallucinations, en passant par les truies, les vaches et les poules accumulées par sa famille, elle établit une relation avec le singe dans sa cage.

Madelene parvint alors à l'évidence qu'elle n'était plus un voyageur parcourant les paysages fascinants engendrés par l'alcool. Elle était – et depuis longtemps – établie à demeure, encagée dans une prison chimique.

La lumière de la lune, qui semblait faible l'instant

auparavant, emplissait maintenant sa chambre avec la netteté des rayons X. Dans cette lumière, Madelene vit sa propre impuissance, la vit nettement, elle se perçut comme le singe l'avait vue, et en cet instant elle renonça. Renonça à l'espoir, à son rôle d'ivrognesse, à l'agréable vent portant de l'alcool qui l'avait accompagnée tout au long des événements de la semaine passée. Elle renonça à son martyre alcoolique, à son identité alcoolique.

Elle renonça à boire.

11

Quand elle se réveilla, elle n'était pas seule. A côté d'elle – à la place d'où Adam s'était enfui au cours de la nuit – reposait le sentiment de sa propre faiblesse de la veille.

Madelene le considéra. Il était terriblement intact, et pourtant il lui était étranger.

Elle se leva. Tremblant comme une feuille, elle fit quelques pas dans la chambre, demi-tour et marche arrière.

Elle sembla vouloir retourner à son lit et au réconfort de la carafe. Mais elle les dépassa, se dirigea jusqu'à la table de travail d'Adam. Elle roula ensemble un échantillonnage de la centaine de grandes feuilles blanches apportées du jardin d'hiver par Adam, et le glissa dans son étui en carton. Dans le tiroir supérieur de son bureau, elle prit deux liasses de billets de banque, et quitta la pièce. Par ce déplacement – certes infime du point de vue spatial –, elle rejetait derrière elle tout un pan de sa vie.

Dans le hall, elle considéra un instant le téléphone, mais tous les téléphones de la maison passaient par un central dans le bureau de Clapham. Elle s'engagea dans le jardin, franchit la petite porte du mur, et se retrouva sur le trottoir.

Johnny avait ouvert le hayon du véhicule, avant même qu'elle n'y parvienne.

Madelene n'avait jamais connu une demeure d'une superficie inférieure à 800 mètres carrés habitables, sans compter les caves et le parc. Le mobile home de Johnny comprenait un lit, un bureau, une télévision, un minibar, un téléphone, une cuisine, une installation stéréo, de la moquette, des parois capitonnées, des lampes et des placards, le tout dans deux mètres et demi sur trois. Dans la demi-minute qu'elle mit à se glisser à l'intérieur, à s'effondrer sur un siège, à boire le verre d'eau que Johnny lui tendit, elle établit une série de constatations définitives concernant le rapport du statut social et l'étendue du territoire.

– J'ai arrêté de boire, dit-elle.

Par son enfance et par sa propre expérience, Johnny connaissait la force d'attraction qui émane de l'alcool. Il considéra Madelene avec respect.

Elle tira de son étui en carton les feuillets qu'elle déroula sur la table.

– Savez-vous ce que c'est ? demanda-t-elle.

Johnny se raidit devant les schémas.

– Je ne suis resté que cinq ans à l'école, dit-il.

Madelene hocha la tête. C'était la même chose pour elle. En déduisant les absences.

Elle prit le téléphone et composa un numéro.

La secrétaire d'Adam avait abandonné tout esprit de résistance, sa voix était lasse et résignée.

– Il est en voyage, il reviendra après-demain. Puis-je prendre un message ?

Madelene raccrocha. Impassible, Johnny la regardait. Elle téléphona à nouveau. Elle dut s'y prendre à deux fois avant de joindre Andrea Burden.

– Puisque nous sommes maintenant des intimes, dit Madelene, et que nous n'avons plus de secrets l'une pour l'autre, aurais-tu l'amabilité de me dire combien de temps il doit encore rester chez nous ?

– Il ne te l'a pas dit ?

– Il veut me ménager.

– Ils auront fini demain.

– Et où ira-t-il ensuite ?

La réponse qui vint fut trop rapide, trop urbaine.

– L'Institut possède Saint Francis Forest. Un endroit délicieux, à l'écart de tout.

– Mais c'est merveilleux, dit Madelene. Me voilà pleinement rassurée.

Elle raccrocha.

– Il nous reste un jour, dit-elle. Après, ils l'emmèneront. Comment transporte-t-on un animal ?

– On le mettra dans une caisse à singe.

– Où la trouveront-ils ?

– C'est Bowen qui les fabrique. Bally a toujours dit que Bowen était un des meilleurs au monde pour les caisses.

– Bowen ? dit Madelene. Et qui est Bally ?

– Celui qui convoyait le singe.

Madelene fixa Johnny. Son étui en carton. Les croquis. Samson et ses pansements. Elle regarda par la fenêtre. La lumière du matin. L'homme en complet gris qui promenait en laisse sur le trottoir un sémillant petit fox abricot à poil dur ; cet homme, elle le voyait pour la troisième fois devant Mombasa Manor. Elle ressentit un tressaillement dans son corps, différent des symptômes de l'abstinence. Cette sensation devint un tremblement affectant tout son corps, comme si elle avait bu le premier verre de la matinée. Mais il n'y avait pas eu de premier verre. Ce qu'elle éprouvait, c'était tout autre chose. C'était le brusque jaillissement d'une constellation de possibilités exaltantes, celles qui s'ouvrent sans réserve à celle qui a décidé d'agir.

Elle décrocha le collier de Samson, le lui passa, ouvrit la portière du mobile home, et descendit sur le trottoir en compagnie du chien.

Quand l'homme en gris aperçut Madelene, il se raidit imperceptiblement, fit demi-tour, et commença de s'éloigner.

Madelene aurait pu le laisser filer. Mais une méchante migraine avait commencé à gagner tout son corps en descendant à partir de la nuque. Là où l'avait habitée une volonté fugitive de boire, facilement inflammable et vite évaporée, elle découvrait maintenant une force irrépressible qui lui imposait sans manières d'arrêter. Elle et Samson rattrapèrent l'homme et son fox.

– Comment ça va à la police vétérinaire ? demanda-t-elle.

Elle ne l'avait encore jamais vu autrement qu'assis dans la voiture blanche, quand Clapham l'avait mis à la porte, et les fois où il s'était garé devant la propriété. Vu de près et debout, il paraissait grand, mince, musclé, et

– sous tous rapports – né, grandi et entraîné à n'en pas s'en laisser conter.

Il prit son temps, laissant les chiens se flairer, avant de répondre.

– On s'est agrandis, dit-il. Au départ nous n'étions que cinq ou six fonctionnaires. Maintenant nous avons aussi les chevaux de course et les affaires de dopage. Et les vols d'animaux de compagnie. Rien que pour contrôler les maquignons, nous sommes vingt. Avec des vétérinaires et des mandats de perquisition en blanc.

Son éducation et son intérêt pour les hommes avaient appris à Madelene à distinguer d'un coup d'œil ceux qui, comme Adam, occupaient la place qui leur revenait de naissance, et ceux qui, comme celui devant elle, s'étaient élevés à partir de rien.

– Comment se fait-il, demanda Madelene, qu'un homme muni d'un mandat de perquisition se laisse mettre à la porte par notre concierge ?

L'homme cessa de suivre les chiens des yeux pour regarder Madelene.

– Les mandats, c'est bon pour les maquignons et les petites affaires, comme les gens qui gardent des reptiles d'espèces protégées dans des boîtes à chaussures. Mais pour ceux de la haute, ça ne vaut rien.

Parmi ceux qui étaient partis de zéro, Madelene le savait, il y avait deux sous-groupes. Ceux qui, comme son père, s'efforcent leur vie durant de faire oublier leur origine ; et ceux qui, comme cet homme, s'affublent par commodité d'une voiture blanche, d'un costume et d'une moustache, mais restent des prolétaires.

– On vous aura parlé du singe ? dit-elle.

L'homme ne répondit pas.

– On pourrait s'entendre, dit Madelene. Je vous raconte où il est, et vous me dites pourquoi vous vous y intéressez tant.

L'homme ne dit rien.

– Il est dans cette aile, dit Madelene. Avec un camion bourré d'instruments. Ils sont en train de l'examiner, ils cherchent quelque chose. Qu'ils n'ont pas encore trouvé. Il est épuisé mais encore vivant. A votre tour de tenir notre engagement.

Durant le laps de temps qui s'écoula avant qu'il ne réponde, Madelene eut la fugace et intuitive révélation du caractère de l'homme. Elle comprit soudain que si l'homme était allé aussi loin qu'il l'avait fait, c'est parce qu'il était dur et intelligent, et qu'en outre il possédait un solide sens de la justice – qui l'empêchait d'aller plus loin.

– Vu sous cet angle, ce n'est pas l'animal qui nous intéresse, dit-il. C'est avant tout le capitaine du bateau qui l'a amené.

– Bally ? dit Madelene.

L'homme opina du chef.

– S'il existe un enfer pour les animaux, Bally en sera le diable en chef quand son heure viendra.

– Le sous-chef, dit Madelene. Le diable en chef, c'est mon père.

L'homme tendit le bras. Madelene crut qu'il voulait lui serrer la main. Mais ce fut sa carte de visite qu'il tendit.

– Smailes, dit-il. Nous avons repêché le sieur Bally dans la Tamise, il est en garde à vue. Mais nous n'avons aucune preuve. Nous devrons bientôt le relâcher. Nous comptons obtenir un mandat d'arrêt ; on le bouclera, et il faudra bien qu'il s'explique.

– Laissez-moi vingt-quatre heures, dit Madelene.

– Et que nous donnerez-vous en retour ?

– Des preuves contre Bally.

Smailes commençait à s'éloigner avec le fox.

– D'où venait le bateau ? demanda Madelene.

– Du Danemark. Comme vous.

– Vous en savez long. Et dire que vous n'avez pas pu franchir notre porte.

– Je suis venu me promener avec le chien dans le quartier.

Madelene regarda Samson à ses pieds.

Smailes était presque hors de portée, quand il se retourna.

– Vingt-quatre heures, dit-il d'une voix calme. Pas une minute de plus.

12

La clinique vétérinaire de Holland Park acceptait toutes les admissions sans explication. Non seulement elle était l'hôpital pour animaux le plus cher et le plus moderne de Londres, mais elle était aussi connue sous le nom de « clinique du sourire », car tous ses employés souriaient. Le portier affable souriait, l'infirmière empressée de la réception souriait, le porteur serviable souriait, et l'avenante responsable de la clinique qui plaça Samson sur une table basse souriait chaleureusement.

– Je voudrais parler à Alexander Bowen, dit Madelene.

Le sourire de la femme exprima un regret.

– Il faut malheureusement avoir pris rendez-vous à l'avance, dit-elle.

Madelene s'empara sur la table d'un stylo-bille et d'un morceau de carton blanc, y écrivit quelques lignes et, l'enveloppant dans un des billets de 50 livres d'Adam, le tendit au portier.

– C'était une opération risquée, dit-elle. Alex m'a demandé avec insistance de le faire appeler. Pour qu'il voie lui-même Samson.

Alexander Bowen entra trois minutes plus tard, en blouse blanche, et souriant.

Le sourire était inquiet. En dépit de son autorité, la vie du vétérinaire était pleine d'incertitudes, et la situation qui l'attendait encore plus incertaine.

Sur le carton blanc, Madelene avait écrit « 1 000 livres comme convenu. Lady Mortensen ». Alexander Bowen connaissait par cœur tout le *Debretts Peerage and Baronetage*, et se rappelait tous les animaux qu'il avait pu soigner, et surtout, surtout les honoraires qu'il avait demandés en ces occasions ; il savait qu'il n'avait jamais entendu parler d'une Lady Mortensen, ni vu cette femme avec ses lunettes de soleil et son imperméable. Mais il savait aussi que le chien était le doberman qu'il n'avait pas osé faire mourir par peur de ce chauffeur – quel était son nom ? –, celui qui convoyait pour Bally.

Ce qui l'avait incité à se présenter, c'était la mention des 1 000 livres. La crainte et la curiosité l'incitèrent à rester.

Dans son indécision quant à l'attitude à adopter, il choisit une approche compétente, mais réservée. Il s'approcha du chien avec empressement et délicatesse.

– Comment va-t-il ? demanda-t-il.

– Mieux, dit Madelene.

Elle sortit les grands feuillets de son étui en carton. D'un même mouvement, elle prit au fond dix billets de 100 livres qu'elle déposa sur la table.

– J'ai apporté ses radios, dit-elle.

Madelene avait grandi dans une famille où les femmes achetaient les hommes avec du sexe, où les adultes s'assuraient les bonnes grâces des enfants avec des jouets, où

140

les enfants obtenaient des concessions par des crises d'hystérie et des câlins, où tout le clan avait acheté sa position au sein des classes supérieures et sa situation dans l'histoire du Danemark. Dès son plus jeune âge, elle avait acquis les techniques subtiles nécessaires dans l'art de la corruption. Si le médecin avait manifesté le moindre signe de réprobation, elle aurait posé la main sur les billets de banque afin d'effacer sa petite erreur. Mais le visage de celui-ci n'était pas sceptique, bien au contraire, il s'éclaira, devint serein.

– Ce ne sont pas des radios, dit-il. Ce sont des images de scanner MRI. Et ce n'est pas un chien.

– C'est notre chimpanzé, dit Madelene. J'ai dû me tromper.

Le médecin secoua la tête.

– Regardez ce front bombé, dit-il. Cela dénote des fonctions cognitives supérieures. C'est un homme. Mais évidemment un homme de grande taille.

Ses doigts effleurèrent la colonne de chiffres à la droite de l'image.

– Une boîte crânienne de 2 700 centimètres cubes. C'est anormal.

Il compulsa les feuillets, et tomba en arrêt devant un document aux couleurs vives, rouge rubis, jaune clair et bleu roi.

– C'est encore lui. Un EEG réglé sur PET. Ils sont peu en Europe à pouvoir faire ça. D'où est-ce que ça vient, avez-vous dit ?

– Que veut dire PET ? demanda Madelene.

– *Positron Emission Tomography*. On lui a injecté de

l'eau radioactive, ce qui provoque un accroissement du flux cérébral. Il faut juste bien doser la radioactivité.

Prudemment, Madelene repêcha la liasse et fit glisser encore un des billets d'Adam sur la table.

— Vous devez en tout cas me laisser vous payer pour le temps passé, dit-elle.

Les yeux du médecin se voilèrent. Un subtil flot de distraction, de souvenirs de jeunesse, et un accès de vanité l'avaient envahi et l'entraînaient.

— PET, dit-il. Excellente résolution spatiale, d'une précision de 3 à 5 millimètres. Mais mauvaise résolution temporelle. Jusqu'à 90 secondes. C'est pourquoi on le combine avec une encéphalographie. On voit alors ce qui se passe dans le cerveau à la milliseconde près. C'est fantastique. Surtout qu'il s'agit ici d'un appareil portable. On lui aura mis un casque. C'est la dernière nouveauté. Je ne savais pas que d'autres que nous pouvaient le faire.

Ses doigts glissaient le long de la colonne des chiffres.

— Ils l'ont placé dans un circuit d'inhibition. Souffre-t-il de troubles moteurs ? Test de l'élocution, test des facultés visuelles, diverses mesures fonctionnelles. Localisation anatomique très poussée, 30 coupes pour chaque plan.

— Qu'ont-ils voulu trouver ? demanda Madelene.

Elle laissa tomber encore un billet, le visage du médecin était absent, comme sous l'effet de l'hypnose. Madelene savait qu'elle l'avait maintenant endormi. Il s'agissait de mettre sa méfiance en sommeil, mais ses facultés intellectuelles étaient intactes.

— Oui, que cherchons-nous ? dit-il. Qui peut répondre à cela ?

– Nous ?

– J'ai aussi cherché.

– Et vous avez trouvé ?

Le médecin regarda un point lointain, visible de lui seul.

– Y parvient-on jamais ?

– Ces images, les avez-vous prises vous-même ?

Il hocha la tête.

– Je pense aux jours anciens. L'âge d'or. Il y a à peine dix ans. On pouvait encore y croire.

Madelene passa, câline, la main le long de la manche de sa blouse.

– Je pense à eux, dit-il. Mais je n'en parle pas. Cela vaut mieux. En l'état actuel des choses.

– Dites seulement, dit Madelene d'une voix douce. De toute façon le chien ne peut pas comprendre.

Alexander Bowen éprouva un agréable sentiment de clair-obscur. Le décor lui faisait penser à son propre hôpital, les images du scanner le changeaient en premier intervenant d'un colloque scientifique, la femme qui l'écoutait lui rappelait un conseil d'administration, et l'argent préfigurait un rendez-vous avec son avocat. C'était comme si la situation venait réconcilier de la façon la plus agréable les rôles incompatibles de sa vie.

– Massachusetts, dit-il. Le problème de la nature de l'intelligence. Recherche d'avant-garde – sans concurrence. Très loin au-delà du champ résiduel. Nous croyions toucher au but. Comprenez-moi : nous étions parvenus à l'intérieur du cerveau. Aussi loin qu'on peut aller. Jamais personne n'était arrivé aussi près. C'était... bouleversant d'intimité. Même si ce n'étaient que des singes. On était si près... de la conclusion. Avec une étrange certitude. Imaginez la déception. Quand soudain tout s'évanouit en fumée et retourne au néant. On reste là, devant un vide effrayant. Alors que tous autour de vous espèrent encore. Mais on sait déjà que la partie est perdue. *Horror vacui.*

– Comme en amour, dit Madelene.

Le médecin la fixa.

– Vous êtes passée par là ?

– Je sais ce qu'on éprouve.

– Vous me comprenez, dit le médecin. Comme dans un mariage. C'est exactement la même chose. Se sentir trompé. Même si je refuse de l'admettre, même devant vous. Si on avait réussi à comprendre l'esprit, l'âme, la conscience, à décoder le cerveau. Si on avait pu expérimenter sur une femme. En l'exposant à la bobine.

– La bobine ?

– Le MRI est un puissant champ magnétique. On place les gens sur un chariot, et on les pousse à l'intérieur. Ils ne sentent rien. Elle n'aurait rien senti. Il y a un ventilateur qui souffle de l'air chaud. Et un miroir. On peut leur mettre des écouteurs pour entendre de la musique douce. *Le Chevalier à la rose*, ou quelque chose comme ça. On pourrait communiquer par les écouteurs, lui dire : « "Alexander", que pensez-vous de ce nom ? » Et de l'extérieur, on pourrait lire ses pensées directement, elles apparaîtraient sur un écran cathodique sous forme de *pixels*. On aurait pénétré dans le for intérieur de la femme plus avant qu'aucun homme ne l'a jamais fait. Au cœur même de son être féminin. Car elle n'aurait pas la possibilité de mentir. Et s'il y en avait un autre, si elle en avait un autre, ou si elle pensait seulement à un autre, elle serait immédiatement démasquée.

Madelene lui tendit son mouchoir.

– Vous êtes en nage, lui dit-elle.

Le médecin s'essuya le front.

– Et on pourrait peut-être sauver son mariage, dit-il.

Madelene le considéra avec commisération.

– Pour ça il faudrait davantage qu'un scanner magnétique, dit-elle.

– Oui. Mais on espère quand même. C'est humain, non ? On espère jusqu'au bout. Mais pour finir, ce n'est plus possible. Ce qu'on mesure, c'est la consommation d'oxygène. Et on n'a jamais pu formuler le rapport entre la consommation d'oxygène et l'activité cérébrale. Et on ne le pourra jamais. Il n'y a pas de mesure objective pour l'intelligence, il est impossible de quantifier l'activité intellectuelle. Rien qu'en équipement, nous en étions à 80 millions de dollars. Et les sponsors voulaient des résultats. On en est revenu aux aiguilles.

– Les aiguilles ?

– Vous savez, comme on a toujours fait. On les attache. Donc les singes. On trépane la partie supérieure du crâne, pour mettre le cerveau à nu. Et on a ces aiguilles. Merveilleusement précises. *Single Neuron Recording*. On peut toucher un neurone isolé. Voir ses pulsations. Voir exactement comment le traverse un signal donné. On peut naturellement utiliser un ensemble d'aiguilles. *Multiple Neuron Recording*. On n'aurait jamais dû y renoncer. Même si cela comportait des difficultés. Pour atteindre une région profonde, il fallait faire passer l'aiguille à travers les méninges extérieures. Et on avait de plus en plus de mal à se procurer des chimpanzés...

Madelene ne dit rien. Le médecin perçut un incompréhensible changement d'humeur, mais il ne pouvait en situer l'origine, et pas davantage deviner ce qu'on pensait de lui.

– Autre difficulté, la limite de résistance des grands singes. Après trois semaines, on ne pouvait plus compter sur eux, ils se détérioraient, et cessaient progressivement de fonctionner.

– Continuez-vous encore, dit Madelene... à employer vos aiguilles, je veux dire...

Quelque part dans la léthargie qui envahissait le médecin, s'alluma un signal d'alarme, net et continu. Il resta court. Madelene le prit par le revers de sa blouse, et le colla au mur.

– Poursuivez, dit-elle.

– Je crois avoir répondu à votre question.

Une petite table roulante frappa Alexandre Bowen au creux du genou, et il tomba à la renverse. Madelene se pencha sur lui.

– J'ai encore une question, lui dit-elle.

Le médecin la regarda fixement. Comme tous les réveils de drogué, celui-ci fut nauséeux et douloureux. Mais cet instant avait malgré tout une douceur cachée, défendue.

Il y avait bien longtemps, enfant courant dans la campagne de Jersey, Alexander Bowen avait vraiment aimé les animaux. Il avait connu le plaisir d'avoir un chat, un chien près de lui, il avait reniflé avec joie l'odeur des étables, éprouvé au contact du bétail une sensation de bien-être qui se passait de toute explication, puis il avait décidé de devenir vétérinaire et était entré à l'université. Là, il avait appris que les animaux étaient des machines. Des machines certes complexes, des mécanismes biologiquement astucieux, mais qui restaient finalement des machines, et cette révélation avait provoqué pour la première fois une faille dans sa conscience. Aux côtés du premier Alexander s'était développé un *alter ego* scientifique. Quand il caressait la tête d'un chien, l'*alter ego* pensait que la chaleur et la gentillesse ressenties n'étaient que des illusions mentales, des phénomènes périphériques constitués de millions de combinaisons banales et parfaitement explicables. Quand il eut terminé ses études, l'évolution de ce réductionnisme interne était achevée, et pendant les trente années qui suivirent il avait porté en lui le poids toujours plus lourd de ce monstre expérimental, de cet homunculus intérieur. Il était revenu des États-Unis avec les meilleures recommandations, mais aussi avec une dépression nerveuse. Toutes les impulsions, aussi bien physiques que psychiques – avait-il appris – étaient fondamentalement chimiques, électriquement quantifiables, donc causales, déterminées, programmées (ou bien l'effet d'un hasard chaotique) ; le libre arbitre était donc un leurre, ce pourquoi peu importait ce qu'il entreprenait. Ce qui adviendrait dans son existence se produirait inévitablement ; et c'est ce qui arriva. Dans la grisaille d'un matin, il s'éveilla à l'évidence que, même si se cachent derrière l'univers physique quelques particules élémentaires et des schémas conventionnels expliquant l'interaction des forces en présence, on n'en pouvait pas moins franchir le pas – ce qu'il fit – et entrer de plain-pied dans un monde un peu plus simple que celui de la physique, reposant sur quelques unités monétaires et les quatre opérations arithmétiques, un monde où il se cantonna désormais.

A présent, étalé sur le plancher, il se trouvait momentanément arraché à ce monde, et ce fut pour lui comme un soulagement. Comme tous ceux qui vivent enfermés dans un univers scientifique ou économique, Alexander Bowen rêvait d'une libération, et en cet instant le visage de Madelene lui parlait d'une autre réalité.

— Ma dernière question, lui annonça-t-elle : que coûterait le droit de soulever votre calotte crânienne pour voir s'il y a place pour la pitié ? Sait-on jamais ?

Un bref instant le médecin pensa qu'il était étendu dans un pré de son père, sous le ciel bleu de Jersey.

— Davantage, dit-il. Allez-y.

Madelene lâcha prise, et pêcha une carte de visite dans une poche de son imperméable. La combinaison de résolution désespérée, de haine de soi-même et de malaise physique que provoquait en elle l'abstinence, donnait à ses actes et à son vocabulaire un tranchant acéré.

— Lisez, dit-elle. Après je vous promets de vous envoyer un coup de pied dans le ventre.

C'était la carte de l'inspecteur Smailes. Le médecin la lut lentement, péniblement. La joie, la douleur et l'indécision s'effacèrent de son visage redevenu grave.

— Il est dehors et vous attend, dit Madelene.

Elle enleva ses lunettes de soleil.

— Mrs Burden, dit le médecin.

Jusqu'à cet instant, il avait été certain d'avoir, comme toujours dans sa vie, la situation bien en main. Certain qu'à tout moment deux porteurs allaient surgir pour emmener cette folle, et s'assurer qu'elle verserait une somme rondelette en dommages et intérêts pour éviter d'être dénoncée à la police ; que lui-même retournerait à la réunion qu'il avait quittée un quart d'heure plus tôt, et que le seul souvenir de ce qui venait de se passer serait l'hématome qu'il s'était fait en tombant sur le linoléum. Il comprenait maintenant que la situation lui échappait.

Madelene désigna les images du scanner.

– C'est le singe ? dit-elle.

– C'est un homme.

– Est-ce ici qu'on devait soulever la calotte crânienne, lorsque Adam a renoncé ?

Le visage d'Alexander Bowen était devenu blanc, un tout petit peu plus sombre que le carrelage sur le mur.

– La convention de Washington, dit Madelene. Vous irez en prison. Avec une amende colossale. Et l'interdiction d'exercer.

Le médecin s'humecta les lèvres.

– C'est une opération bénigne. Il s'est passé beaucoup de choses ces dix dernières années. Il n'aurait rien senti. Il aurait continué à vivre sans séquelles.

– Vous examinez tous les animaux de Bally ?

Le médecin ne répondit pas.

Madelene ramassa les billets de banque et les empocha.

– Je prends la responsabilité de Samson, dit-elle.

Le chien sauta à bas de la table.

– Appelez-moi si vous changez d'avis, dit Madelene.

Le médecin posa sur elle un regard vide.

– Je veux dire : si après mûre réflexion vous vous décidez à me laisser soulever le haut de votre crâne. Ce n'est qu'une opération bénigne. Vous n'aurez pas de séquelles.

Le camion de Johnny était rangé le long du trottoir. Madelene et Samson s'y installèrent.

– Est-ce que les animaux pensent ? demanda Madelene.

Ils étaient déjà à mi-chemin de South Hill Park quand Johnny répondit.

– Les poneys dans les mines, dit-il. Dans mon enfance à Morton je m'en occupais. Les puits s'étendaient sur dix kilomètres sous l'Atlantique. On en ressortait par un train diesel. En approchant du front de taille, les galeries devenaient si étroites que seuls les hommes et les chevaux pouvaient y passer. Et pour finir, pas même les poneys. Il fallait ramper sur le ventre. Avec une lampe et un marteau-piqueur hydraulique à la main. Dix kilomètres, dont un sous la mer. On ne pouvait s'empêcher de penser aux étais. Ils supportaient la voûte. Ils paraissaient si fragiles. Quand on y pensait, on regardait en arrière, en direction du cheval. Ils peuvent remarquer les glissements bien avant les hommes. Ou si l'arrivée d'air tombe en panne. Les infiltrations d'eau. Et ils peuvent avertir, tout comme les hommes. Mais plus délicatement. Si le cheval restait tranquille, c'est que tout allait bien.

– Pourquoi n'êtes-vous pas parti ?

– Pour aller où ?

D'un geste large Madelene désignait la lumière, les arbres, le bien-être qui les entourait.

Johnny regarda au-delà du pare-brise. Les murs autour

des maisons, les portes blindées sous surveillance, la clôture qui ceinturait Parliament Hill.

– Aurait-ce été tellement mieux ? dit-il.

Pour la troisième fois en quelques jours, l'idée que Madelene se faisait de la liberté basculait, commençait à chavirer, à se dissoudre.

– On s'habitue à la chaleur. Au travail, quand on est en bas. A l'air qu'on respire. Au manque de place. Le plus dur, c'est quand on était seul. On n'entendait plus personne. Silence complet. Et soudain on se sentait abandonné. Comme si on était le dernier homme en vie sur terre. A un kilomètre de profondeur. Alors on tournait la lampe en arrière pour voir le cheval. Il avait la bouche noire. Comme notre figure à nous. Ses yeux brillaient, comme les nôtres. Il était comme un autre soi-même. Mais parfaitement calme. Non parce qu'il était stupide. Mais parce qu'il ne lui venait pas de pensées inutiles. Il ne pensait ni à hier ni à demain. Pas davantage à la fin du travail, ou à la Troisième Guerre mondiale. Il pensait à ici et à maintenant. Et quand on le regardait, on pensait comme lui. On retrouvait son calme. Et même... on se sentait presque heureux. Comme quand je convoyais des animaux. Les pensées vous viennent à longueur de journée. On pense à hier, à demain. Des soucis, encore des soucis... Mais quand je conduisais les animaux de Bally, je ne pensais qu'à conduire. On n'était jamais seul. Derrière soi, dans l'obscurité, on sentait leur présence, avec leurs yeux brillants. Racés, forts, étranges. Des êtres à protéger. Il fallait éviter la moindre erreur. Sinon il y aurait un éboulement. On était concentré à cent pour cent, et pendant la route, on était... on se sentait...

151

– Presque heureux, dit Madelene.

Ils restèrent assis, sans rien dire.

Enfin, Madelene ouvrit la portière.

– Demain, dit-elle. Il faut que nous le sortions avant demain. S'il a encore un cerveau à ne pas avoir des pensées inutiles.

Elle regarda Johnny et le chien.

– Vous serez ici ce soir ? dit-elle. Sûr ? Vous ne retournerez pas subitement à Morton ?

– On a fermé la mine en 85. A Morton, il n'y avait rien d'autre que la mine. Donc rien où je puisse retourner.

13

Adam dînait ce soir-là avec Madelene pour la première fois depuis cinq jours ; vu de loin, il semblait affectueux et prévenant.

Mais Madelene ne le voyait pas de loin. Elle le voyait de près, davantage même : de l'intérieur, avec les yeux de la femme aimante, et ce qu'elle vit, ce fut l'absence. Adam, bien qu'il fût assis en face d'elle, n'était pas venu dîner en personne. Son attention était restée dans le laboratoire avec le singe.

Cette situation n'était pas nouvelle pour Madelene. Ce qui l'était, c'était son ressentiment. Au bout de quelques minutes, elle fut incapable de manger ou de parler, elle se tut jusqu'au moment où ils montèrent l'escalier ; devant la porte de ses appartements, il tendit la main vers elle, mais elle la repoussa.

– Pas touche, dit-elle.

A cet instant, Adam retourna à son propre corps.

Avant de rencontrer Madelene, Adam avait eu une succession d'aventures qu'il ne pouvait ou ne voulait plus distinguer dans son souvenir les unes des autres. Il lui semblait que toutes les filles – même si elles avaient entre vingt et trente ans – avaient eu des voix aiguës d'enfant, des chambres remplies de jouets en peluche, qu'elles avaient rêvé de trouver en lui un gentil nounours, et qu'à la moindre manifestation de son désir elles avaient été bêtement saisies de panique.

Madelene avait été différente. La première fois qu'il l'avait étreinte, un état de langueur dangereuse lui était venu. Les yeux mi-clos, elle l'avait surveillé dans ses contorsions toujours plus intimes, et quand, pour finir, elle avait choisi de lui répondre, elle l'avait fait sans aucune réserve. A ces brusques bouffées de désir féminin, bientôt disparues sans laisser de trace, Adam n'avait pas trouvé d'antidote. Madelene avait envahi son organisme comme un empoisonnement passager du sang. Après les premières vingt-quatre heures passées avec elle, il était un homme malade. Et quand elle le repoussa pour la première fois, la maladie devint incurable.

Pendant un instant, sur le palier, son visage s'enflamma de ce genre de haine qui pousse un homme au crime. Mais il ne laissa rien paraître. Cette pulsion flamboya une fraction de seconde, puis s'éteignit, et tout son être se figea, enveloppant hermétiquement la situation comme dans une capsule.

Pour la première fois, la pensée traversa l'esprit de Madelene que son mari n'était pas à sa hauteur. Pour survivre à une attaque du désir comme celle qui avait frappé Adam, il aurait fallu être capable de supporter le refus. Car pour chaque fois où Madelene lui avait dit oui, elle lui avait tourné le dos trois fois, et elle devinait qu'il ne le supportait pas et qu'il ne l'avait jamais pu. Il était un gagneur, un gagneur de naissance qui avait trouvé en elle la défaite de sa vie, une défaite qui ne pouvait être acceptée une fois pour toutes, qui devait être constamment rejouée, tel le retour cyclique de son anéantissement.

Un moment, Adam resta immobile. Puis il se détourna pesamment, lentement, et entra dans sa chambre.

Quand la porte eut claqué derrière lui, il s'avança vers la fenêtre, l'ouvrit, et commit, comme il avait coutume de le faire en pareille occasion, le premier meurtre de toute une série.

Depuis le jour où il avait vu Madelene pour la première fois, Adam avait été étourdi, traumatisé par la jalousie. Il s'était persuadé qu'elle n'était pas seulement dangereuse pour lui, mais qu'elle représentait une menace pour tout le genre humain, et que chaque homme donnerait sa vie pour la posséder. En conséquence, il s'était fait non seulement le mari, mais le garde du corps, le surveillant de harem, et s'il avait pu pénétrer son âme, il se serait fait également le policier de ses pensées.

Debout devant la fenêtre, il s'imaginait maintenant que sa vigilance avait été trahie, et qu'elle avait réussi à prendre un amant qu'elle venait de faire entrer en cachette dans sa chambre. Son imagination s'échauffait, se représentait la chute des vêtements et le début de l'acte amoureux ; parvenu à ce point, il se voyait entrer dans la chambre, armé du Purdy à deux canons de son père, qu'il déchargeait – 350 chevrotines, à trois mètres de distance – pour ensuite rester à sangloter auprès de ce qui restait de Madelene.

Ce premier acte le calma un peu, et il le répéta une

fois et une fois encore, se sentant chaque fois davantage soulagé. Dans son état normal, lucide, il se serait décrit comme manquant d'imagination, mais durant cette demi-heure passée devant la fenêtre, ses fantasmes acquirent une intensité artistique qui l'empêcha de les distinguer de la réalité. Quand il aperçut Madelene courant sur la pelouse, légère comme un elfe, il commença donc par croire qu'il regardait la scène de son propre théâtre intérieur. Ce n'est que lorsqu'elle ouvrit la petite porte dans le mur de la propriété pour laisser entrer un homme qu'Adam réalisa que ce fantasme n'était pas aussi libérateur que les précédents.

La lune déclinait, le ciel était partiellement couvert, et sous cet éclairage il ne lui était pas possible de distinguer les détails. Du reste, dans l'état où il se trouvait, même le plein jour n'y eût pas suffi. Il ne vit pas nettement Johnny, ni le fauteuil roulant pliable qu'il portait. Ce qu'il vit, ce fut la silhouette basse et massive d'un gnome bossu.

Dans les fantasmes d'Adam, les amants de Madelene étaient membres de la maison royale, ou des figures d'Adonis, ses infidélités avaient visé haut, contribuant ainsi à sa propre élévation sociale. Or il distinguait dans la lumière douteuse une silhouette qui semblait sortir des bouges de Londres.

Il restait sans bouger, il lui fallut un bon quart d'heure pour réfléchir, et il s'écoula une demi-heure avant qu'il ne prenne une décision. Il irait directement à la chambre de Madelene, enfoncerait la porte, et assommerait son amant. Ensuite, tandis que Madelene crierait à ses genoux, il aviserait.

Il allait se retourner, quand le dernier acte de la tragédie de la soirée passa sous ses fenêtres.

En tête venait le bossu. Derrière marchaient, étroitement enlacés, Madelene et un nouveau personnage masculin.

Adam n'avait jamais vu le singe marcher sur deux jambes, et encore moins porter un long manteau et un chapeau mou. Il n'avait donc pas la moindre idée de l'allure humaine que le vêtement et la station bipède pouvaient conférer à un animal. Malgré tout, il aurait pu, s'il avait gardé un reste de bon sens, penser à Erasmus. Mais il n'avait plus sa raison, et, coupé de la réalité quotidienne, il se trouvait quelque part où le singe n'existait pas. Il évoluait dans le paysage démoniaque de la jalousie. Il vit sa femme et ses deux amants, deux êtres dégageant une totale absence de distinction ; son cerveau était traversé par la vision des innombrables turpitudes érotiques rendues possibles par l'arrivée de ce troisième personnage.

Ne voulant pas en voir davantage, il s'éloigna de la fenêtre de deux pas. C'est pourquoi il ne vit pas Erasmus, Madelene et Johnny quitter le parc par la petite porte du mur, incapable qu'il était de rien voir, sinon lui-même. Toute son attention se repliait vers l'intérieur, et il fit l'expérience de voir l'Adam Burden qu'il croyait connaître perdre sa situation. En lui, au-dessus de lui et au fond de la nuit, caracolaient des troupeaux d'éléphants échappés et de cochons diaboliques. Il ne pouvait faire un mouvement, et ce n'est qu'à la pointe du jour que ses rugissements intérieurs cessèrent, cédant la place à une sorte de léthargie, et qu'il put ramper sur le sol pour s'emparer du téléphone.

14

La Danish Society de Londres est située à Knights-bridge, et donne sur Hyde Park, et c'est là que Madelene se rendit vers onze heures du matin ; elle n'était pas seule. Elle poussait dans un fauteuil roulant une vieille dame enveloppée dans un grand plaid, le visage protégé du soleil par un chapeau noir à voilette.

Que Madelene se trouvât précisément en ce lieu s'expliquait de la manière suivante : tôt ce matin-là, après avoir passé la nuit dans le mobile home de Johnny sur un parking de Hemel Hampstead, une banlieue reculée du nord-ouest de Londres, Madelene avait entendu à la radio qu'elle était recherchée.

Aucun des occupants du camion n'avait dormi de la nuit. Sans échanger une parole, sans autre activité que celle de Johnny qui à deux reprises s'était levé pour faire du thé, ils avaient laissé la nuit s'écouler en silence, tel l'équipage d'un navire en plein océan assuré de connaître la côte au petit jour. Au lever du soleil, Johnny avait, comme tous les autres matins, branché son récepteur sur la fréquence de la police. Entendant prononcer le nom de Madelene, il s'était blotti dans un coin de son lit, comme le gibier qui sent se resserrer autour de lui le cercle des rabatteurs.

En revanche, Madelene ne donna aucun signe de surprise ou de crainte. Quand fut diffusé l'avis de recherche, elle s'employait à raser le visage d'Erasmus, et elle continua sa tâche tout en écoutant sa propre description. En cette matinée, elle était pleine de confiance.

Ce en quoi elle plaçait sa confiance n'était pas une justice supérieure – car elle n'avait jamais pu en constater l'existence –, mais quelque chose de plus élevé. C'était en la loi de la jungle que Madelene gardait espoir. Les paysages au sein desquels elle avait grandi, la famille, les écoles ou le mariage, étaient tous régis par une convention sociale qui de toute évidence – pas plus que ne l'est la loi biologique de la jungle – n'était pas un combat de rues, mais bien au contraire une subtile étiquette maintenant les individus à leur place structurelle au prix d'un minimum de conflits. La légalité voulue par la société était un aspect de cette structure, et la convention de Washington était un élément de cette juridiction. Le plan de Madelene était, dans sa simplicité première, de trouver un vétérinaire attestant que le singe était couvert par la convention ; munie de l'attestation, elle irait trouver l'inspecteur Smailes, la convention serait appliquée et tout rentrerait dans l'ordre.

Ce qu'il adviendrait d'elle par la suite, elle ne le savait pas. Mais elle ne se faisait pas d'illusions. Sa vie s'était déroulée comme dans une niche, une existence hautement spécialisée du point de vue biologique, adaptée au mariage, à l'oisiveté, une vie décorative. Comme tous les modes de vie spécialisés, celui-ci était extrêmement vulnérable aux changements.

Sa confiance en ce matin tôt commencé lui venait de ce qui l'entourait. Elle n'attendait rien en ce qui la concernait. Et c'est sans réaction qu'elle entendit jusqu'au bout l'avis de recherche. Elle prit ensuite le téléphone.

L'odontologue vétérinaire ne se présenta pas. Il se contenta de grogner dans le téléphone, et rien qu'à ce bruit Madelene comprit que quelque chose n'allait pas.

– J'ai le singe avec moi, dit-elle.

– Vous êtes recherchée.

– Vous êtes le seul à pouvoir le faire...

– Il y a vingt vétérinaires à Londres qui peuvent le faire. Presque aussi bien.

– Aux abattoirs, on vante votre courage.

Le téléphone resta muet à l'autre bout. Et quand le médecin répondit, sa voix était caverneuse.

– Il y va de ma place.

On avait appris à Madelene à respecter un non. Quelques semaines plus tôt, elle aurait pris poliment congé, admis son échec, et se serait rassise à côté de Johnny pour attendre la suite catastrophique des événements. Ou plus exactement, deux semaines plus tôt cette conversation n'aurait jamais eu lieu. Mais Madelene resta au téléphone, oublieuse de ce temps vieux de deux semaines, et l'idée d'abandonner ne lui vint pas une seconde à l'esprit.

– De toute façon, il ne vous reste plus qu'une année à faire, dit-elle.

Le silence du médecin était lourd d'incertitude. Madelene sentit qu'il balançait. Elle se lança et le poussa dans ses derniers retranchements.

160

– C'est votre réputation scientifique qui est en jeu, dit-elle.

– Qui s'en soucie ?

– On connaîtra la teneur de cette conversation. On saura que vous avez refusé votre aide. Après avoir vu le diagramme dentaire. Je ne sais pas ce que l'Institut en pensera. Mais aux abattoirs, on en parlera encore pendant des années.

– Vous ne travaillez pas aux abattoirs. Vous êtes la femme de Burden.

Madelene ne dit rien. Elle savait qu'elle avait visé juste, et touché.

– Mrs Burden, dit le médecin, entre nous, n'avez-vous jamais éprouvé la peur ?

– Si, constamment.

– Vous comprenez que c'est votre mari qui vous fait rechercher ?

– C'est un malentendu. Cela arrive dans les meilleures familles. Ne voulez-vous pas m'appeler Madelene ?

– Merci, dit le médecin. Mon nom est Firkin. Où dois-je me rendre ?

Londres était jusqu'alors apparu à Madelene comme un désert aride, sans avenir. Désormais, ayant laissé derrière elle sa routine et ses privilèges, n'étant plus un simple pion sur l'échiquier de la vie quotidienne de la ville, elle lui semblait chaotiquement riche de possibilités. Elle ferma les yeux, releva la tête, s'ouvrant au fourmillement des idées qui se présentent à celui qui cherche ; en cet instant, elle perçut en elle le goût de l'eau.

– Vous connaissez la Danish Society, dit-elle, à Knightsbridge...

15

Pour un Danois séjournant à l'étranger, l'idée que le Danemark puisse se modifier durant son absence est intolérable. Il souhaite à son retour trouver le pays non seulement comme il l'a laissé, mais comme il devrait être. Pour répondre à ce souhait fut fondée à Londres la Société danoise qui, dès sa création au début du siècle, et à l'initiative de diplomates et d'hommes d'affaires, était plus sentimentalement rétrograde qu'on ne l'a jamais été au Danemark. Depuis, conformément à cette loi qui veut que dans toute association d'expatriés le temps ne peut que reculer, les choses n'avaient fait qu'empirer.

Madelene n'y était venue qu'une fois, envoyée par Adam pour qu'ils soient inscrits comme membres, et elle n'y était jamais retournée depuis. Lors de cette unique visite, elle avait été saisie de terreur à la seconde où elle avait franchi la porte, et même avant, à la seule vue du bâtiment, et ce qui l'avait terrifiée, c'était une irrésistible séduction : elle aimait les lions héraldiques sur la porte. Elle aimait les vaches blanches mouchetées de rouge au soleil couchant du peintre animalier Philipsen. Elle aimait les éléphants de l'ordre de l'Éléphant au cou de Caroline

Mathilde, l'épouse anglaise du monarque absolu Christian VII. Elle aimait les mouettes du service de la bibliothèque, et les fleurs stylisées de la vaisselle du restaurant. Elle aimait les ours polaires en porcelaine qui trônaient sur la tablette de la cheminée, l'affiche représentant la circulation urbaine arrêtée pour laisser la mère cane et ses vilains petits canards traverser la rue, et les posters illustrant l'heureuse vie conjugale d'un couple de cigognes à Ribe. Elle aimait les bonnets en peau d'ours de la garde d'honneur paradant sur la place du château d'Amalienborg. Elle aimait les images de coqs de bruyère sur une lande disparue ; elle était sans défense devant la représentation du Danemark comme paradis social et zoologique qu'elle savait n'avoir jamais existé.

Si la chose avait été possible, et s'il y avait eu la chance la plus ténue de s'en tirer, Madelene serait cette fois-là, lors de sa première visite, grimpée jusqu'à la rangée des papillons les plus connus de l'été danois, aurait pris place parmi les plus discrets, comme par exemple la piéride du chou ou la vanesse petite tortue, se serait fixée par une aiguille passée à travers la poitrine, pour finir, en une ultime abdication, par mentionner au-dessous d'elle-même, de sa plus belle écriture : « *Madelene Burden, née Mortensen. Très répandu, et très, très commun* ».

Elle savait cependant que l'entreprise était sans espoir, sinon elle aurait essayé depuis longtemps. Elle s'était efforcée d'être une bonne fille, une bonne élève et une ravissante jeune femme, mais toutes ses tentatives avaient échoué. C'était comme si elle était née, non pour évoluer avec grâce, mais pour multiplier les catastrophes. Son premier souvenir était le bruit à la fois lourd et subtil de la porcelaine qui se brise, dominé par une voix adulte, peut-être celle de sa mère, peut-être celle de la reine, ou du bon Dieu, prononçant calmement, sans passion, le mot : « empotée ! ».

Malgré tout, elle ne s'était jamais vraiment résignée. Bien qu'elle eût courbé la tête, et se fût enfuie loin de sa famille et du Danemark pour se réfugier dans le mariage, elle pressentait au plus profond d'elle-même que malgré tout viendrait un jour la grande réconciliation. Et aujourd'hui, alors qu'elle poussait le fauteuil roulant vers l'escalier de la Société danoise, que la porte s'ouvrait et que deux hommes se précipitaient pour l'aider, elle eut soudain le sentiment que son passé lui tendait la main pour lui donner une autre chance.

Les deux hommes venus à sa rencontre étaient le portier et le gérant de la Danish Society. Le second lui prit la main, la serra, et porta sur la dame dans le fauteuil roulant un regard qui ne demandait pas, mais espérait une explication.

– Ma grand-mère, dit Madelene. Madame Mortensen.

Le gérant chercha à percer l'ombre du chapeau, mais il ne put que deviner derrière la voilette les contours d'un visage large et sombre.

– C'est un plaisir pour nous, dit-il.

Les deux hommes saisirent chacun un côté du fauteuil roulant et voulurent le soulever.

Il ne se passa rien.

Toujours souriant, et sans rien laisser paraître, le gérant inspecta l'arrière du fauteuil pour voir s'il n'était pas resté coincé dans une fente du dallage, ou encore s'il n'était pas électrique, rendu pondéreux par son moteur et ses accus. Ce n'était pas le cas, il était pliable et d'une construction légère. Les deux hommes redoublèrent d'efforts. Ils ne réussirent qu'à soulever le fauteuil d'une dizaine de centimètres, et le reposèrent.

Une telle situation était difficile à expliquer, et Madelene préféra se taire. Différents sentiments l'agitaient, surtout une très forte tentation de prendre la fuite, comme elle l'avait fait si souvent auparavant. Elle resta cependant sur place. Elle ne pouvait abandonner le fauteuil roulant. Au cours des dernières semaines, elle avait traversé sans broncher des situations embarrassantes, et commençait à découvrir que, si on attend, quelque chose finit bien par se produire.

Ce quelque chose se produisit effectivement, sous la forme d'une troisième personne. Sir Toby, le frère du défunt beau-père de Madelene, se joignit au groupe.

Comme si de rien n'était, Madelene tendit obligeamment sa main qui fut baisée. En son for intérieur retentit, encore faible et distant, un signal d'alarme à la vue du conseiller auprès du gouvernement pour les affaires vétérinaires.

Les trois hommes empoignèrent le fauteuil roulant, lui firent monter l'escalier, franchir la porte d'entrée, et le poussèrent dans l'ascenseur dont les portes se refermèrent. Sur quoi, celui-ci se mit en marche.

Les hommes haletaient désespérément. Madelene comprit qu'ils attendaient une explication.

– Elle mange pour se consoler, souffla-t-elle. Depuis la mort de mon grand-père. Elle a dépassé les 150 kilos.

Les trois hommes considéraient la silhouette cachée par le chapeau, la voilette et le plaid avec une compassion fascinée. Seul le gérant ressentait une inquiétude encore vague. Chaque métier développe une mémoire propre à la profession, et après avoir dirigé pendant quarante ans la Danish Society, le gérant avait perfectionné une mémoire de maître d'hôtel teintée de fierté nationale, où était fiché chaque Danois avec lequel il avait été en contact en Angleterre. Le désir d'entrer la vieille dame dans son fichier fut plus fort que son manque d'oxygène ; il se pencha vers Madelene :

– Les pieds, dit-il en haletant.

Madelene regarda : les pieds du singe avaient glissé hors du plaid. Ils étaient à vrai dire enveloppés dans une paire de chaussettes en laine de Johnny, mais dans l'exiguïté de l'ascenseur, posés sur le marchepied du fauteuil roulant, ils paraissaient anormalement grands.

– De l'eau, dit-elle, ses pieds sont pleins d'eau.

Le visage du gérant exprima une profonde affliction.

– Et la tête ? chuchota-t-il.

Pour faire tenir le chapeau de Mrs Clapham sur la tête d'Erasmus, Madelene avait dû le fendre. Mais il avait glissé, et sous la calotte se voyait le crâne du singe, brun, rasé de près, énorme.

– De l'eau, dit Madelene. Dans la tête aussi.

L'ascenseur s'arrêta, la porte s'ouvrit, et Madelene poussa devant elle le fauteuil. Venant dans sa direction du fond du couloir, arrivait Suzanne.

Madelene ne fut pas autrement surprise de rencontrer son amie précisément en ces lieux. Elle se savait enfermée dans une sorte d'alambic, non pas une cornue à col ouvert, comme celle où elle concoctait sa mixture alcoolique, mais un alambic scellé de laboratoire contenant l'essentiel des éléments fondamentaux de sa vie. Elle savait également qu'elle avait allumé le feu sous ce récipient et cette mixture, qu'elle y avait inclus la composante externe du singe, et que c'était son rêve de voir enfin apparaître – à défaut d'or – du moins une forme ou une autre d'équilibre.

Dans cette alchimie, Suzanne avait naturellement sa place. Madelene lui souhaita la bienvenue avec un large sourire. Mais au fond d'elle-même le signal d'alarme croissait en intensité.

Suzanne crut embrasser la situation d'un seul coup d'œil, et bien qu'elle fût plus clairvoyante que les trois hommes dans l'ascenseur, elle rapporta – comme le font tous les gens qui se trouvent placés devant l'incompréhensible – tout à elle-même.

– Madelene... ! dit-elle.

– Ce n'est pas ce que tu crois, dit Madelene.

Suzanne passa sa langue sur sa bouche. Son visage se fit soucieux.

– Nous avons une réunion, dit-elle. De la Royal Society for the Protection of Animals. Nos déjeuners d'affaires se font toujours ici. A cause des gâteaux. Adam sera ici d'un instant à l'autre.

Madelene dut s'appuyer au fauteuil roulant. Suzanne saisit son bras.

– Laissez-moi vous aider tous les deux, dit-elle. J'ai un petit appartement à ma disposition. Juste en cas.

Madelene secoua la tête. Derrière Suzanne s'ouvrit une porte, et le docteur Firkin passa la tête. Madelene poussa devant elle le fauteuil roulant.

Suzanne lui pinça le bras.

167

– En tout cas je vais retenir Adam en bas dans la cour, dit-elle. Amuse-toi bien !

Le docteur Firkin était inquiet. Il ne portait pas seulement une veste de laine rembourrée aux épaules, mais il avait passé un grand pardessus et s'était coiffé d'un feutre mou. Quand il enleva pardessus et chapeau, on put voir qu'il frissonnait malgré la chaleur estivale. Il regardait à ses pieds, et continua de le faire tandis que Madelene poussait le fauteuil dans la pièce. Ce n'est que quand elle se fut arrêtée après avoir ôté le plaid, le chapeau, la voilette, les gants et les chaussettes, que le médecin leva les yeux et regarda la forme affalée dans le fauteuil. Lentement, sans quitter le singe des yeux, il s'approcha de lui, tâta prudemment la fourrure du bras, mesura de la main la longueur des avant-bras, retourna plusieurs fois les mains, le contourna pour examiner les oreilles sous tous les angles, fit glisser ses doigts sur le crâne devenu glabre, considéra longuement la surface de la peau, et sépara prudemment les lèvres pour faire apparaître la dentition. Enfin, il s'agenouilla, prit un pied dans ses mains, le souleva, et regarda longuement la voûte plantaire tout en parlant continuellement d'une voix basse, gazouillante, rassurante. Il se releva ensuite pour aller reprendre son pardessus d'un pas lent, pesant.

– L'avez-vous drogué ? demanda-t-il.

Madelene secoua la tête.

– Je regrette, dit-il. Mais il n'y a rien que je puisse faire.

Il évita de regarder Madelene en face.

– Ce n'est pas une espèce connue. Donc c'est un

hybride. On en a produit beaucoup dans les années 20 et 30. Rarement de nos jours. D'ailleurs c'est rigoureusement interdit. Il existe 150 espèces de singes, 180 si l'on compte les lémuriens. Je ne suis pas capable de dire quels sont les éléments du croisement. Je vous conseille de le remettre à la Veterinary School de Londres. Ils établiront sa typologie, et enverront des fragments de tissus au laboratoire génétique de l'Institut de biologie des populations.

Madelene et le singe ne bougeaient pas. Le médecin releva la tête et regarda Madelene. Quand il parla, sa voix était rauque.

– Tout cela n'a pas de sens, dit-il. Le corps rappelle vaguement celui du chimpanzé nain, mais il est trop grand et trop lourd, et la peau du visage est trop claire. Le crâne est grand comme celui d'un gorille, mais les gorilles ont une suture sagittale en haut du crâne à laquelle se rattachent les muscles masticatoires, et cet endroit est lisse chez lui. Son pelage est une fourrure d'été avec des traces de fourrure d'hiver, mais nous ne connaissons pas de primates vivant sous un climat tempéré. Les pieds et les mains ont la faculté de préhension de l'homme, mais les muscles sont développés comme chez le gibbon. S'il n'y avait eu que cela, j'aurais marché, signé et informé Burden en pensant que nous irions peut-être en enfer, mais avec panache. Mais ce n'est pas tout.

Il enfila son pardessus.

– Le singe peut-être dressé à faire les choses les plus étonnantes. S'il est dressé par l'homme. Il sera évidemment dénaturé. Aura un comportement anormal, et sera incapable de s'accoupler. Mais on peut le domestiquer. Si nous admettons que celui-ci a grandi parmi les hommes, nous pouvons expliquer sa docilité. Et si nous ne nous attachons pas trop aux détails anatomiques, nous pouvons expliquer sa morphologie par un quelconque croisement. Mais ce que nous ne pouvons éliminer par une explication, c'est son regard. Même les singes de cirque les plus tordus mentalement ne supportent pas de vous regarder droit dans les yeux. Car c'est le dernier signal avant le combat dans le monde animal. Nous ne nous distinguons pas des animaux par le langage et l'intelligence. Ce qui nous distingue, c'est précisément de pouvoir regarder quelqu'un droit dans les yeux.

Il mit son chapeau.

– Tout cette affaire me dépasse. C'est votre mari qui l'a lancée. Et sa sœur.

Madelene ne dit rien.

– Et ma pension ? dit le médecin. Savez-vous ce que c'est que de vivre en Angleterre comme septuagénaire sans pension ?

– La police vétérinaire ? dit Madelene.

– Ils sont tenus de remettre les animaux sauvages au Zoo de Londres. C'est-à-dire à Burden. On établit un rapport que signe le Home Office, après qu'il a été validé par l'Animal Procedure Committee. Là encore, ce sera votre mari. Et sa sœur.

Il baissa la tête.

– Je suis navré, dit-il. Voilà pourquoi je n'ai jamais eu d'ennuis avec les animaux. J'avais aussi peur qu'eux.

– Je penserai à le dire à Erasmus, dit Madelene. Cela pourra le consoler, quand ils le découperont en morceaux.

Le médecin se détourna, ouvrit la porte et sortit.

Madelene alla se placer à la fenêtre. Elle vit Adam

dans la rue, debout à côté d'une voiture blanche. De celle-ci sortirent l'inspecteur Smailes et trois hommes. Et de quatre autres voitures blanches une petite douzaine d'hommes décontractés et en tenue d'été. Un peu plus loin était garée une voiture de livraison non vitrée, sur les côtés de laquelle étaient peintes les lettres RSPCA, un véhicule de la Royal Society for the Prevention of Cruelty to Animals destiné à l'enlèvement des animaux. La scène était paisible, baignée par la lumière du soleil. C'était à coup sûr l'hallali d'une chasse à courre.

Les hommes se déployèrent autour de l'immeuble. Madelene se retourna vers la pièce. Le singe et le fauteuil roulant n'y étaient plus. Elle quitta la pièce pour gagner le couloir. Un peu plus loin se tenait le singe, debout devant une fenêtre, il regardait au-dehors. Dans la cour du côté de Hyde Park, le consistoire de la Royal Society for the Protection of Animals était assemblé autour d'une table chargée de pâtisseries danoises. Madelene se figea devant ce spectacle.

Cette table faisait penser à une naissance. Elle embaumait le lait nouveau, débordait de fraises nappées de crème fouettée, de crème au beurre ou aux œufs, rien ne manquait, nul n'aurait pu voir qu'au cours des huit dernières heures ces gens avaient à la fois mis à mort et ramené le singe à la vie.

La raison première de cette tablée, c'était qu'à cette occasion Adam voulait faire savoir au consistoire qu'un sujet zoologique exceptionnel était tombé entre ses mains, et leur demandait de l'aider à en garder le secret encore pour quelques semaines vis-à-vis de l'Animal Procedure Committee et du grand public.

171

La rencontre avait été décommandée à quatre heures du matin, quand il avait téléphoné à sa sœur pour lui dire que sa femme avait disparu avec le singe. Elle avait été rétablie le matin même, quand il l'avait rappelée pour l'informer que l'inspecteur Smailes avait localisé le camion sur le point d'être cerné.

Vingt minutes plus tard, il lui téléphonait à nouveau pour raconter que le véhicule avait été pris d'assaut, et son chauffeur arrêté. Mais que Madelene et le singe s'étaient échappés.

Au cours des dix derniers jours, Adam avait perdu un kilo par vingt-quatre heures, et cela s'entendait à sa voix. Non seulement il avait perdu sa femme et le singe, et vu le plus grand succès de sa carrière reporté, sinon compromis, mais il avait éprouvé une déception encore plus grande au cours de trois jours et trois nuits presque sans sommeil. Pour la première fois de sa vie, il s'était trouvé en présence d'un phénomène zoologique qui échappait à toute investigation.

C'est dans ce contexte que s'était déroulée la conversation suivante entre Andrea et lui :

– Les journaux... avait dit Adam, elle va contacter les journaux. Et la police. Le chauffeur est celui qui travaillait pour Bally. Tout est perdu. Je pense à me suicider.

– Les journaux, avait dit Andrea Burden, ne connaissent rien aux singes. Mais tout sur le droit criminel. Avant d'écrire une ligne, ils s'adresseront aux spécialistes. C'est à dire à l'Institut. Donc à toi, petit frère. Tu examineras le singe, et constateras que c'est un chimpanzé. D'une espèce rare, mais pas inconnue.

– On me confrontera avec Madelene.

172

– Et tu diras – les circonstances ne te laissent pas le choix – que ta femme est une alcoolique. Tu n'échapperas pas à la première page. Mais les titres seront : « La femme du directeur du zoo, en état d'ivresse, vole un chimpanzé d'une espèce rare ».

– Ce qui va ruiner ma carrière.

– Ce qui la favorisera. Tu n'as pas seulement l'appui des savants et des hommes politiques. Tu seras soutenu par la sympathie de l'homme de la rue.

Andrea Burden avait marqué une pause.

– Pour ce qui est de ton mariage, c'est autre chose, dit-elle doucement.

Adam ferma les yeux, et prit une décision. Ce n'était pas une décision de caractère personnel, subjective ou incompétente. Il se représenta une balance de laboratoire. Sur un plateau, il plaça Madelene avec son éthylisme, son mystère, l'attirance tantôt excitante, tantôt déprimante qu'elle exerçait sur lui, et sur l'autre plateau il plaça son avenir. Et ses possibilités infinies, professionnelles et amoureuses.

Ce ne fut pas lui qui biffa Madelene. Ce fut la loi de la pesanteur.

– Ce soir, dit-il, toi et Bowen vous allez au Journal télévisé *Newsnight*, et vous me soutenez.

C'est ainsi que la table de pâtisseries avait eu malgré tout le droit d'exister, et Madelene se rappela qu'elle n'avait rien mangé depuis plus de seize heures.

Le singe pas davantage ; il s'était mis en route et descendait l'escalier d'un pas dansant comme une ballerine, portant le fauteuil sous son bras. Madelene crut d'abord qu'il avait éventé le piège et entrepris désespérément une dernière tentative de fuite. Mais il s'arrêta au bas de l'escalier, s'enveloppa dans le plaid, enfonça le chapeau sur sa tête, laissant retomber la voilette, s'assit dans le fauteuil roulant, et franchit la porte en faisant tourner les roues au beau milieu des gens assemblés.

Comme la réunion était informelle, le cercle s'ouvrit pour laisser passer, non sans surprise, la vieille dame dans son fauteuil roulant. Le silence revint, jusqu'au moment où Sir Toby le rompit. Il était un parent de la nouvelle venue, l'avait poussée dans l'ascenseur, et avait le dos encore tout courbatu de l'avoir portée.

– Mrs Mortensen, dit-il, la grand-mère de Mrs Burden.

Tous s'inclinèrent poliment vers la voilette. Le consistoire comportait douze membres, et Sir Toby se mit en devoir de les présenter un par un.

Alors qu'il en était à la moitié de la tablée, la vieille dame fit un mouvement. Un bras apparut sous le plaid, un bras dans une robe de chambre, étonnamment long, telle une grue, terminé par une pince enfermée dans un gant de travail. Avec précaution et lenteur, cette main s'insinua sous un gâteau entier nappé de chocolat, le souleva et le guida sous la voilette.

Connaissant le profond chagrin de la vieille dame et son grand problème, Sir Toby, impassible, termina les présentations. L'autre main de la vieille dame apparut à son tour, hésita un instant, puis se saisit rapidement de trois pichets de crème à la suite.

Madelene débouchait de l'escalier. Lentement, avec dignité, elle traversa la cour sans saluer le consistoire, si ce n'est un signe de tête en direction de Suzanne qui remarqua le visage défait et désespéré de son amie. Made-

174

lene empoigna le fauteuil roulant, le tourna, et le poussa sur les quelques mètres qui la séparaient du bout du jardin au pied du grand mur jouxtant Hyde Park. Ce qu'elle voulait, c'était se soustraire à l'assistance, et être un dernier instant physiquement proche d'Erasmus.

Elle posa ses mains sur les épaules du singe. Puis, fermant les yeux, elle prit toute la mesure de sa défaite.

Elle avait cru que les lois du pays allaient protéger le singe, et elle s'était trompée. Elle avait escompté que les conventions sociales lui donneraient un peu de temps pour se retourner, et là aussi elle s'était trompée. Elle avait tablé sur sa propre et totale certitude d'être sur la bonne voie, et cette certitude s'était avérée illusoire. Maintenant, elle réglait ses comptes avec l'univers, et ne pouvait, aussi loin que s'étendait son expérience, déceler l'ombre d'une justice immanente. C'est sans résistance qu'elle était acculée à l'évidence que le monde est une machine où hommes et bêtes sont de simples composantes, tout au plus des petites machines indépendantes, donc inertes, des petites machines sans vie, ou pire encore, qui s'agitent sans répit, infimes *perpetua mobilia* voués à la mort.

La porte donnant sur le jardin s'ouvrit, et Adam, l'inspecteur Smailes, les deux vétérinaires de la RSPCA, et l'équipe des hommes en blanc firent calmement leur entrée. Ils se répartirent en deux groupes autour de la table.

Madelene baissa la tête.

– Je suis désolée de n'avoir pu faire mieux, dit-elle posément.

A quelques mètres devant le fauteuil roulant, les

175

hommes marquèrent un temps d'arrêt. L'un des vétérinaires arma son pistolet, l'autre déroula un filet. Madelene regarda derrière elle le mur qui était lisse, le soleil
et l'ombre y alternaient avec indifférence, comme si ce
mur se dressait devant un peloton d'exécution, plus
encore : un mur métaphysique marquant la limite définitive de tout espoir pour un sens de l'existence.

C'est alors que le singe se leva. Il enleva le chapeau,
le plaid, la robe de chambre, les laissant choir à terre.
Debout devant les hommes en plein soleil, il se dressait
de toute sa taille, les jambes courtes, grotesques, les bras
touchant le sol, et la bouche barbouillée de crème fouettée, comme celle d'un clown, au milieu d'un visage rasé
de près.

Instinctivement, les hommes reculèrent d'un mètre. Le
singe passa le bras autour de la taille de Madelene.

– On s'en va, dit-il.

Il bondit tel un chat, sans effort apparent, faisant un
demi-tour en l'air, puis courut en tenant Madelene le long
du mur à la verticale.

Au sommet du mur, il s'assit un instant. Puis il
s'élança, et pour ceux restés dans la cour, il sembla sauter
avec Madelene dans le ciel bleu et disparut.

III

1

Londres est une ville fiévreuse. Sa bourse et ses banques sont le cœur financier du monde, ses médias sont les yeux et les oreilles du monde anglophone, ses bibliothèques, ses musées et ses archives sont les gardiens inquiets de la plus considérable mémoire historique de l'Europe ; elle est le siège d'un régime qui comporte deux chambres et une maison royale, constituant ainsi la plus grande réserve du monde de matériau génétique nobiliaire. Et, à travers l'université de Londres et ses connexions neuronales avec Oxford et Cambridge, elle a la responsabilité de la plus grande concentration d'intelligence culturelle du monde habité, du plus gros cerveau du globe. La ville est pour cette raison atteinte d'hypocondrie, soucieuse de sa santé à en perdre la raison, et possède en conséquence l'un des systèmes immunitaires les plus vastes et les plus paranoïaques de la planète. Quelques minutes à peine après la disparition du singe et de Madelene, se déclenchait ce dispositif de surveillance monstrueux bien que timoré.

Quand Erasmus eut sauté à bas du mur, Andrea Burden tourna les talons et disparut. Elle ne s'absenta que quelques minutes, et pour ceux qui étaient restés dans la cour ce laps de temps fut si court qu'ils ne le perçurent même pas, bien qu'il fût en même temps un éclair d'éternité, car, les yeux rivés sur le haut du mur, il leur sembla qu'ils fixaient l'infini. Mais il dura juste assez pour permettre à Andrea Burden d'atteindre la cabine téléphonique la plus proche, et de composer le numéro grâce auquel elle put joindre directement un responsable en contournant la permanence de garde.

L'homme, à l'autre bout du fil, prit note de tous les détails.

– Pouvons-nous essayer de le pincer vivant ? demanda-t-il.

Il fallut à Andrea Burden moins d'une seconde pour soupeser un bon nombre de combinaisons complexes.

– Il n'y a aucune raison de prendre le moindre risque, dit-elle. Les spécialistes estiment qu'il est mortellement dangereux.

Elle revint dans la cour d'où l'inspecteur Smailes et ses hommes en blanc étaient déjà partis. Elle murmura quelques mots à l'oreille d'Adam, pria le comité directeur de prendre place, et entreprit de présenter le premier rapport officiel au sujet du singe Erasmus, sans entrer franchement dans les détails.

Cinq minutes après son coup de téléphone, Hyde Park était investi. Cinq minutes plus tard, le premier hélicoptère décollait de l'héliport de Scotland Yard sur Thornhill Road. Encore cinq minutes, et les premières patrouilles de chiens se mettaient en route. Cinq minutes après des postes de guet étaient établis tous les cinquante mètres sur le périmètre extérieur du parc.

Aucun de ceux engagés dans la recherche ne doutait que les fugitifs ne soient retrouvés en moins d'une heure. Si les circonstances s'y prêtaient, un homme pouvait rester caché dans Londres. Mais pas un singe humanoïde détenant une femme prisonnière. Et qui, de plus, est déjà cerné.

Madelene et le singe examinèrent la façon dont ils étaient coupés du monde extérieur du haut d'un tilleul près du monument de Speke, situé entre le Round Pond et la Long Water dans Kensington Gardens. Ils n'étaient pas vraiment visibles, car le singe avait réuni branches et feuilles autour d'eux, les dissimulant ainsi dans une sorte de tonnelle. Malgré tout, Madelene ne pensa pas un instant qu'ils aient la moindre chance. Les policiers et la patrouille de chiens les plus proches n'étaient pas éloignés de plus de trente mètres du pied du tilleul ; elle apercevait dans toutes les directions des hommes avec des radios, des caméras de télévision, des télescopes et des fusils à lunette. Elle ignorait le coup de téléphone passé par Andrea Burden. Mais elle pressentait que ce qui se préparait autour d'eux était – du moins pour le singe – non une battue, mais une mise à mort.

Ce n'était pourtant pas la peur qui l'étreignait. Elle ressentait avant tout, dans cette situation totalement désespérée, cette curiosité qui continue à grandir dans tout être vivant, comme les cheveux et les ongles après la mort. Elle considérait la situation avec une lucidité nouvelle, indifférente à ce qui l'avait provoquée, insouciante de ce qui pourrait en résulter ; une lucidité – nette comme après le premier verre – aiguë comme au plus

181

fort d'une gueule de bois diaboliquement et miraculeusement indolore.

Elle regarda le singe. Il suivait les recherches, concentré, immobile, sauf quand de temps à autre il refermait une ouverture, afin de parachever leur tonnelle de verdure. Madelene s'aperçut qu'il ressemblait à un petit garçon.

Elle se sentit soudain comme chez elle. Elle reconnaissait l'univers de verdure autour d'elle, c'étaient les cabanes dans les arbres de son enfance, quand elle jouait avec ses petits camarades. En vérité, c'était plus que cela, car il n'y avait pas vraiment eu d'arbres dans son enfance. Ses nurses l'avaient empêchée d'y grimper de peur de la voir tomber et d'être renvoyées ; sa mère l'avait suppliée de n'en rien faire, poussée par une peur du vide dont elle étendait aux autres le bénéfice, et son père avait édicté un interdit, animé d'un vague malaise à la pensée que sa fille puisse ne plus être visible en la compagnie d'un garçon en train de monter au septième ciel. La voûte qui s'arrondissait maintenant au-dessus de sa tête n'avait donc rien à voir avec ce qu'elle avait connu. C'était comme un rêve qui devenait réalité pour la première fois. Elle et le singe étaient des voleurs, et en bas, au-dessous d'eux, ce n'étaient pas des gendarmes, mais des bandes de garçons venus par des chemins et des quartiers inconnus d'elle, avec lesquels elle ne s'était jamais battue, et elle les suivait avec des yeux pleins d'excitation, alors qu'à présent elle était elle-même parfaitement calme.

Naturellement, elle savait, et le singe savait aussi, que ce n'était pas des enfants qui jouaient au-dessous d'eux, mais quelque chose de plus grand, la Mort en personne ;

sans vouloir y penser, ils souriaient tous deux d'un même sourire. A la différence des adultes, les enfants ne sont heureux dans leurs jeux que parce qu'ils ne savent rien de la mort, pourtant familière à tout être vivant, et qu'ils pressentent ce que les adultes ont oublié : même si la mort est un formidable adversaire, elle n'est pas insurmontable. Le singe et Madelene riaient en silence, tremblants, appuyés l'un contre l'autre ; car ils savaient que demain ils seraient encore en vie.

Au coucher du soleil, la surveillance du mur extérieur du parc redoubla, et quand la nuit tomba on dressa sur des supports placés tous les cent mètres des projecteurs qui illuminèrent les pelouses comme un stade de football. Aux entrées, des patrouilles du commando dépendant de la London Fire Brigade apportèrent des échelles et, soutenues par la brigade antiterroriste, s'apprêtèrent à commencer dès le point du jour la fouille systématique de la cime des arbres.

Même pour Londres, ce déploiement de forces était considérable. Cela tenait à ce qu'on se mobilisait – et peu de gens, dont Andrea Burden, le savaient – contre un ennemi déclaré.

Tout organisme engendre, dès qu'il dépasse une certaine taille critique, une série de phénomènes négatifs. Dans le gigantesque mycélium londonien des formations policières, militaires, et des services de renseignement, foisonnaient des conflits de compétence dus à la manie du secret et à la rivalité bureaucratique, ayant depuis longtemps dégénéré en de véritables abcès buboniques. De tels abcès nécessitent une incision en profondeur, ou finissent par une résorption naturelle, ce qui exige d'avoir à l'extérieur un ennemi de qualité. Le singe Erasmus excellait sous ce rapport, il était comme un envoyé du ciel, une guerre des Malouines en miniature, un dragon, un petit King-Kong propre à détourner l'attention de l'opinion publique des problèmes insolubles tels que l'irrésistible dégradation et paupérisation des grandes villes, les violences raciales, la criminalité organisée à grande échelle ; de surcroît il était complètement apolitique et avait enlevé une princesse pour faire bonne mesure. Hyde Park resplendissait comme une arène où le saint Georges du pouvoir établi pouvait maintenant faire son entrée.

Une heure après la tombée de la nuit, le singe se leva, passa son bras autour de Madelene, ouvrit l'écran protecteur des feuilles là où régnait l'ombre, et sauta presque à la verticale dans ce qui était pour Madelene un vide grand et noir.

Leur chute fut assez longue pour que Madelene ait le temps de remarquer le sifflement de l'air frais nocturne contre son visage, la chaleur dégagée par le corps du singe, son calme durant la chute, et sa lente préparation à la réception. Il toucha une branche huit mètres plus loin avec le bruit pesant, étouffé, d'une chouette qui s'envole dans un sous-bois, et se mit à courir.

En quittant le mur entourant la Danish Society pour gagner le centre du parc, il s'était propulsé en avant avec un mouvement pendulaire de ses longs bras. Il avançait maintenant en évitant la pesanteur des mouvements verticaux à l'aide de ses pieds et de sa main restée libre, franchissant d'un bond les espaces entre les arbres.

Pas une fois il ne fut pris dans un faisceau de lumière, et ils parvinrent à la grille du parc comme par un tunnel obscur. Il fit halte à cinq mètres au-dessus d'un poste de guet. Ce qu'il attendait se produisit une demi-minute plus tard : l'inattention de quelques secondes parmi les hommes au-dessous d'eux, non par inadvertance, relâchement, ou pour une raison seulement connue de ces hommes, mais parce qu'il est humain d'aller et de venir. A l'instant même où ils changeaient de place tout en échangeant une brève remarque, le singe bondit en avant.

Le bond les amena dans un rayon de lumière aussi puissant que s'il venait des coulisses pour inonder la scène d'un théâtre, et Madelene ferma les yeux. Elle s'attendit à un coup de feu, ou à un cri d'alarme les trahissant, mais rien ne se passa. Les seuls bruits provenaient de la circulation au-dessous d'eux ou du vent sifflant sur les rampes de l'éclairage urbain où courait le singe. Elle rouvrit les yeux et vit que l'animal détalait. Horizontal, parallèle à la rue, mais bien au-dessus d'elle, il courait le long des câbles, des échafaudages, des saillies des murs. Il existait, pour ses facultés motrices et son appareil sensoriel, un trottoir invisible aux humains qui traversait la ville à hauteur du troisième étage.

Madelene voyait les voitures au-dessous d'eux, les gens sur les trottoirs, dans les voitures, elle les voyait très distinctement. Elle voyait le dos des hommes surveillant le parc, les voitures-échelles et leurs équipages qui attendaient le lever du jour, et juste sous eux deux des tireurs d'élite de la police postés sur un toit en contrebas ; elle distinguait les traits de leur visage, leurs yeux, et leurs lunettes à infrarouge. Mais eux ne la voyaient pas, ni le singe, bien qu'elle et lui fussent visibles en pleine lumière.

Le singe s'élevait maintenant le long des gouttières, des balcons et des escaliers de secours extérieurs, gagnant un étage supérieur pour atteindre un ensemble vertigineux de hampes de drapeau, de corniches et de balustrades. Il redescendit ensuite vers le plus bas niveau continu de toits londoniens.

Ils dépassèrent des fenêtres derrière lesquelles des familles étaient assemblées devant la télévision. En courant, ils franchirent des galeries vitrées où des gens pendaient leur lessive. Ils dépassèrent des hommes et des femmes dans des ascenseurs, des gens qui regardaient sur leur balcon dans leur direction sans les voir. Nul ne les vit. Leur voyage n'était pas seulement une lévitation, c'était aussi un voyage à travers une civilisation de surveillance, et pour la première fois Madelene devina que cette attention soutenue n'était pas rayonnante, mais polarisée. Elle vit que les gens dans la rue n'enregistraient que ce qui se passait au niveau de la chaussée. Elle vit que ceux qui étaient lancés à leur poursuite s'oubliaient eux-mêmes, et oubliaient toutes les autres parties du voisinage autres que celle où ils pensaient trouver leur gibier. Que les gens devant la télévision étaient fermés à tout ce qui n'était pas la petite flaque irréelle vacillant sous leurs yeux, et que ceux qui étaient engagés dans une activité ne tenaient aucun compte de l'extérieur.

Le singe parcourut avec elle un toit de verre sous lequel jouaient des enfants, ils passèrent à une longueur de bras

d'un repas de fête sur une terrasse ouverte, ils se trouvèrent en présence d'un jeune couple perdu dans la contemplation des étoiles, sans être vus. Madelene comprit pourquoi les gens si proches d'eux ne les voyaient pas : ils
ne s'attendaient pas à les voir. Dans le tourbillon des
excitations et des informations qu'offrait Londres, les
habitants s'étaient définitivement fermés à l'éventualité
d'un authentique miracle.

Jusqu'à cet instant, Madelene s'était représenté la
grande ville comme une cité affairée à se regarder elle-
même, tel le centre nerveux d'une activité insomniaque
et exacerbée. Elle découvrait maintenant une image plus
exacte. Sur ces visages crédules, elle voyait une ville
tombée en léthargie qui – malgré ses sept millions d'habitants, ses téléphones, sa débauche d'énergie jamais
démentie, son activité fébrile, ses torrents de nourriture
et d'ordures – était simplement absente, engourdie dans
une inertie permanente ou rarement interrompue.

A travers cette gigantesque somnolence urbaine, le
singe évoluait tel un artiste de cirque devant un public
assoupi. De même qu'un conducteur, freinant brutalement, perd un bref instant son équilibre, de même le singe
pouvait en plein élan, au beau milieu d'un tournant, se
figer comme une statue. Quand une silhouette surgissait
subitement d'une entrée, quand un visage derrière une
vitre se tournait vers lui, il demeurait comme pétrifié, et
dans de telles situations se présentait toujours une voie
de fuite, une corniche derrière laquelle se cacher, un tuyau
d'écoulement auquel s'accrocher, et telle était la réalité
dans laquelle se mouvait l'animal. Ses yeux étaient vides
à force de concentration, il exécutait une chorégraphie

dont la ville était le support, et qui pouvait à tout moment se perdre dans la grisaille d'un mur, une gaine de ventilation, ou l'ombre d'un tuyau de cheminée.

Aucune illusion n'est parfaite, et celles créées par le singe ne faisaient pas exception. Il arriva qu'une longueur de gouttière se détachât d'un mur sous son poids pour disparaître dans le vide à grand bruit. Il arriva qu'un courant d'air aussi soudain qu'imprévisible portât son odeur de caoutchouc brûlé jusqu'à une table de dîneurs. Qu'une femme dans sa cuisine tirât soudain un rideau pour regarder fixement leur double morphologie, soudée mais vulnérable et précaire, illuminée, se balançant sur une triple corde à linge à vingt-cinq mètres au-dessus d'une arrière-cour.

Mais nul ne leur accorda la moindre attention, nul ne les vit, ne les sentit ni ne les entendit. Jusqu'ici Madelene ne connaissait pas d'autre forme d'inconscience que celle de son sommeil. Elle constatait aujourd'hui que même quand des êtres sont éveillés, ils peuvent être endormis. Oublieux de l'espace, ils étaient endormis ; leur sens olfactif endormi, leur ouïe, leurs yeux et leur toucher endormis. Leur imagination dormait aussi, et leur faculté de représentation – qui aurait pu laisser un canal sensoriel ouvert à l'inconnu – dormait elle aussi.

A cette heure, la ville allait s'apaiser. Elle fermait ses yeux, ses lumières s'éteignaient, ses rues se vidaient, elle renonçait à son dernier semblant de vigilance. Sa télévision s'arrêtait ; même autour de Hyde Park, loin derrière Erasmus et Madelene, les veilleurs s'assoupissaient. A cette heure, quelque chose d'attendrissant descendait sur Londres, comme si elle renonçait à toutes ses prétentions, et montrait son vrai visage : elle n'était finalement pas un organisme supérieur, car aucun organisme vivant ne s'arrête d'une telle manière. Elle n'était pas davantage une forêt, une jungle urbaine, car aucune jungle ne sombre dans la nuit avec une telle torpeur. Elle montrait ce qu'elle était en réalité : une machine. Une pauvre machine usée, défectueuse, déréglée, avec des plages aveugles et des points morts, traversée par les pistes oubliées au long desquelles la femme et le singe se mouvaient à présent.

2

Parvenu sur un toit plat dominant la ville, le singe déposa Madelene, puis se laissa tomber depuis le rebord tel un faucon pèlerin qui plonge. Il sembla rebondir d'une corniche à l'autre, puis disparut ; l'instant d'après, il était de retour avec une caisse de bananes et d'oranges. Il posa la caisse devant lui et se mit à manger rapidement, méthodiquement, comme un oiseau migrateur qui s'arrête pour se reposer, sachant que l'étape la plus longue est encore à venir.

Madelene songea que l'animal ne connaissait pas encore son nom. Elle posa la main sur sa poitrine.

– Madelene, dit-elle.

– Madelene, répéta le singe.

Sa voix était sombre, plus sombre que celle d'un homme, mais la prononciation était nette, sans accent, parfaite.

L'impression de l'effondrement de toutes les règles monta à la tête de Madelene, comme une ingestion d'alcool, et elle fit un pas en arrière. Avant qu'elle ait pu esquisser un geste, le singe avait anticipé, s'était levé, avait étendu son bras. Non seulement Madelene ne tomba pas, mais elle fut soulevée vers le ciel. A peine une heure auparavant, elle attendait sa mise à mort. Elle avait été jusqu'alors une alcoolique entraînée dans une spirale suicidaire. Elle émergeait maintenant de ce tombeau, en moins d'une heure elle s'était redressée, et continuait à s'élever.

– Je ne sais pas quand vous... vous les animaux... vous les singes, vous devenez adultes, dit-elle. Mais je me suis souvent demandé quand les hommes le deviennent. Maintenant, je sais.

Depuis qu'elle avait fait la connaissance du singe, elle l'avait entendu prononcer en tout trois mots, mais il ne lui vint pas à l'esprit qu'il ne pût pas la comprendre en cet instant. Ce qu'elle avait maintenant à lui dire, elle le sentait, devait être d'une portée universelle, intelligible à toute créature vivante.

– J'ai souvent pensé que j'avais cessé d'être une enfant. Je l'ai pensé quand Adam et moi nous sommes mariés. Et à l'occasion de nos fêtes de fin d'études. Et avec mes premiers amants. Mais je vois aujourd'hui que je me trompais.

– Trompais, répéta le singe, la bouche pleine de banane.

– Adulte, dit-elle, on ne le devient qu'à l'instant où on devient libre.

– Libre, répéta le singe tout en pelant une orange.

Au-dessus des mâchoires mastiquant obstinément, ses yeux s'attardaient sur elle, et Madelene ressentit l'élévation que procure le plaisir de parler et d'être écoutée, c'était en elle comme un souffle d'air chaud, elle déploya ses ailes et prit son envol.

191

– Il s'est aussi produit autre chose, dit-elle. Je crois maintenant savoir qui je suis. Je suis une sorte de princesse.

C'était une promotion brutale qui prit Madelene elle-même par surprise ; durant un court mais dangereux instant, elle menaça de se métamorphoser non en oiseau, mais en un ballon d'air chaud. Elle remarqua alors la main que le singe avait posée sur son bras pour la retenir doucement, mais fermement au bord du toit.

– La belle affaire d'être de sang royal, dit-elle. Ce qui importe, c'est d'être appelé à une grande tâche.

Le singe s'éloigna d'elle de quelques pas, et se coula par-dessus un muret.

– Je vais à la selle, expliqua-t-il.

Il déféqua des fumées piriformes avec la lourdeur propre aux herbivores, telle une avalanche sur un compost. Puis il revint à côté d'elle, lui passa un bras autour de la taille, fit quelques pas en accélérant, et s'élança dans la nuit.

Depuis deux jours, Madelene n'avait rien bu, et même si son foie n'avait pas eu le temps d'évacuer les restes d'alcool de son organisme, elle était d'une certaine manière plus à jeun qu'elle ne l'avait jamais été depuis deux ans. Mais d'une autre façon, elle était en cette nuit beaucoup plus ivre que jamais auparavant.

Elle appuya sa nuque contre les épaules du singe. Comme l'un de ces oiseaux qui volent la nuit, le canard sauvage ou le rossignol, elle regarda vers les étoiles pour s'orienter, et elle vit autre chose que des petits points brillants : les constellations féminines qui avaient jusqu'alors guidé sa navigation, elle vit briller dans le ciel les personnalités sophistiquées, évanescentes, de Billie Holiday, de Lola incarnée par Marlene Dietrich dans *L'Ange bleu*, de Judy Garland, Janis Joplin, Julie Christie – les supernovae de l'alcoolisme féminin. Et maintenant ces points fixes s'évanouissaient pour faire place à une farouche confiance en elle-même.

Dans ces circonstances, une sorte de beauté enveloppait Londres. Madelene voyait sur son passage les gratte-ciel, telles des cathédrales endormies de lave solidifiée. Elle ne ressentait aucune irritation à l'endroit de la population endormie de la ville, seulement une affectueuse pitié pour ces gens qui ne pouvaient la voir, elle qui, presque divine, chevauchait dans la lumière de la lune le dos d'un singe, en route pour quelque chose d'ineffable. C'était comme si le bon Dieu s'était manifesté, sorte de chasseur de têtes, pour enfin la découvrir au fond de la nuit, elle la princesse Madelene. Comme si une entente avait été passée entre elle et Lui, une manière de contrat dont la première clause était que Madelene ne serait plus jamais malheureuse.

La réalité reprit ses droits sans prévenir. Elle avait remarqué qu'ils n'évoluaient plus à grande hauteur, et qu'ils traversaient maintenant des jardins et des parcs, mais d'en haut, de la cime des arbres et des toits de tuiles d'où elle regardait, elle ne reconnut pas le paysage. Jusqu'au moment où le singe se laissa délicatement glisser le long d'un toit pour atterrir sans bruit, et la déposer sur le balcon devant sa chambre du Mombasa Manor.

Elle resta d'abord interdite. Le singe s'était déjà redressé, prêt à s'éloigner ; dans un instant il allait dis-

193

paraître du balcon et l'abandonner sur place, comme tous les hommes abandonnaient les femmes, mais c'était cent fois pire, car l'animal n'était qu'un singe, et plus horrible encore, un singe parlant – en d'autres termes, pas même une véritable bête.

Madelene s'empourpra, mais ce n'était pas de gêne. C'était de haine. Il lui avait fallu une longue suite de déconvenues dans sa vie, quatorze jours de bouleversements et les dernières heures d'une fuite éperdue pour en venir à une éphémère et généreuse compassion pour le petit peuple de Londres, et il n'y avait de cela qu'un instant. Et il avait suffi d'une seconde pour faire d'elle un démon à l'apparence de femme.

Elle se redressa, marcha vers le singe en souriant. La stupeur était passée, elle semblait redevenue elle-même. Mais elle n'était plus elle-même. Toute humanité l'avait quittée. Le singe ne le savait pas, mais devant lui se dressait, pure et souriante, la brutale détermination de la femme.

Elle posa les mains sur ses épaules.

– Attends un instant, lui dit-elle, sois gentil.

Le singe, interloqué, la dévisagea.

– Gentil, dit-il.

Madelene se détourna et entra dans la maison. Elle traversa son appartement sans s'attarder, sans penser aux souvenirs du temps qu'elle y avait passé. Elle s'engagea dans le couloir, descendit des escaliers, traversa les pièces de la maison comme elle ne l'avait jamais fait, d'un pas vif, sans leur accorder la moindre attention, sans ressentir la moindre crainte, la moindre émotion. Elle monta un escalier, suivit un corridor, et entra dans la chambre de son mari, pour la première fois sans frapper.

Adam était couché sur le dos à la gauche de son lit, le téléphone à portée de main sur la table de nuit. Il attendait apparemment l'appel lui annonçant que le singe Erasmus avait été abattu et que sa femme était arrêtée. Il se débattait dans un mauvais rêve au moment où Madelene franchit le seuil.

A cours des douze dernières heures, il avait intérieurement pris tranquillement congé de Madelene. Il l'avait éradiquée de sa conscience, et c'était dans la certitude de s'être remis de cette intervention et d'avoir recouvré la santé qu'il était allé se coucher. Mais, dans son sommeil, son image ne l'en avait pas moins rejoint, poursuivi, assailli, semblable aux douleurs fantômes tourmentant le moignon d'un membre amputé. En rêve, il l'avait vue devant lui et avait tendu la main vers elle sans pouvoir l'atteindre.

C'était le genre de cauchemar qui fait qu'on supplie, tant qu'il dure, d'être réveillé. Aussi, quand la porte de sa chambre s'était ouverte, il avait d'abord été soulagé. Il avait alors reconnu Madelene, poussé un hurlement de terreur, et s'était dressé dans son lit, conscient que le cauchemar avait atteint une réalité encore plus impitoyable, et s'était tassé contre le mur.

Madelene étendit la main et alluma.

– Il est sur le balcon, dit-elle. Tu dois faire quelque chose.

Adam vit ses lèvres remuer mais n'entendit pas ses paroles. Plantée devant lui, désespérément résolue, elle était parée d'une aura qui pénétrait son engourdissement et ses décisions les plus fermes, s'insinuant sous son édredon pour descendre le long des jambes de son pyjama, et projeter tout son être vers elle – elle qu'il détestait l'instant d'avant – pour l'étreindre.

Madelene fit un pas en arrière.

– Prends une arme avec toi, dit-elle.

Adam lança les jambes hors du lit, sortit une carabine du fond d'un placard, et suivit Madelene, mal réveillé, en pyjama et robe de chambre, en sandales de bain, sans pouvoir contrôler l'érection qui lui était venue.

Le singe n'avait pas bougé. Il était resté dans la position où Madelene l'avait quitté et, en entrant dans la chambre de Madelene, ils le virent comme une ombre à travers les portes-fenêtres. Adam avait laissé ses sandales devant la porte, ils se déplaçaient sans aucun bruit dans la maison où pas un gond de porte ne couinait, pas un plancher ne craquait. Malgré tout, le singe les remarqua. Il se redressa, cherchant à percer l'obscurité devant lui. Madelene poussa Adam devant elle, et ils passèrent sur le balcon.

Adam Burden n'était pas de nature à douter, il était l'homme des décisions irrévocables. Cependant, en d'autres circonstances, la situation actuelle aurait pu le diviser, le fléchir, car elle comportait tous les éléments contradictoires de sa vie. Mais il n'eut pas conscience de ces conflits. Car cette situation concernait sa carrière, son mariage, son foyer, son passé et son avenir, sans parler d'une série sans fin d'implications juridiques et politiques. Pour lui, la situation était devenue spontanément, dès l'instant où il avait aperçu Madelene devant son lit, simple, terriblement simple ; elle ne mettait en jeu qu'une seule chose : comment pouvoir la garder ? En cet instant, il se moquait éperdument du singe, du monde extérieur, voire d'une certaine manière de lui-même. Il n'y avait plus qu'un seul être qui comptât : Madelene.

Quand ils sortirent de l'ombre, le singe regarda rapidement Adam et sa carabine, et ses yeux ne quittèrent plus Madelene.

– Pourquoi ? dit-il.

Adam regarda fixement sa bouche, l'endroit d'où le mot était sorti. Un court instant, l'amoureux s'effaça devant l'homme de science. Il secoua alors la tête.

– C'est une mystification, dit-il.

Madelene n'écoutait pas son mari.

– Je ne veux pas être abandonnée ici, dit-elle.

Une ride profonde apparut sur le front large et rasé de près de l'animal. Il fouilla désespérément et sans succès dans le glossaire des mots techniques inutilisables qu'il avait saisis au vol auprès de ses gardiens, en une impossible tentative de dire quelque chose de si compliqué que peu d'hommes auraient jamais été capables de l'exprimer.

Il renonça, et fit un large geste qui embrassait toute la maison. Il fit ensuite un signe de tête en direction d'Adam, puis regarda Madelene avec perplexité.

– Il m'a trahie, dit-elle.

Adam s'humecta les lèvres.

– C'était une méprise, dit-il. Tout ira bien maintenant.

Le singe promena son regard sur le parc, et au-delà, en direction de Hampstead Heath que Madelene savait devoir être le chemin de sa fuite.

– Tire-lui dans les jambes, dit-elle.

Adam abaissa sa carabine et visa. Le singe l'ignora. Sur son visage, ce visage que Madelene commençait lentement à connaître, elle vit quelque chose de nouveau, quelque chose d'inconcevable chez un animal, qui apparut comme une ombre à la commissure de ses yeux. Ce n'était pas la peur, ce n'était pas l'inconscience animale du danger imminent. C'était la tristesse, peut-être le désespoir.

Elle se plaça dans la ligne de tir.

– Attends, dit-elle.

Le regard d'Adam allait d'elle au singe, et l'inverse.

Elle se plaça près d'Erasmus.

– J'ai pensé à quelque chose, dit-elle.

– Écarte-toi, dit Adam.

Madelene ne l'écouta pas.

– Tu sais, dit-elle, ce à quoi je suis destinée.

Le singe la regarda attentivement. Elle et lui avaient oublié tout ce qui les entourait. Ils ne virent donc pas qu'Adam avait épaulé sa carabine. Il ne visait plus la cuisse du singe. Il visait sa tête.

– Partir avec toi, dit Madelene. C'est ce que j'aurais dû faire. Observer ton comportement. Une expérience zoologique en somme.

Elle l'avait dit d'une voix très douce, mais il y avait dans sa voix une nuance qui parfois, très rarement, affleure dans la voix d'une femme, quand quelque chose est d'une importance capitale pour elle, et qu'elle y vient sans se presser, une forme de musique, de musique des sphères, un signal d'ultrasons qui s'adresse directement au système nerveux central de l'homme, et qui pour cette raison toucha à la fois celui du singe et celui d'Adam.

Un court moment, ils restèrent sans bouger, vibrant comme deux diapasons.

L'instant d'après, une jalousie meurtrière s'empara d'Adam jusqu'à son index qui appuya sur la détente.

Trop tard. Le projectile chauffé à blanc partit à travers le vaste monde, sans trouver son but, survolant en sifflant Hampstead Heath, ralentissant au-dessus du Vale of Heath, tournoyant comme une toupie, pour finir par perdre de la hauteur et tomber épuisé au sol. Juste avant qu'Adam n'ait fait feu, le singe avait passé son bras autour de Madelene, l'avait soulevée, et bondi du balcon.

3

Ils cheminèrent pendant sept jours.

La première nuit, ils atteignirent la limite du Grand Londres, ensuite ils marchèrent de jour. Au début, à travers les parcs et les lotissements, puis par les fossés et les haies, plus tard le long des berges de rivières, par les vergers et les bois. Nul ne les vit, pas même les bêtes sauvages qu'ils croisaient. Les faisans, les renards, les blaireaux et les daims ne purent les remarquer avant qu'ils ne soient de nouveau loin, ne laissant d'autre trace de passage – déroutante pour des animaux – que l'odeur d'un singe humanoïde ainsi qu'un léger parfum.

Les seuls êtres vivants qui purent les observer assez longtemps pour deviner leur direction furent les oiseaux de proie qui les dépassaient et descendaient des nuées pour s'approcher, volant un instant sur place. Quand Madelene les voyait, elle leur faisait signe, comme lorsque deux motocyclistes ou deux bonnes sœurs se croisent, pour dire que tandis que tous les autres sont enchaînés, eux seuls sont libres.

Si elle avait pu voler pour rejoindre les oiseaux, elle aurait constaté que chacun d'eux était un maillon d'un grand ensemble, un des millions d'oiseaux qui au même instant, dans toute l'Europe, croisaient sur le même parallèle, tous dans le même but : s'aimer, nidifier et pondre, et qu'en fonction de cette finalité supérieure chaque oiseau individuel et libre était en fait asservi et anonyme. Mais Madelene ne pouvait pas voler, et ses pensées ne s'élevaient guère au-dessus de la terre, trop fascinée qu'elle était à l'idée de pouvoir pour la première fois de sa vie décider souverainement de ce qu'elle allait faire. Elle ne regardait jamais longtemps les oiseaux, ne soupçonnant pas que s'ils ne planaient qu'un court instant au-dessus d'elle et du singe, ce n'était pas parce qu'ils renonçaient à en faire éventuellement leur proie ou à les comprendre, bien au contraire ; mais parce que les oiseaux avaient vu que cet être velu, lisse, à deux têtes, n'était ni chasseur ni gibier. Il était en route vers un lieu défini, géographique et affectif. Il migrait tout comme eux.

On aurait pu croire que c'était le singe qui choisissait l'itinéraire, peut-être était-ce aussi sa conviction. Mais en réalité, comme c'est si souvent le cas, c'était la femme. Madelene guidait leur déplacement avec une vigilance de tous les instants, discrète, presque passive, intuitive.

La première nuit, alors que le jour pointait à peine, et qu'elle attendait, le singe était entré par effraction dans un magasin, comme un vrai professionnel, et s'était procuré deux matelas pneumatiques, deux tatamis, deux grands édredons en duvet d'oie, deux jeux de draps, et un grand sac à dos d'explorateur pour transporter le tout de la manière la plus commode. Quand il avait disposé pour la première fois les matelas pneumatiques à la cime d'un grand chêne en bordure du jardin botanique de Saint Alban, Madelene avait vu que, dans l'obscurité du magasin, il avait eu le sang-froid de choisir des draps en coton d'Égypte à longues fibres, particulièrement soyeux, et elle comprit alors qu'il n'était pas seulement un grand singe anthropoïde, mais aussi un redoutable prédateur, et à partir de ce jour elle commença à l'orienter dans une certaine voie.

A l'embranchement des routes dont elle avait deviné de loin les noms sur un panneau indicateur, elle fit mentalement un choix. En quittant l'orée d'une forêt, alors qu'ils devaient choisir la route à suivre, elle prit un parti subtil, fondé sur une fragile perception des quatre points cardinaux. Pratiquement, sans même vraiment le savoir, elle assemblait dans sa tête les noms des villages traversés en une carte rudimentaire.

Elle découvrit qu'Erasmus mangeait chaque jour jusqu'à dix kilos de fruits frais, additionnés de noix, de raisins secs, et de préférence de miel, et – encore mieux – de trois litres de crème, et que cette nourriture devait être d'un accès facile pour qu'il n'ait qu'à tendre la main, comme dans un entrepôt ou un camion frigorifique à l'arrêt. Qu'il n'appréciait pas l'eau froide, que tout comme elle-même il avait un profond besoin, peut-être neurologique ou génétique, d'un bain chaud quotidien.

Ayant saisi ces données, Madelene sut également qu'ils étaient contraints de rester à l'écart des zones construites et des villages. Au cours de la première nuit de leur voyage, elle avait eu l'impression que toute l'Angleterre était à leurs pieds. Elle s'acheminait maintenant vers une meilleure compréhension de la liberté. Elle comprit qu'il leur fallait marcher sur une corde raide, tendue entre les effets destructeurs d'une civilisation technologique, et le manque criant de confort qui est la marque de la nature. Que depuis le début ils n'avaient eu qu'une voie où s'engager, celle qui menait en un lieu permettant à la fois de se cacher et d'avoir son repas servi, un lieu où pourraient s'allier leur désir naturel de liberté et leur impuissance pratique. Pendant un an et demi, elle avait vécu dans un flot continu d'informations zoologiques. Elle savait qu'il n'existait qu'un seul endroit de ce genre en Angleterre.

Quand ils atteignirent, le sixième jour, les faubourgs de Chatteris, elle prit une décision irrévocable. S'ils avaient tourné vers l'est, comme l'eût fait n'importe quel *homo ferus*, ou n'importe quelle véritable bête sauvage, ils auraient échoué dans une des régions les plus désertes et les plus désolées d'Angleterre : les marécages infranchissables de Bedford Level. Au lieu de cela, Madelene les conduisit au nord. En direction de Saint Francis Forest, le parc animalier protégé du London Regent's Park Zoological Garden, le plus grand centre zoologique d'expérimentation et de reproduction d'Europe.

Durant leur voyage, Madelene avait enseigné au singe l'anglais et le danois ; Erasmus avait appris rapidement, non comme apprennent les enfants, talonnés par le besoin de pouvoir s'exprimer, mais en jouant, sans effort. Le septième jour, ils avaient marché en silence, sans leçon de langue, sans observations éthologiques, et sans faire signe aux oiseaux. Tard dans l'après-midi, ils franchirent un grand mur, semblable à tant d'autres, mais d'une importance décisive. Au coin d'un bois, ils s'arrêtèrent dans une plaine verdoyante. Le compas mental de Madelene s'affola. Ils étaient arrivés.

Du fond de la plaine, un rocher gris venait à leur rencontre.

– Et celui-là, demanda le singe, grimpe sur arbre ?

Madelene secoua la tête.

– Et mange les hommes ?

Madelene avait grandi à la limite d'une grande ville, et le doute l'assaillit un instant. Puis elle secoua la tête de nouveau.

– C'est un éléphant, dit-elle.

A la tombée de la nuit, ils firent un feu sous le couvert des arbres, ils virent la flamme grandir et mourir, comme lorsqu'on place du bois sec sur six tablettes de méthane. Après quoi ils s'étendirent sur les deux matelas pneumatiques, reposant sûrement et commodément sur un soubassement stable de rondins. L'heure crépusculaire et pédagogique était venue.

Comme leur voyage, leurs études linguistiques avaient suivi, sans qu'ils en fussent eux-mêmes conscients, une progression bien définie. Ils étaient passés des pronoms personnels à la forêt des substantifs et à des domaines sémantiques plus abstraits encore ; Madelene s'aperçut alors qu'il leur manquait quelque chose vers quoi un mouvement circulaire les ramenait naturellement. Il leur manquait le corps, l'anatomie humaine.

Elle fit glisser l'extrémité de ses doigts sous la voûte plantaire d'Erasmus.

– Pied, dit-elle.

L'animal frissonna, et ils rirent tous les deux. Un petit rire presque silencieux, comme celui qu'on étouffe devant l'autel : l'ultime appréhension avant le moment de vérité.

Madelene fit remonter sa main jusqu'au genou du singe.

– La jambe, dit-elle.

Erasmus ne répondit pas. Elle posa sa main à plat sur son torse, et la fit glisser. Le corps de la créature restait immobile. Mais juste au-dessous du nombril, son sexe vint à sa rencontre. Madelene le saisit. Il était blanc, à première vue presque irréel. Il était lisse comme la glace, ou comme le souffle du vent contre la joue, et en même temps, au-delà de cette souplesse, d'une rigidité semblable à celle d'un granite incandescent.

Madelene leva les yeux. Elle posa son autre main sur le visage du singe, et constata qu'il en allait de même. La peau était claire, très mince, translucide. Elle percevait au-dessous les pulsations du sang, microscopiques, alternées au long des ramifications capillaires, fines comme des aiguilles. Et au-delà de cette délicatesse, quelque chose d'autre, l'irrépressible et massive excitation.

Elle se pencha sur son membre.

– La bite, dit-elle.

Le singe étendit un bras, posa le revers de la main sur sa jambe, la faisant lentement remonter sous sa robe. Madelene perçut sur son bas-ventre la chaleur de la main qui s'était arrêtée. Il posa sur elle un regard interrogateur.

– La chatte, expliqua-t-elle d'une voix devenue rauque.

Sans quitter des yeux ceux du singe, elle releva sa robe, libérant sa poitrine ; lentement, le singe se pencha, courba la tête comme pour un salut rituel, et prit la pointe d'un sein entre ses dents.

Il se redressa, ils se regardèrent dans les yeux, comme jamais deux êtres vivants ne le font en d'autres circonstances. Il saisit très doucement sa culotte avec des mains qui, même dans l'obscurité, faisaient la différence entre la soie et le coton, et l'ôta. Madelene se laissa glisser en arrière, d'un mouvement très lent, et le singe la suivit.

Ils n'échangèrent que quelques baisers fugaces. La familiarité visqueuse que pouvait avoir le baiser aurait été en ce cas un détour inutile. Madelene était très tendre, échauffée, et prête à l'accueillir entre ses jambes. Mais à ce moment précis, Erasmus s'arrêta, et un court instant Madelene crut qu'il y avait un malentendu.

– Viens maintenant, dit-elle.

Rien ne se passa. Impatiente elle se redressa sur un coude pour regarder les yeux du singe.

Les lueurs tremblotantes et incandescentes, ainsi que la profonde obscurité, rendaient difficile l'interprétation exacte de son visage. Malgré tout, aucun doute n'était possible. Ce qu'elle vit dans les yeux du singe n'était pas seulement le désir, la sauvagerie, ni même seulement la naïveté. Elle vit quelque chose d'autre qui était le sadisme subtil du voyou. L'animal ne s'était pas arrêté à cause d'un malentendu. Il la faisait attendre.

Elle tenta de se dégager, bien sûr. Elle s'attendait à ce que le dégoût emplisse tout son corps. Mais il ne vint pas. Au contraire, autre chose vint : un désir exacerbé, une exigence irrésistible, au-delà de toute considération de fierté ou de soumission.

– Je t'en prie, dit-elle.

Erasmus la pénétra avec une sorte de désinvolture silencieuse. A mi-chemin de l'extase et de la douleur, elle lui mordit le lobe de l'oreille, délicatement, mais fermement, jusqu'à sentir sur la pointe de sa langue le goût légèrement ferrugineux du sang, et ses narines s'emplirent d'une senteur plate, large comme un continent, de bête, d'homme, d'étoiles, de braises rougeoyantes, de matelas pneumatiques, et de caoutchouc brûlé.

4

Saint Francis Forest a été créée par le premier duc de Bedford, au XVIIᵉ siècle, dans l'intention de recréer le Jardin d'Éden. Le duc était un homme pieux, et il a donné au jardin le nom du saint patron des animaux. Il l'a conçu en exacte conformité avec les rares et vagues indications de la Genèse et du 28ᵉ chant du *Purgatorio* de la *Divine Comédie*, qui donne une description détaillée du jardin devant lequel Virgile quitte Dante, et où a lieu la rencontre avec Béatrice. Comme tous les grands jardins de l'histoire européenne, il est fondé sur l'idée que rien dans la nature n'est bon à l'état brut. Ce que le duc et ses successeurs avaient à l'esprit, c'était un léger ajustement du paysage, et ce qu'ils souhaitaient, c'était de construire une machine agreste qui s'imposerait à la conscience des visiteurs et tournerait leurs pensées vers Dieu. Ils avaient souhaité mettre en place une *drogue* horticole, un paysage hallu-cinogène.

C'était à l'évidence une idée folle, sinon blasphéma-toire, car le dieu dont on prétend améliorer le travail ne peut pas être omnipotent, mais tout au plus un grand, mais non infaillible, architecte paysagiste, et le projet avait naturellement mal tourné. Dans sa grandiose tentative de s'en tenir étroitement à la Bible, où il est affirmé que grâce au noble effet du Paradis le lion et l'agneau paissent côte à côte, le duc avait introduit divers animaux sauvages dans son parc. Alors que son entreprise semblait devoir être couronnée de succès, au moment où après avoir durant trente et un jours nourri à la main des lions de Judée avec des pommes de terre sautées, il était sur le point de proclamer ces fauves apprivoisés et végétariens, ils avaient trahi sa confiance et l'avaient dévoré. Au cours des trois siècles suivants, le parc avait connu une longue lignée de propriétaires et une importante restructuration – sous la supervision au XIXe siècle d'un disciple du célèbre architecte paysagiste Capability Brown – et au moment de son acquisition au début des années 70 par la Royal Zoological Society, il répondait parfaitement, avec ses vallonnements exubérants, ses lacs et ses rivières, ses bosquets, massifs de fleurs et arbres exotiques, cascades de pierres et roseraies au parfum persan, à ce que l'on peut attendre d'un Paradis.

Il avait à cette époque joui d'une si mauvaise réputation que pendant deux cents ans ses propriétaires n'avaient pu embaucher aucune main-d'œuvre locale. L'avaient accablé les inondations, les sécheresses, la foudre, les feux de forêt, les attaques de la maladie des ormes, les épidémies larvaires ou fongiques ; et une succession de propriétaires avaient également été victimes de catastrophes humaines ou naturelles, comme si la terre elle-même se rebellait, tel un grand animal, une baleine tellurique qui rejetterait loin d'elle les humains voulant lui gratter le dos. De même qu'il y a des enfants allergiques à l'édu-

209

cation, et des zones du psychisme humain incontrôlables, la Saint Francis Forest était indomptable comme si régnait en ce lieu une incompréhensible anarchie géographique et biologique. Juste avant la Seconde Guerre mondiale, le dernier propriétaire avait eu le temps de voir le jardin achevé ; en de brefs instants, il avait pu croire avoir gagné la partie. Que sa femme se fût enfuie avec le jardinier et sa fille avec le fils du jardinier n'avait pas entamé sa détermination. Ce n'est que quand la levrette abandonnée par sa femme eût mis bas des chiots engendrés par le chien bâtard du jardinier qu'il comprit que sa victoire n'était pas faite pour durer, et qu'il se trouvait au zénith du balancier qui ne manquerait pas de redescendre. Le lendemain, il mit le jardin en vente.

Le jardin connut son premier succès comme réserve animalière. Ce fut le premier endroit, en dehors de l'Afrique, où les gorilles de montagne se reproduisirent ; le premier endroit, en dehors de la taïga, où les tigres de Sibérie se multiplièrent, le premier où les casoars couvèrent en dehors de l'Australie. Au cours des années 70 et 80, il put afficher les résultats les plus flatteurs en matière de reproduction des espèces les plus menacées, ces résultats furent portés à la connaissance du public qui ne fut pas loin de croire que les bêtes sauvages avaient trouvé un Jardin d'Éden encore plus paradisiaque que leurs pays d'origine, et qu'elles vivaient une idylle biologique. C'est aussi ce qu'avait publiquement déclaré Adam Burden en prenant la tête de l'Institute of Animal Behaviourial Research dont dépendait la Saint Francis Forest, afin d'en justifier l'isolation. Aucune personne extérieure, avait assuré Adam, aucun fonctionnaire de la protection des

animaux, aucun chercheur, si connu fût-il, même asser-
menté, et en aucun cas les journalistes ou les représentants de l'opinion publique, ne devaient être admis dans
le parc, afin de préserver la spécificité exceptionnelle de
sa conception zoologique.

En réalité, ce n'était pas seulement un euphémisme
flatteur, mais un mensonge délibéré et nécessaire. Saint
Francis Forest était l'un des premiers centres expérimen-
taux conçus selon une constatation récente qui veut que
plus on laisse les animaux à eux-mêmes, et mieux ils s'en
trouvent. L'endroit était donc géré en évitant le plus possible ces interventions, ce dont résulta une sorte d'équilibre, fort éloigné d'une harmonie céleste, mais laissant
plutôt s'épanouir la brutalité naturelle propre au monde
animal.

Adam savait ce que le public d'un jardin zoologique
voulait voir, c'était les bébés tigres attendrissants, les
délicieux ours bruns, les phoques bavards, les babouins
sociables, les éléphants gentils avec les enfants ; et avoir
la conviction intime que tout était parfaitement contrôlé.
Or, ce qu'il aurait vu à Saint Francis Forest était la violence naturelle envers les faibles, les vieux, les malades
et les autres. Il aurait vu les pies-grièches dérober dans
leur nid les jeunes mésanges, les tapirs sucer les entrailles
des souriceaux, les lions offrir en déjeuner les enfants du
guépard à leur progéniture, les zèbres délimiter leur territoire en massacrant les petits cervicarpes, les écureuils
raser les nids des hérissons et manger leurs petits, les
chèvres dévaster la rive d'un cours d'eau et affamer les
canards ; le public aurait vu ce que seuls connaissent les
zoologistes, ce qui revitalisait foncièrement les animaux,

les amenait à s'épanouir, à croître et à se multiplier, le contraire même de l'oisiveté et de la vie protégée. Et que leur journée était consacrée uniquement à la lutte pour survivre.

Madelene et Erasmus avaient pénétré dans le premier jardin en Europe approchant l'idéal. Loin d'être un paradis confortable, le parc animalier était ce qu'Adam et Ève ont pu voir, ce mélange de séduction, d'invite à la réflexion, d'horreur et de misère qu'engendre le monde animal quand il est laissé à lui-même.

Et c'est ce qu'ils virent. Davantage encore, ils comprirent ce que quatre siècles de biologistes, de propriétaires, de tâcherons et de jardiniers n'avaient pas compris. Ils découvrirent la spécificité du lieu, son âme topographique.

C'est Madelene qui la vit la première, au premier matin. Quand elle s'éveilla, Erasmus était parti. Elle se leva et l'aperçut. Il était accroupi au bord de la rivière, et buvait comme il le faisait toujours ; il plongeait entièrement sa main dans l'eau, puis la retournait pour lécher l'eau qui imprégnait sa fourrure. Il était assis au soleil, et ses deux fesses glabres ressemblaient aux moitiés d'un énorme cantaloup. En cet instant, Madelene comprit où ils avaient atterri : le Jardin d'Éden de la pornographie.

5

Ils restèrent sept semaines à Saint Francis Forest, et pendant ce temps, l'endroit leur posa trois questions ; la première dès le premier matin, au réveil de Madelene. Elle s'était mise en route en direction du singe et traversait lentement la prairie, nue et rayonnante. Son visage était lumineux, ainsi que ses seins, son sexe, et les paumes de ses mains. Encore un instant et Erasmus se retournerait et serait ébloui.

Le singe avait le dos tourné. Quand ils ne furent plus qu'à cinq pas l'un de l'autre, il se retourna.

– Bonne matinée à vous, dit-il.

Madelene resta interdite. Le visage du singe était avenant, reposé, et fier de s'être rappelé comment on saluait. Mais de la gratitude qu'elle avait attendue, à laquelle elle était en droit de prétendre, aucun signe. Effacée la journée d'hier, effacée la nuit précédente, sans la moindre trace.

Madelene prit peur.

L'amour était la raison d'être de Madelene depuis toujours. Ou, pour être plus précis : la dépendance. Les rares fois dans sa vie où elle avait pris un risque, où elle avait fait quelques pas dans l'indépendance, c'était parce qu'elle savait qu'il y avait en dessous d'elle un filet de protection. Ce filet, c'était sa certitude que les hommes qui l'aimaient dépériraient et mourraient si elle venait à les quitter. Cette certitude était la dose vitale d'acides aminés de sa personnalité. Ce qui faisait défaut au singe, maintenant tourné vers elle, c'était la peur. Il aurait dû y avoir une ombre, un infime soupçon d'humilité, de crainte. Ce n'était pas le cas, l'animal était entièrement étranger à la peur.

Le jardin avait alors posé sa première question, aussi nettement que si elle était énoncée par un speaker : qui a décidé dans ta vie de tes relations amoureuses ? En l'entendant formuler, avant même qu'elle ne fut complétée, elle savait qu'elle ne songeait pas à rester ici assez longtemps pour entendre la réponse.

Les trois jours suivants, elle se tint à l'écart d'Erasmus. Ensemble, ils avaient confectionné leur nid dans les arbres, trouvé l'une des mangeoires du parc où étaient quotidiennement déposés des fruits, et découvert les moments où elle n'était pas surveillée. En ces occasions, Madelene avait traité l'animal avec calme et gentillesse ; à fleur de peau, elle était la fille d'un été, joyeuse et contente.

Mais, en son for intérieur, l'hiver était venu. Elle observait le singe d'une manière attentive, bien différente des jours antérieurs. Elle en profita pour s'orienter dans le parc, pour repérer l'endroit où le mur d'enceinte était le plus proche, pour apprécier le risque qu'il y aurait à marcher à découvert, et pour se constituer une réserve de provisions. Elle prépara son départ et sa tentative de fuite hors du Paradis.

Le troisième jour fut plus chaud que les précédents ; dans la plaine verdoyante, vers la rivière, croissaient trois rhododendrons géants à l'ombre desquels reposaient le singe et Madelene. Les buissons flottaient comme des montagnes vertes et violettes sur un océan de verdure. Madelene n'avait quasiment pas dormi durant les trois dernières nuits où il avait gelé. Elle venait de s'assoupir.

Elle fut réveillée par le singe qui la léchait, progressant des genoux vers les cuisses, et sa langue avait la même douceur en surface, et la même insistance en profondeur que son membre. Madelene mit un moment à retrouver ses esprits, le sommeil l'avait désarmée, et quand elle se ressaisit, il était trop tard. Le désir lui vint lentement, tel un navire fendant la plaine verdoyante, et quand il fut assez près et qu'elle se vit à son bord dans l'impossibilité de débarquer, une soudaine lucidité s'empara d'elle. Une bouffée de pulsion érotique lui fit comprendre que son ultime velléité de liberté et de fuite avait été une illusion. Elle avait été conduite en cet endroit, vers cette langue qui glissait sur son ventre. Non seulement elle, mais le singe aussi avait été conduit ici, car il y avait dans cette bouche non seulement une exigence, mais aussi une supplique l'implorant de se livrer ; Erasmus, sans parler, l'en priait. Lui aussi était une offrande.

La dernière chose qu'entendit Madelene avant de s'abandonner fut la première question du jardin. Elle répondit elle-même, et la réponse fut : si quelqu'un a décidé, ce n'est ni lui ni moi.

Ce qui arrivait à Erasmus et Madelene était ce qui arrive à tous ceux qui délibérément ou fortuitement pénètrent au Paradis : l'amour les subjuguait et faisait d'eux ce que bon lui semblait. Mais à la différence de tant d'autres, ils ne s'en défendaient pas. Ils n'avaient pas eu le temps de se préparer, de concevoir des espérances ou des préjugés ; quand l'amour les frappa, ils n'avaient nul lieu où se réfugier, et personne pour les aider. Ils s'abandonnèrent à la fondamentale insécurité d'une situation qu'ils n'avaient pas prévue.

A aucun moment de leur séjour dans le jardin, Erasmus ne fit la moindre promesse à Madelene. Au début, Madelene s'était persuadée – oscillant entre la colère et la panique – que l'animal était un être demeuré, ou qu'en tout cas, il se trouvait à un trop bas niveau de langage pour saisir les petits raffinements par lesquels les amants s'assurent continuellement qu'ils sont heureux, et que leur amour est à jamais un chaud cordon ombilical. Mais, après quelques jours, elle reconnut que ce n'était pas parce qu'Erasmus en était incapable. C'était parce qu'il n'y pensait pas. Et plus encore parce qu'il ne le désirait pas. Elle vit s'évanouir ses fantasmes complaisants, elle réalisa qu'elle avait rejeté ses propres convictions avant même de les avoir formulées. Pour la première fois de sa vie, elle évoluait sur un fil sans regarder en bas. Et pour la première fois, elle se départit de tout intérêt pour l'avenir.

Ils s'étaient mis en route vers une variante de l'éternité. Une nuit, alors qu'elle chevauchait Erasmus, Madelene découvrit qu'ils n'étaient pas seuls. Elle n'était pas seulement avec lui, mais avec deux hommes ; l'un avait pénétré en elle, l'autre la caressait, et elle devina, les yeux clos, qui était cet autre : c'était la Mort. Elle renversa la tête, regarda les étoiles, cessant de résister, et comprit que lorsque le temps s'enfuit, le présent surgit avec son cortège de vicissitudes ; et cela, même au Paradis.

6

Leur vie dans le parc comportait trois activités : chercher leur nourriture, dormir et s'adonner à leur amour, et poursuivre leur enseignement linguistique. Insensiblement, toute frontière s'effaça entre eux. Ils firent une percée didactique lorsque Madelene aborda le chapitre des éléments inconvenants que peut receler le langage. Il était en elle quand elle lui dit :

– Ne bouge pas, et dis-moi ce que je te fais en ce moment, et maintenant ? Explique-le !

Elle écarta les mains d'Erasmus et lui dit :

– Non, regarde-moi dans les yeux, ne fais rien, raconte-moi ce que tu aimerais me faire.

Quand Erasmus parla sans réfléchir, le langage jaillit en lui et, en cet instant, à l'ombre des rhododendrons, ils furent rejoints par les esprits des linguistes danois célèbres dans le monde entier, les Diderichsen, les Hjelmslev, les glossématistes et toute l'École linguistique de Copenhague.

Ils oubliaient souvent de manger, si bien qu'ils éprouvaient une véritable faim et que le jeûne les affaiblissait, mais ces expériences ne se distinguaient pas de l'intimité partagée. Quand ils restaient sans rapports pendant une nuit, plusieurs jours, une semaine, Madelene éprouvait un besoin lancinant, et elle comprit qu'elle n'avait jamais vraiment connu la faim depuis son enfance. Chaque fois que la bête qui était en elle avait grogné, elle lui avait jeté un repas, une livre de chocolats fourrés, une caresse, un cocktail, un verre d'alcool pur, non pour calmer sa fringale, mais dans un but répressif, pour prévenir son inquiétude et ses cris désagréables. A présent, elle apprenait ce que c'était que d'être en manque. Elle se surprenait à suivre des yeux Erasmus marchant à travers la prairie, parfois sur deux jambes, parfois sur quatre, et il lui semblait que ce n'était pas seulement elle qui avait besoin de lui, mais l'herbe qui se refermait derrière lui, l'air qui le caressait, l'eau qui allait glisser sur lui.

Peu à peu, ils perdaient tout intérêt pour la consommation et la conclusion de l'acte amoureux. Ils voulaient rester éveillés, et dans une nuit de jeûne la vigilance de cristal de Madelene surprit Erasmus. Elle s'était assoupie ; elle ouvrit les yeux, le singe était assis et la regardait. Il croyait qu'elle ne le voyait pas. Sa vigilance l'avait quitté, de même que sa force physique et son indifférence. Il s'absorbait dans sa vue, son visage était profondément heureux. Il s'aperçut qu'elle l'observait, mais son visage ne changea pas d'expression, il ne le pouvait pas : ce qu'il ressentait le clouait sur place.

– Merveilleux, dit-il.

L'instant d'après, il l'exprima – avec douceur, étonnement, en s'abandonnant, comme pour lui seul, posant une main sur sa poitrine, faisant l'expérience de cette loi selon laquelle il n'est pas de lumière sans ombre.

– J'ai mal, dit-il. Dans mon cœur.

Cette nuit-là, Madelene se réveilla et comprit comment le monde fonctionnait.

Le singe dormait un peu à l'écart, le corps reposant sur une branche, les bras pendant librement. Elle se leva, et vit le ciel et les étoiles par une ouverture dans la cime des arbres, elle vit que l'ordre du monde était immuable, étreinte jamais interrompue, jamais achevée du ciel et de la terre. Puis elle se recoucha et se rendormit.

Tôt le matin de cette même nuit, le jardin leur posa la deuxième question. Comme un élancement douloureux qui fit sursauter Madelene.

– Ça ne suffit pas, dit Madelene.

Au sortir du sommeil, le singe ne traversait jamais une phase intermédiaire, passant au contraire du sommeil profond à une totale disponibilité. Cette fois aussi il se leva et la regarda.

Ce que Madelene essayait de dire, c'était quelque chose qu'elle éprouvait seulement parce que, pour la première fois depuis son enfance, elle vivait sa vie sans anesthésiant. Ce qu'elle voulait dire, c'est qu'elle avait vu, presque en rêve, qu'au milieu de l'ivresse des sens et de l'extase existait une plage de famine. Elle voulait expliquer qu'on ne pouvait complètement apaiser sa faim, même au plus fort de la plus violente fringale érotique et de la plus complète satisfaction sexuelle de sa vie.

Le singe la comprit sur-le-champ.

– Jamais assez, dit-il.

En cet instant, le jardin leur posait sa seconde question,

220

et ce fut Madelene qui la formula : la question de la finalité de leur amour.

– Que va-t-il advenir de nous, dit-elle, où cela nous mène-t-il ?

Ce fut Erasmus qui fournit la réponse un peu plus tard le même jour.

Ils étaient assis, adossés contre un arbre, et regardaient couler la rivière qui devant eux se divisait autour d'un îlot étroit et long.

– Comment dit-on, demanda le singe, quand il y a de l'eau tout autour ?

– Une île, dit Madelene. Une île.

– Erasmus vient d'une île, dit le singe.

Un souffle froid passa sur Madelene. C'était le temps, le rappel qu'il existait autre chose en dehors d'eux, que l'univers continuait au-delà du mur du jardin.

– Comment est-elle grande ?

– Du haut des plus grands arbres on peut voir l'eau de chaque côté et derrière. Mais pas devant.

– Il y a des fruits ?

Le singe fit oui de la tête.

– Sur les arbres ?

Le singe réfléchit.

– On les trouve plus facilement dans les boutiques, dit-il.

– Y a-t-il des hommes ? Comme moi ?

Le singe lui prit la main.

– Beaucoup, dit-il. Mais pas comme toi.

C'était le premier compliment d'Erasmus, et en d'autres circonstances il eût été difficile à avaler. Mais en cet instant et en ce lieu Madelene ferma les yeux pour jouir de son goût de miel. Quand elle les rouvrit, le visage du singe était tout contre le sien. Il posa le plat de sa main sur son bas-ventre.

– Un enfant ne peut-il pas venir ici ? dit-il.

Madelene avait toujours considéré les enfants avec un total manque d'intérêt. Quand elle les regardait dans les rues et sur les aires de jeu, ils lui paraissaient si fragiles que c'est avec pitié qu'elle pensait qu'ils allaient devoir faire le même parcours sinistre qu'elle avait elle-même, miraculeusement, réussi à accomplir. Et dès qu'ils sortaient de son champ de vision, elle les oubliait.

Ce n'était pas pareil pour Adam Burden. Les enfants ne lui étaient pas indifférents, et ce n'était pas avec pitié qu'il les considérait, mais avec une vigoureuse aversion.

Dans les livres, Madelene avait appris qu'on pouvait ne faire qu'un avec celui qu'on aime. Mais elle n'avait jamais été une avec Adam. Elle s'était scindée en deux personnes, l'une regardant le monde comme Madelene l'avait toujours fait, l'autre s'appliquant à le voir sous le même angle qu'Adam, et cette autre Madelene avait vu les enfants avec les yeux d'Adam.

Elle voyait dans les enfants la manifestation de la bestialité en l'homme. Elle voyait – toujours avec les yeux d'Adam – les enfants comme des bêtes jeunes et gauches, exigeant l'attention d'autrui, insolentes, des êtres instinctifs sans finesse.

Et ils transformaient leurs parents en bêtes. Elle voyait les parents épuisés, bestialement. Devenus indifférents à eux-mêmes, à leur apparence, incolores, comme si les enfants avaient pompé leur trop-plein d'humanité. Ils devenaient asexués, particulièrement les femmes vidées de leur lait, asséchées, drainées à blanc.

Adam voulait voyager. Il voulait faire carrière. Il voulait faire l'amour. Il voulait être séduisant, et il l'était, il débordait de vitalité, et parfois Madelene ne le voyait pas comme un lion, mais comme un des petits transformateurs de son enfance à Vedbæk, droit, élancé, bourré de volts et d'ampères, portant sur le dos un écriteau où figuraient une tête de mort et les mots « Haute Tension ».

Elle-même avait été ainsi, elle le savait, Adam l'avait exigé, et elle avait naturellement obéi. Être le foyer d'une tension électrique comme la sienne, briller de tous ses feux, voilà ce qu'avait été sa vie.

Pour tout cela les enfants avaient été une menace. Les enfants n'avaient rien à apporter, ni à elle ni à Adam, ils seraient arrivés avec leurs pleurnicheries qui les auraient vidés et privés de tout ce qu'ils avaient. Ils en étaient convenus tous les deux. D'un commun accord ils avaient coupé le contact pour ce qui était des enfants.

Quand Erasmus avait posé sa main sur son bas-ventre, s'était allumée dans l'obscurité de ses profondeurs une lumière blanche et brutale. Dans cette lumière, Madelene vit que la question du singe était une réponse, une possible réponse à la question de savoir où pouvait mener, quand il est assez fort, le magnétisme réciproque de deux êtres.

La troisième et dernière question était celle que pose tout être humain au faîte d'un soudain bonheur : combien de temps cela durera-t-il encore ?

Longtemps cette question sembla se répondre à elle-même en pâlissant, en s'effaçant. Il n'y avait rien dans la vie de Madelene et d'Erasmus qui indiquât que cela ne durerait pas toujours, que leur idylle n'échappait pas à l'épreuve du temps.

Quand ils s'éveillaient le matin, la rosée captait et brisait la lumière, tel un tapis de perles. Chaque feuille s'enroulait autour de sa goutte de rosée, comme si elle était une huître perlière, le tronc des arbres était luisant d'humidité, et quand ils descendaient à travers l'herbe vers la rivière, main dans la main, c'était comme marcher dans une eau basse et fraîche, où les brassées de lys flottaient tels des nénuphars dont les tiges fleuries se dressaient en colonnes liquides. A la rivière, ils rencontraient les autres animaux du parc, et en cet instant toute hostilité disparaissait naturellement de cet univers aquatique. Les antilopes buvaient à côté des éléphants, d'un guépard, d'un phacochère, d'une sarigue en livrée blanche et rougeâtre, d'une troupe de lémures rouges. Même les singes étaient calmes, et le jardin apparaissait sous le jour où tant d'hommes l'avaient rêvé mais que fort peu avaient vu : dans une harmonie d'Ancien Testament.

Tandis qu'Erasmus et Madelene se lavaient, venait le jour. Sans lenteur, soudainement, dans un nuage de vapeur qui aspirait l'eau. Ensuite venait la chaleur. Les bruits, les senteurs, les battements du cœur du jardin passaient de leur rythme nocturne à leur nombre de tours maximal.

Midi était marqué par une courte pause, non par somnolence, mais parce que l'endroit connaissait une vie si intense que tous ses habitants avaient besoin d'un répit. Madelene et Erasmus faisaient aussi la sieste dans leur arbre, sur leurs matelas pneumatiques, et à leur réveil ils restaient souvent assis, en silence, regardant la vie foisonnante qui les entourait : les lémures rouges fusant telles des comètes dans les houppiers. Les oiseaux de paradis semblables à une plaisanterie de Dieu, trois boas lovés ensemble, animés de sursauts. Le calme du guépard, sa patience infinie, et son incroyable détente digne d'une catapulte. L'activité jamais en repos des gorilles femelles. La tolérance sans fin des coqs de bruyère pour les jeunes. La prudence de la musaraigne, si totale qu'elle rappelait à Madelene que même dans ce milieu protégé il y avait des êtres encore plus apeurés qu'elle ne l'avait jamais été. Ils voyaient pointer les deux crochets de la vipère, son immobilité semblable à la mort, puis ses mouvements trop rapides pour les yeux de Madelene et du singe. Un jour, un aigle royal les survola, d'abord très haut et massif comme une porte volante, puis très proche, et cette fois Madelene ne lui fit pas signe, cette fois elle se dit : nous sommes comme lui.

Le soir, ils mangeaient tôt. Et quand venait l'obscurité, le singe allumait un feu sous le couvert, un petit feu comme s'il avait dérobé une poignée de flammes au soleil sur le point de disparaître, non pas de se coucher – car au cours de ces dernières nuits le soleil avait été trop euphorique pour se coucher – mais de se retirer derrière la membrane céleste d'un bleu profond, contre laquelle il allait s'adosser tout au long de la nuit claire, pour la sublimer de ses feux retombant sur la terre enténébrée, tel un voile rougeoyant de lumière.

Au sein de cette vie, il n'y avait pas de temps, seulement des bribes de temps vite oubliées, donc la question de la durée ne se posait plus, ce pourquoi Madelene et Erasmus cessèrent de s'intéresser au problème : combien de temps encore ? Ils se désintéressèrent du temps.

Quand la vérité se présenta, ce fut d'une manière insensible, presque détournée, comme rampe une bête de proie, tandis qu'à l'heure du midi avait lieu une de leurs leçons à l'ombre des arbres.

Ils avaient renoncé à toute méthode dans leurs études linguistiques. Madelene n'essayait plus de se rappeler les lambeaux de grammaire qu'elle avait jadis appris, ils naviguaient à travers le langage comme bon leur semblait, elle devinait où le singe n'était pas encore allé, et l'y conduisait. Ce jour-là, elle l'avait amené au conditionnel.

– Si je pouvais, disait le singe, je volerais.

– Si je pouvais, disait Madelene, je volerais avec toi.

– Si nous pouvions, disait le singe, nous resterions toujours ici.

Madelene sentit alors la terre se dérober sous ses pieds, et comprit qu'il était trop tard pour faire marche arrière.

– Si nous le voulions, dit-elle, ne le pourrions-nous pas ?

Le singe secoua la tête.

– Il y a les autres, dit-il.

Ils se turent. Incrédules, ils écoutèrent l'écho de ce qu'ils venaient de dire.

Un mètre à peine les séparait. Et voilà que cet espace se peuplait d'êtres vivants, de singes comme Erasmus. En une vision qui leur était commune, ils virent un rassemblement de singes, une troupe de singes, un peuple entier. Madelene était certaine qu'Erasmus était tout aussi bouleversé qu'elle-même. Et que, s'il n'avait pas parlé de l'avenir, c'était parce que, comme elle, il l'avait oublié. Mais quelque part existaient des singes comme lui, par centaines, sinon par milliers. Leur existence devait être en péril. Et lui, par son intelligence, devait faire quelque chose pour eux. Sa situation était différente de celle de Madelene dont la rupture avec la civilisation avait été définitive. Elle avait coupé tous les ponts derrière elle. Elle n'avait pas sur terre un seul être humain avec lequel affronter ce qu'elle redoutait de perdre.

A mesure que progressait sa pensée, la foule devant elle se faisait plus dense. Entre elle et Erasmus, et au milieu des singes imaginaires, était arrivé un nouveau groupe, celui des hommes. Venaient en tête Adam et les parents de Madelene, Suzanne et ses enfants, suivaient d'autres connaissances, les membres de la famille, les camarades de classe oubliées, et plus loin encore la vague silhouette des gens qui avaient jadis représenté quelque chose pour elle. Tous la regardaient, comme on observe un enfant qui pose une question aux grandes personnes et qui attend leur réponse.

– Oui, dit Madelene. Les autres. Nous les avions presque oubliés.

Ils venaient de découvrir ensemble une loi de la nature qui se présente sous la forme d'un rappel, une loi qui s'est imposée à tous les ermites et autres stylites – quelle que soit leur religion ou leur époque –, à tous les couples d'amoureux : à savoir qu'il n'y a pas, qu'il ne peut pas y avoir de Paradis privé.

Madelene ferma les yeux et respira profondément.

– Comment vous appelez-vous, demanda-t-elle. Car vous ne dites sûrement pas « les singes » ?

Le singe réfléchit, cherchant vainement à concilier deux mondes linguistiques incompatibles, et finit par trouver un compromis acceptable.

– « Les hommes », dit-il. Nous nous appelons « les hommes ».

– Et nous ? Comment vous appelez-nous ?

– « Les bêtes », dit le singe. C'est comme ça que nous vous appelons.

Madelene rouvrit les yeux.

– Te manquent-ils, demanda-t-elle, tes hommes ?

Le singe ne répondit pas directement.

– Les princesses, dit-il, qu'est-ce que c'est ?

Pendant sept semaines, Madelene avait vécu chaque instant comme sur un nuage. Et c'est avec réticence que sa mémoire recommençait à fonctionner.

– Des « élues », dit-elle. Parce qu'il y a des choses que l'on doit faire.

Le singe approuva de la tête.

– Il y a quelque chose que je dois faire, dit-il. C'est pour ça que je suis venu.

Autour d'eux le jardin bruissait, chaud et langoureux. Tout était comme avant. Mais rien ne serait plus jamais pareil.

– Les bêtes, dit le singe, ici dans ce parc, ne nous comprennent pas. C'est pourquoi elles ont peur de nous et s'enfuient. Elles s'enfuient pour se rendre invisibles. C'est une bonne méthode. Quelque chose qu'il nous faut tous apprendre. Mais il y a aussi une autre méthode : si on comprend ce qui arrive, on n'a pas besoin de s'enfuir. On peut rester là, tout près, et pourtant être invisible. Car on sait où se placer. C'est ainsi que nous vivons – nous les hommes.

– Vous n'êtes donc jamais vus ?

– Nous sommes peut-être repérés. Peut-être nous repérez-vous. Comme quelque chose qui manque. Ou comme quelque chose qui n'aurait pas dû être là. Mais vous ne nous voyez pas. Et même si c'est le cas, vous ne nous voyez pourtant pas.

Madelene jeta par-dessus bord ce qui lui restait de prudence.

– Était-ce une bonne vie, demanda-t-elle. Étais-tu heureux ? Et les autres, étaient-ils heureux ?

Le singe fit oui de la tête.

– Mais tu es ici, dit-elle. Peut-être par erreur ?

Le singe se redressa avec une fierté hautaine, et Madelene se rappela soudain la morgue des gorilles mâles.

– Erasmus, dit-il, s'est *laissé* prendre.

– Et moi, dit Madelene. Je n'étais là que pour t'aider à t'en sortir ?

C'était une remarque vulgaire, et ce sont les plus difficiles à réfuter, particulièrement dans une langue qui n'est pas votre langue maternelle. Mais Erasmus avait beaucoup appris grâce aux leçons, et il y avait apporté son agilité physique.

– Quand nous descendons boire à la rivière, dit-il, quelquefois, et même souvent, le soleil se montre, même si ce n'est pas pour ça que nous sommes sortis. Quand on cherche peu, on trouve parfois beaucoup.

Madelene ferma les yeux, et se régala des rapides progrès de l'éloquence de son amant, comme on se régale d'une pêche bien mûre.

– Même si on était satisfaits, poursuivit le singe, même si c'était pour nous une bonne vie, même encore aujourd'hui, même si on était totalement satisfaits, il y avait, il y a toujours... vous autres.

Ils se regardèrent et comprirent qu'ils étaient sur le point de répondre à la dernière question du jardin. Ils ne dirent rien de plus. Ils avaient atteint la limite du langage, et ce qui maintenant arrivait, la dernière étape de leur voyage, le point de non-retour, était au-delà des mots. Ils se trouvaient sur un cap, une *ultima Thulé* du langage, et ce qu'ils apercevaient à l'horizon, c'était les contours d'une réponse à leur question : pourquoi deux êtres humains ou un groupe de singes ne peuvent-ils pas s'enfermer dans le Paradis ?

Ils virent que cette question en appelait une autre, bien plus grande : pourquoi tout n'est-il pas demeuré comme aux origines, pourquoi la condition paradisiaque n'est-elle pas un état stable ?

La réponse à laquelle on aboutit dépend du lieu où on la pose, et Madelene et Erasmus la posaient à vingt-cinq mètres au-dessus du sol, dans le Jardin d'Éden, couchés sur deux matelas pneumatiques, en se tenant par la main. La réponse à laquelle ils parvinrent spontanément était que si le monde se met en marche, c'est par la vertu de l'amour. Ils comprirent – ou crurent comprendre – qu'au-dessus d'eux, ou en dessous, siégeait un dieu, peut-être le bon Dieu, qui en tenait un autre par la main, peut-être un singe, et qui était heureux, et qui précisément pour cette raison ne pouvait en aucune façon se suffire à Lui-même.

IV

1

S'il avait été possible en cette nuit du début de juillet de planer au-dessus de Londres, et de descendre sur la ville assez bas pour distinguer le visage de chaque passant, on aurait pu avoir de loin l'impression que la ville avait oublié Erasmus et Madelene. Et qu'elle avait pratiquement repris le cours de sa vie, comme si de rien n'était.

A South Hill Park, dans Mombasa Manor, Adam Burden, assis devant le miroir de sa chambre, répète quelque chose, quelque chose qui peut ressembler à un numéro de prestidigitation exigeant une mise au point précise, et la connaissance des places occupées par le public, de ce qu'il doit voir ou ne pas voir et, tout en travaillant, il ressemble à celui qu'il était autrefois, plein de cette confiance en soi propre à celui qui occupe le devant de la scène.

Ailleurs, à Mayfair, Andrea Burden essaye un chapeau, elle aussi devant son miroir, et paraît insouciante, rayonnante de calme et d'énergie.

A l'autre bout de la ville, à Millwall Dock, Johnny considère le fond de son verre de bière à l'arrière d'un

233

pub perdu dans une ruelle. Ce n'est pas tant sa propre image démoralisée qu'il contemple, mais l'océan de la Désespérance qui depuis tant d'années vient battre à ses pieds sans qu'il ait jamais l'espoir de toucher terre.

Un peu plus loin, aux confins de l'Isle of Dogs, l'homme qui s'appelait il n'y a pas si longtemps Bally regarde couler la Tamise le long du bateau appelé il n'y a pas si longtemps l'*Arche* mais qui a maintenant changé de nom, et l'expression de son visage est, comme elle le fut durant tant d'années, indifférente et impénétrable.

Sur la rive opposée du fleuve, au quartier général de la police vétérinaire à Saint Thomas Hospital, l'inspecteur Smailes quitte sa chaise, s'approche de la fenêtre, mais ne regarde pas au-dehors, il observe quelque chose qui ressemble à cette lassitude qui naît de la routine : le reflet de son visage sur la vitre.

Dans un autre bureau beaucoup plus grand de la Holland Park Veterinary Clinic, Alexander Bowen est assis, le téléphone à la main ; nerveux comme toujours, il appelle un numéro qui, comme souvent, ne répond pas. Là où il appelle, il n'y a personne pour répondre, personne sinon le vétérinaire odontologue Firkin qui, sans se soucier du téléphone, va et vient à travers une enfilade de laboratoires et de bureaux. Il est resté à l'Institut longtemps après la fin de son travail, ce qui en tout état de cause ne saurait être un sujet d'étonnement.

A cette faible distance, d'aussi près, c'est comme si Madelene et Erasmus n'avaient jamais existé.

Mais si l'on s'écarte quelque peu, on a une tout autre perspective.

Adam Burden est devenu le nouveau directeur du New London Regent's Park Zoological Garden. Il a été élu triomphalement, pas une voix ne lui a manqué. Sa réputation scientifique et son *curriculum vitae* sont inattaquables, il a le soutien d'Andrea Burden et de toutes les associations vétérinaires, le soutien des investisseurs, la bénédiction du ministère de l'Agriculture, et la recommandation de la Royal Zoological Society. A cause de cet horrible incident avec sa femme, il bénéficie de la chaleureuse sympathie de l'opinion publique et des médias. A la fin juillet – dans une semaine –, il entrera officiellement en fonctions.

Et c'est son discours d'intronisation qu'il est en train de peaufiner. Il doit le prononcer dans la nouvelle salle d'apparat du nouveau jardin zoologique, en présence de ministres du gouvernement de Sa Majesté, de Son Altesse royale la princesse Anne, protectrice de la Royal Zoological Society, et d'autres membres de la famille royale.

Le discours aura pour sujet le singe Erasmus.

Ce sera l'une des plus importantes communications du XXᵉ siècle. La révélation totalement inattendue de la découverte d'un vertébré encore inconnu, un singe humanoïde aux facultés apparemment exceptionnelles. Le discours doit s'accompagner de diapositives, de dessins, des résultats d'encéphalographies au scanner, d'une complète description anatomique d'Erasmus, d'une analyse physico-chimique de sa nourriture, de ses excrétions, de son métabolisme, d'une esquisse éthologique, et d'un bilan génétique établi dans le laboratoire des ADN qui dépend de l'Institute for Population Biology. Ce dernier bilan doit être présenté par Alexander Bowen, et comme il n'est pas encore terminé, cela le rend nerveux et explique ses coups de téléphone. Le laboratoire des ADN est rattaché à l'Institute of Animal Behavioural Research, où travaille Firkin, lequel a eu vent de cette demande et erre maintenant à travers les laboratoires après la fin de son travail.

Firkin pense au singe et à Madelene. Depuis leur disparition, il n'a pu les chasser de son esprit. Pas davantage que l'inspecteur Smailes, troublé par leur souvenir, et par le sentiment d'une affaire mal éclaircie, ce qui le conduit devant sa propre image reflétée sur la vitre.

Quand les données scientifiques auront été présentées, Adam et Andrea souhaitent que l'on entende un témoignage sur la manière dont le singe a été capturé (c'est l'homme répondant précédemment au nom de Bally qui a accepté de le faire en échange de son bateau et de sa liberté). En revanche, il y a un autre témoignage touchant la personnalité de Bally et la façon dont le singe est arrivé à Londres qui ne doit absolument pas être entendu, un individu qui ne doit à aucun prix être présent, et c'est Johnny qui a reçu pour prix de son absence des menaces et une somme d'argent qu'il est actuellement en train de boire. Pendant les sept semaines suivant la disparition de Madelene et d'Erasmus, Johnny n'a cessé de boire, et s'il faut à d'autres hommes jusqu'à vingt ans pour se détruire à l'alcool, Johnny déploie un tel talent pour l'alcoolisme qu'il y parviendra, semble-t-il, beaucoup plus rapidement.

Ce discours n'est pas seulement scientifiquement exceptionnel, et le plus important de la vie d'Adam. Il est tout aussi décisif pour Andrea Burden. Il doit apporter au Jardin zoologique sa première consécration officielle.

Il doit mettre en évidence que c'est grâce au nouveau Jardin zoologique et à ses ressources scientifiques qu'une nouvelle espèce de singe a pu être découverte et décrite.

Le discours doit se terminer par l'annonce que le New London Regent's Park Zoo va posséder une grande, une gigantesque réserve pour les singes comme Erasmus, un archipel à singes. Enfin, et ce sera le mot de la fin, Adam baptisera le singe, non pas – comme c'est la coutume – du nom de celui qui a découvert l'animal, ou d'après certaines particularités de l'animal ou de l'endroit où il a été capturé. Il portera pour toujours le nom du lieu où il sera exhibé, d'où sont originaires les pionniers qui l'ont arraché à l'anonymat, où sont situées les institutions scientifiques qui les premières ont décrit son espèce. Erasmus s'appellera *Pongo hominoides londiniensis*. Ainsi, et à distance, il ne fait aucun doute qu'au cours des sept dernières semaines tous ces gens ont eu pour unique centre d'intérêt Erasmus et Madelene.

Ou plus exactement : le souvenir qu'ils souhaitent garder d'eux. Ou plutôt, le souvenir qu'ils osent en garder. Car il y a des détails, particulièrement l'instant où le singe et Madelene se sont envolés pour disparaître, qu'ils s'efforcent d'oublier, et qui, s'ils venaient à être connus, ruineraient l'impression de crédibilité sensationnelle que le discours d'Adam est censé produire.

La femme et le singe ont disparu. Il s'agit désormais de tirer le meilleur parti des traces qu'ils ont laissées derrière eux.

Mais Madelene et Erasmus n'ont pas disparu. Ils sont plus proches qu'on ne le soupçonne, ils sont assis à la lisière d'un bois, sur une hauteur près d'Edgware, au nord-ouest de Londres, et depuis ce point de vue la ville apparaît d'une troisième façon. Sa silhouette bétonnée forme une coupole qui fait penser au crâne d'un gnome dégénéré rampant dessous la pierre où il végète depuis deux mille ans pour attraper un papillon et lui arracher les ailes.

Ils sont assis en tailleur, serrés l'un contre l'autre sur une branche, et Madelene ne porte qu'un haillon sur son ventre et un autre sur son buste. Extérieurement, ils ressemblent à deux singes déplacés – car Madelene aussi ressemble désormais à un singe. Erasmus ne la porte plus qu'en de rares occasions, elle est maintenant capable de se déplacer à vingt-cinq mètres au-dessus du sol ; assise sur sa branche, elle l'enserre de ses orteils devenus préhensiles comme des doigts. Le visage d'Erasmus est rasé de près – Madelene l'exige, car elle veut pouvoir le toucher et le voir –, au sommet de son crâne pousse un léger duvet blanc. La tête de Madelene est identique, car ses cheveux ont blanchi au soleil et ont crêpé, ce qui facilite la chasse aux poux ; tandis qu'elle regarde la ville, elle attrape un pou et l'écrase entre ses ongles.

Il y a dans l'air une nouvelle fraîcheur, et Madelene frissonne. Ils sont si fragiles, assis là sur leur branche, elle et Erasmus, si démunis. Ils ressemblent en cette nuit de juillet au plus débile, au plus invraisemblable commando de tueurs qui ait jamais gagné Londres.

2

Une autre personne avait aussi pensé à Madelene et Erasmus, peut-être plus que toute autre. C'était Suzanne. Aujourd'hui, pour la première fois depuis sept semaines, elle ne pensait pas à eux. Elle s'était arrachée à la dépression qui lui était venue quand ils avaient disparu, en persuadant son mari et ses enfants de quitter leur appartement pendant une heure et demie. Durant ce laps de temps, elle avait reçu son amant.

Suzanne avait un penchant pour les étreintes minutées. Cela faisait partie de la vie à Londres. L'angoisse et l'excitation de savoir que l'affaire exigeait – avec ses préludes, son développement et son achèvement – que tout soit accompli sans laisser de traces en quatre-vingt-dix minutes stimulaient son abandon.

Elle s'était déshabillée et passait sous la douche. Elle termina par de l'eau très chaude.

– Es-tu prêt ? lança-t-elle.

Dans la chambre, Donny LaBrillo ôtait sa veste, déboutonnait sa chemise blanche, la laissait glisser de ses épaules, et regardait son image dans un miroir en laque japonaise.

Donny appartenait à une nouvelle génération de boxeurs, plus beaux, plus sveltes et plus doués qu'Henry Cooper n'avait jamais osé rêver l'être dans ses jours de gloire. Il ressemblait, après dix-sept victoires remportées en dix-sept combats sensationnels de poids mi-lourds professionnels, organisés par le British Boxing Board of Control, à un ange du bon Dieu qui n'aurait jamais enfilé un gant de boxe.

La situation lui plaisait. Elle était hors du commun. La femme avait de la classe. L'appartement luxueux et le parc avaient du chic. Il savourait l'impression de se trouver dans une prairie inconnue. Le taureau LaBrillo au milieu des fleurs d'un autre homme.

Il regarda autour de lui. Les antiquités exotiques lui plaisaient. Les meubles en laque, les éléphants de porcelaine bleue dans la vitrine, la poupée grandeur nature sur le canapé, les masques oblongs accrochés aux murs : tout l'enchantait.

Ses yeux revinrent au canapé. Ce n'était pas une poupée qui s'y trouvait, mais un homme. Le front plat, une couverture autour des épaules comme un boxeur échoué dans un bal masqué.

– Bon Dieu, qu'est-ce que ça veut dire ? s'exclama Donny.

Erasmus se redressa lentement. Cet homme était le premier être humain – à l'exception de Madelene – avec lequel il allait devoir communiquer. Il importait donc pour lui d'être grammaticalement correct, et de respecter les usages.

– Ce m'est un grand plaisir, dit-il lentement en articulant ; laissez-moi vous raccompagner.

LaBrillo regarda fixement le singe.

– J'ai rendez-vous ici, dit-il.

– Enchanté de l'apprendre, dit Erasmus.

Avec précaution, il conduisit le boxeur dans l'entrée et ouvrit la porte.

– Et soyez bien remercié pour aujourd'hui, dit-il.

LaBrillo s'écarta un peu, abaissant d'un rien son épaule droite. Il frappa Erasmus à mi-hauteur, au-dessous du diaphragme, pour atteindre le plexus solaire à l'endroit où le tissu musculaire est le plus mince.

Il ne rencontra pas quelque chose comme un mur de béton, car il y avait une certaine élasticité superficielle dans le torse sous la couverture. Ce fut comme de frapper le mur d'une cellule capitonnée.

Labrillo se redressa et considéra le singe. Il aurait dû avec ce coup remporter une victoire par knock-out. Un homme ordinaire, sans entraînement, aurait eu le souffle coupé par un tel coup.

Le visage du singe était sans expression. Gentiment, il repoussa LaBrillo sur le seuil.

– Tous mes vœux de bonheur, dit-il. Et revenez bientôt.

Sur quoi, il referma la porte.

LaBrillo s'appuya à la rampe pour restabiliser son existence. Il demeura immobile un moment devant la porte fermée. Puis il se retourna et commença de descendre lentement l'escalier, torse nu, laissant derrière lui sa première défaite de professionnel.

Erasmus et Madelene s'assirent l'un en face de l'autre dans la pièce. Le singe ramassa la veste du boxeur et l'enfila. Les manches étaient trop courtes pour lui. Il sortit

241

d'une poche des lunettes de soleil qu'il plaça sur son nez. Madelene saisit la main du singe, celui-ci allongea négligemment le bras vers elle par-dessus la petite table qui les séparait. Madelene mit la main du singe sur son ventre, et sous ses yeux le visage du singe changea lentement de couleur, passant du jaune clair au brun foncé. Il rougit.

– Donny, cria Suzanne depuis la salle de bains. Où en es-tu, mon salaud ?

La porte de la salle de bains s'ouvrit. Suzanne les regarda, ébahie.

– Donny est parti, dit Madelene. Sa mère lui manquait.

Il y avait plus de quinze ans que Suzanne avait commencé à faire l'expérience des amours stimulantes improvisées à la hâte, et elle avait développé une faculté d'adaptation digne d'un expert en dynamite. Ce fut donc sans perdre contenance qu'elle passa autour d'elle une grande sortie de bain, embrassa Madelene, serra la main d'Erasmus, et alla s'asseoir sur le canapé.

Mais au fond d'elle-même elle avait peur. Le spectacle de la pauvreté l'effrayait. Pour la première fois, elle contemplait deux êtres dénués de tout, y compris de vêtements sur le dos, et sans aucun secours.

– Nous n'avons pas été... en ville, dit Madelene. Nous ne savons rien.

Les catastrophes brutales divisent l'humanité en deux : ceux qui paniquent ; et ceux qui redoublent d'efficacité, remettant la peur à plus tard. Avec précision et sans rien dissimuler, Suzanne leur raconta ce qu'elle savait d'Adam, d'Andrea Burden et du New London Regent's Park Zoological Garden.

Tout en parlant, elle remarqua un souffle chaud qui la fit regarder en direction du radiateur et de la cheminée, mais ni l'un ni l'autre ne fonctionnaient. Le rayonnement venait d'un endroit derrière la table basse, et au bout d'un court instant, elle l'identifia. C'était la chaleur de l'amour. Il brûlait, incandescent, quelque part entre Madelene et le singe, comme s'ils avaient apporté avec eux un sauna invisible et transportable qui ne cessait de dégager une puissante chaleur.

Suzanne se glissa lentement dans cette source de chaleur qui s'élargissait à mesure qu'elle parlait, et commença de soupçonner que ces deux indigents n'étaient peut-être pas dénués de tout.

Quand elle eut parlé, il y eut d'abord un silence. Puis elle posa sa première question.

– Peut-on penser vous faire partir ? dit-elle, quitter le pays ?

Madelene secoua la tête.

– Il y a les autres, dit-elle, les autres singes comme Erasmus. Si le monde apprend qu'ils existent, une nouvelle chasse va commencer pour eux. Les amateurs de trophées, les journalistes et les photographes. Les criminels de la zoologie internationale. Les hordes de scientifiques. Le simple fait de connaître, à la manière d'Adam, détruit ce qu'on prétend connaître. Ou du moins le dénature.

Elle se leva.

– Johnny, dit-elle. Celui qui nous a conduits. Nous devons retrouver Johnny.

Suzanne considéra attentivement son amie. A l'intraitable obstination qu'elle lui avait découverte il n'y a pas si longtemps, s'ajoutait un nouveau trait de caractère : le coup d'œil panoramique d'un oiseau de proie. Elle consulta sa montre.

— Il vous faut des vêtements, dit-elle. Et de l'argent.

— Serait-ce trop demander, demanda le singe, d'avoir une douche chaude ? Et de pouvoir disposer d'un grattoir ?

Suzanne les fit sortir par la porte de service.

Erasmus avait aux pieds des mules de bain, il avait passé des pantalons de karaté bouffants, un tee-shirt aux manches déchirées que cachait la veste de LaBrillo, des lunettes de soleil, et un feutre mou au bord relevé.

L'impression d'ensemble était loin d'être harmonieuse, sans pour autant être alarmante. Un instant, le singe resta sur le palier, s'appuyant sur la jointure de ses mains. Puis il se releva, corrigea son attitude, et ajusta ses lunettes. Erasmus venait d'entrer dans le monde des humains.

Suzanne et Madelene se faisaient face. Madelene lui avait emprunté des sandales, une robe longue, un corsage et un chandail. Elle était redevenue comme autrefois, et pourtant elle était maintenant quelqu'un que Suzanne n'avait encore jamais vu : une femme avec des actions dans un sauna.

Suzanne observa Erasmus, sa démarche prudente et le balancement assuré de ses hanches.

— Nous ne nous sommes jamais pris ce qui était à l'autre, dit-elle. Mais je pourrais peut-être te l'emprunter un jour...

Cela paraissait une plaisanterie, Madelene sourit aussi, et se pencha pour embrasser son amie.

Mais ce n'était pas vraiment une plaisanterie, Madelene le savait, et son baiser n'était pas seulement une caresse. En se penchant, elle avait frotté délicatement, mais délibérément sa tempe contre la tempe de Suzanne, et dix poux, dix *anoplura* assoiffés de sang et indestructibles que Madelene et Erasmus tenaient des lémures rouges, ainsi que vingt-cinq lentes visqueuses et coriaces étaient passés de la tignasse pelucheuse de Madelene à la broussaille équatoriale de Suzanne.

– Nous en reparlerons, dit Madelene.

3

Le champ de courses de Kempton Park avait réussi le tour de force de rester au même endroit et de conserver le même aspect pendant vingt-cinq ans, alors que tout ce qu'il renfermait n'avait cessé de péricliter. La qualité des chevaux avait décliné, ainsi que celle des jockeys et des habitués. Mais nul ne déclinait plus vite ce matin-là que Johnny.

Les 2 000 livres et les menaces qu'il avait reçues d'Adam Burden lors de son inexplicable remise en liberté avaient eu le même effet que si on lui avait mis aux pieds deux chaussures de plomb doré pour le jeter ensuite à l'eau. Après sept semaines, il était sur le point de toucher le fond.

Samson était à côté de lui. Johnny le regardait avec des yeux attendris et larmoyants. Son poil était lisse et propre, ses griffes taillées court, ses yeux limpides, et frais son museau. Il se tenait comme seul peut se tenir un doberman, semblant poser pour la photo du prochain annuaire de cynophilie. Quand Johnny ne serait plus là – donc bientôt –, le camion serait vendu et le produit irait entièrement à Samson qui aurait la vie belle. Pour l'ins-

246

tant, le chien rayonnait de la satisfaction insouciante et du courage que Johnny n'avait jamais eus.

Un brusque changement se produisit. Le beau poil de Samson se hérissa, le faisant ressembler à une brosse en chiendent. Ses oreilles se couchèrent et il montra les dents. Puis roula sur le dos, les quatre pattes en l'air, en gémissant doucement.

Johnny se pencha sur lui. Samson n'était pas malade, il n'avait pas de crampes et ne se roulait pas de douleur. Il s'était couché en signe de soumission inconditionnelle.

Johnny regarda autour de lui. Le seul être vivant à quelques mètres de là était un homme qui s'appuyait au grillage et regardait les chevaux.

– Qu'y a-t-il ? demanda Johnny.

L'homme se retourna lentement.

– S'il vous plaît ? demanda-t-il.

Au son de cette voix, Samson se figea.

– Qui va gagner ? dit Johnny.

– Le cheval à la casaque rouge, dit l'homme.

Johnny s'efforça de déchiffrer le visage devant lui. Kempton Park était connu pour être le lieu de prédilection des dingues. Le visage devant lui était large et ouvert. Un visage de dingue. Parfois la chance sourit aux imbéciles. Johnny fit signe à un bookmaker et misa ses dernières cent livres sur le cheval à la casaque rouge.

Il y avait quelques semaines que Johnny avait vendu ses jumelles, car il ne voulait plus s'en servir. Il suivait les courses à l'œil nu. Le cheval de l'inconnu l'emporta d'une bonne longueur sur le favori.

Johnny empocha son gain. Puis il fixa ses yeux sur l'homme.

– Comment pouvais-tu le savoir ? demanda-t-il.

L'homme enleva ses lunettes de soleil.

– Je pouvais... flairer ses hormones, dit-il.

Ce visage avait quelque chose de familier et d'inquiétant. Johnny se détourna et se mit en marche.

L'homme lui emboîta le pas. Johnny pressa le pas. L'homme était toujours là. Johnny s'arrêta, fit demi-tour, et lui tendit la moitié de la liasse de billets.

L'homme secoua la tête.

Les cheveux se dressèrent sur la tête de Johnny. Il n'avait pas pensé au diable depuis qu'il était petit. Sept semaines d'intoxication alcoolique avaient dilué le présent et ravivé les souvenirs de son enfance. Le diable était venu le chercher.

Il fourra toute la liasse dans la poche de l'homme. L'homme se rapprocha et Johnny crut respirer l'odeur fétide des flammes de l'enfer. Un bras le saisit, le souleva en l'air, et Johnny ferma les yeux.

– Emporte-moi, dit-il. Mais épargne le chien.

La nuit, voici deux mois, où Johnny avait hébergé Erasmus et Madelene dans son mobile home avait été la plus merveilleuse de sa vie. Au sortir du bourbier qui avait été durant tant d'années son lot quotidien, il avait cru un moment avoir décroché le jackpot.

Il avait eu conscience que ce que cette nuit lui avait apporté était trop beau pour durer, et il avait modestement raccroché tout espoir de renouveau. La situation se répétait aujourd'hui de manière plus intense. Autour de la table du mobile home sous laquelle Samson tremblait de tous ses membres, Madelene et Erasmus étaient présents, tout proches de lui.

– Nous avons pensé vous demander de pouvoir rester ici quelque temps.

Ivre de bonheur, Johnny tendit la main vers l'évier où il avait empilé des verres d'une propreté douteuse pour faire de la place à ses visiteurs. Madelene posa sa main sur la sienne.

– Nous nous demandions aussi si tu voulais nous conduire, dit-elle. Comme ça tu t'arrêteras de boire.

Elle regarda Erasmus.

– Nous devons parler avec Bowen, dit-elle. S'il nous reconnaît, il appellera la police. Comment peut-on le faire sortir de sa clinique ?

– Peut-être que je pourrai, dit Erasmus.

Madelene s'empara sur la table du téléphone de Johnny, et composa le numéro en passant le combiné à Erasmus. Quand une voix de femme répondit : « Holland Park Clinic », Erasmus ôta le combiné de son oreille et chercha autour du téléphone d'où venait la voix. Madelene se souvint qu'il s'agissait de la première conversation téléphonique de sa vie.

Elle reprit le combiné, et le pressa gentiment mais fermement contre son oreille.

– Je vous serais très obligé s'il m'était possible de parler avec le Dr Alexander Bowen, dit Erasmus.

– Qui dois-je annoncer ?

– Si ce n'est pas trop vous demander, dites-lui qu'il s'agit d'un grand singe qui a disparu.

Il ne fallut que cinq secondes au vétérinaire pour se libérer de ses occupations.

– Vous rappelez-vous, dit Erasmus, le monsieur dans le jardin duquel vous êtes venu chercher le singe ? Il y est revenu. Le singe. Le même.

Il s'écoula quelques secondes avant que le médecin puisse répondre.

– Comment est son état général ?

Erasmus se regarda de haut en bas.

– Bon, dit-il. Que devons-nous faire à votre avis ?

– Restez où vous êtes, dit le médecin. J'arrive tout de suite.

La communication fut coupée, et involontairement le singe écarta l'appareil pour voir où le médecin était passé. Madelene le prit de sa main et lui tendit son chapeau et ses lunettes de soleil. Elle tapota la joue de Johnny.

– En route maintenant, dit-elle.

Madelene et Erasmus quittèrent la pénombre du mobile home pour entrer dans la lumière brutale du soleil à Dulwich, firent cinquante mètres le long du chemin jusqu'à la maison où Andrea Burden avait vu Erasmus pour la première fois, et sonnèrent. Une domestique vint ouvrir.

– Mon oncle a eu un malaise, dit Madelene, pouvons-nous nous asseoir ?

Le hall d'entrée était dallé de marbre noir et blanc, avec des meubles laqués de blanc. La domestique revint avec deux chaises.

– J'ai très soif, dit le singe.

Il chercha dans son vocabulaire en progrès, mais encore incomplet.

– Un seau, dit-il. Voulez-vous avoir la bonté de me donner un seau plein d'eau ?

L'homme qui vint à leur rencontre aurait trois mois plus tôt intimidé Madelene par sa belle assurance. Décomplexée par sa nouvelle vision de la société et des hommes, elle ne voyait en lui qu'une sorte de mille-feuille : une couche de mauvaise humeur pour avoir été dérangé, une couche de crainte d'avoir affaire à des cambrioleurs déguisés, une couche d'inquiétude à l'idée d'un contact physique, le tout recouvert d'un glaçage de courtoisie purement formelle.

– Veuillez nous excuser pour le dérangement, dit-elle. Nous avons appelé une ambulance. Elle sera là d'un instant à l'autre.

L'homme se détendit et s'approcha du singe.

– Comment vous sentez-vous ? demanda-t-il.

– Bien, merci, dit Erasmus. Et vous-même ?

En cet instant mal venu, Madelene comprit quelque chose de nouveau au sujet de l'homme qu'elle aimait. A savoir qu'il était physiquement et moralement incapable de mentir.

L'homme plissa les yeux.

– Je suis heureux de voir que vous allez mieux, dit-il.

– Je suis heureux de vous en voir heureux, dit Erasmus.

L'homme se mit à se balancer d'un pied sur l'autre. La domestique apporta un seau. Erasmus le porta à sa bouche et avala dix litres d'eau.

L'homme cessa de se balancer. Immobile, il considéra le singe.

On sonna à la porte. Personne ne bougea. La porte s'ouvrit et Alexander Bowen entra. En blouse blanche, portant à la main une petite sacoche de cuir.

Aveuglé par le soleil de la rue, il ne distingua d'abord

251

dans le hall obscur que le propriétaire de la maison et la domestique.

– Où est-il ? demanda-t-il.

L'homme désigna d'un geste Erasmus. Le médecin s'approcha, et s'arrêta.

Sortant de la pénombre, Madelene dit :

– Nous sommes très heureux de vous revoir.

Elle et Erasmus se placèrent de chaque côté du médecin et l'escortèrent à la porte. Le propriétaire de la maison fit quelques pas hésitants derrière eux, ruminant une impression de déjà-vu.

Sur le seuil, le singe retira son chapeau et s'inclina en direction de la domestique. L'homme regarda fixement le duvet blanc qui recouvrait son crâne.

– Soyez remerciés de votre hospitalité et du rafraîchissement, dit-il. Vous et votre mari.

4

L'ambulance s'était arrêtée vingt mètres plus loin. Ils prirent place à l'arrière. A l'avant, séparés par une vitre en Plexiglas, étaient assis deux infirmiers. Ce fut Madelene qui baissa la vitre, mais c'était Priscilla qui commandait.

– Voulez-vous tourner au coin et vous arrêter, dit-elle.

Le médecin n'avait pas quitté Erasmus des yeux.

– C'est donc vrai, dit-il. Il parle.

L'ambulance prit le tournant et s'arrêta. Le médecin continuait à regarder fixement Erasmus.

– Vous allez faire fortune, dit-il à Madelene. J'espère que vous avez un bon imprésario. Et un bon comptable.

Il ricana à cette idée.

– A quand sa première déclaration ? dit-il. C'est complètement fou. Il n'existe pas de loi s'appliquant aux revenus d'un singe.

Madelene passa un billet par la vitre de séparation.

– Vous pouvez disposer, dit-elle. Rentrez en taxi. Et n'oubliez pas d'acheter en chemin des fleurs pour vos épouses.

Les deux hommes descendirent. Madelene tira les

rideaux gris de l'ambulance. Elle ouvrit la sacoche en cuir que le médecin avait avec lui. Sur le fond de velours bleu étaient disposés un pistolet à air comprimé, une seringue hypodermique et deux ampoules en verre, l'une contenant un liquide vert comme les feuilles au printemps.

– De la « limonade verte », dit Madelene. Un pentobarbiturique. Adam dit qu'il atteint directement les centres nerveux. On meurt en dix secondes.

Le silence se fit dans la voiture.

– Je pourrais appeler au secours, dit le médecin.

Madelene ne répondit pas.

– Ce sont les résultats qui vous intéressent. Ils viennent du laboratoire d'ADN. L'Institute for Population Biology. Les meilleurs. Ce sont eux qui ont obtenu le *backcross** du cheval de Przewalski. Les ADN séquentiels. C'est ainsi qu'ils les appellent. On place des pseudo-gènes à côté les uns des autres. Après quoi, ils peuvent voir combien de différences phénotypiquement neutres apparaissent. Ces différences constituent une horloge moléculaire. Qui permet de lire la distance qui sépare deux espèces. Et depuis combien de temps elles se sont dissociées. C'est ainsi qu'ils ont pu établir avec précision à quel point nous sommes proches des chimpanzés. Six millions d'années, à un million près.

Il fit une proposition mercantile et tactique.

– Que me donnerez-vous si je vous dis tout ?

Ce fut le singe qui répondit.

* Accouplement d'un hybride de la première génération avec un de ses parents *(NdT)*.

254

– Ce que nous pouvons faire de mieux pour vous, dit-il calmement : vous laisser vivre.

Pensive, Madelene enregistra cette nouvelle preuve de la remarquable honnêteté de son amant. Le singe n'avait pas proféré de menace, car la menace fait partie d'un jeu, et le singe n'avait aucun sens de la stratégie. Il avait exprimé une réalité mortellement dangereuse.

Le vétérinaire était devenu blanc comme un linge. Il regarda Madelene, le singe, et révisa sa position. Il céda.

– Quand je l'ai vu pour la première fois – si vous permettez – j'ai pensé que c'était une nouvelle espèce de chimpanzé, nous l'avons tous cru, Burden et sa sœur aussi. Venant d'un climat tempéré. Ce fut le point de départ. C'est ce que nous avons dit aux spécialistes. Que c'était un genre de chimpanzé. Naturellement, nous ne leur avons pas montré de photos. Ils n'ont eu que des prélèvements cellulaires. Ils ont travaillé sur 30 000 gènes, ce qui a dû coûter une fortune à miss Burden. Ce n'était pas ce que nous croyions. Il était proche, affreusement proche de nous, impossible de le distinguer. Génétiquement parlant, ce singe – si vous permettez – n'est pas vraiment un singe. Plutôt un humain.

Madelene regarda autour d'elle. Elle vit dans la lumière grise les brancards, les bouteilles d'oxygène, les rangées d'instruments, les poches de sang et les tuyaux pour les transfusions. Elle considéra ce qu'avait dit le médecin, considéra sa personne et l'air triomphant avec lequel il les regardait. Elle ouvrit la bouche pour dire quelque chose de méchant, mais le singe l'arrêta.

– Nous vous sommes infiniment reconnaissants, dit-il lentement. Et nous prendrons la liberté de vous prier de nous rendre un petit service, celui de nous conduire auprès de M. Bally.

– Je n'ai pas sur moi mon permis de conduire, dit le médecin. Je n'ai pas touché un volant depuis dix ans, et je n'ai jamais entendu le nom de ce monsieur.

Madelene et Priscilla détachèrent précautionneusement l'ampoule verte du velours bleu.

– Il faudra bien que vous en passiez par là, dit-elle. Ou je vous demanderai de bien vouloir avaler ceci.

5

L'homme qui s'appelait Bally voici quelques mois était en cet instant satisfait. Après avoir été repêché dans la Tamise par la London Port Authority, après avoir été reconnu et avoir passé trois semaines en réclusion solitaire, il avait reçu la visite d'Andrea Burden et avait été relâché. Il avait retrouvé l'*Arche* – d'une valeur d'environ un demi-million de livres, à laquelle s'ajoutait un quart de million de livres pour les équipements vétérinaires. Dans trois jours, après avoir témoigné sous serment, il quitterait Londres pour une destination qui, pour la première fois depuis de nombreuses années, n'avait pas un motif essentiellement économique, et qui l'emplissait d'un espoir dont il ne se serait pas cru capable : Bally avait décidé de capturer encore un singe comme celui qui lui avait échappé. Non pour le vendre, mais pour être encore une fois avec lui dans le cockpit étroit, pour rencontrer encore une fois quelque chose comme Erasmus.

Au cours des derniers mois, il avait revécu en pensée, jour après jour, ses dernières minutes avec le singe. C'est à ce souvenir qu'il s'attardait, appuyé sur la bôme qui l'avait balayé par-dessus bord, quand une ambulance de la Holland Park Clinic déboucha sur le quai et s'arrêta.

Une femme en blouse bleue de laboratoire en descendit, et marcha vers le bateau.

Quasiment sans se déplacer, Bally tendit la main par une écoutille, et détacha deux goupilles pour libérer un fusil de chasse dont le canon avait été scié à la hauteur du fût. L'aspect de la femme n'avait en fait rien d'alarmant, mais Bally ne l'attendait pas, et c'était précisément sa décontraction en face de l'inattendu qui avait fait de lui un prince au dangereux royaume international où évoluaient les contrevenants à la convention de Washington.

– M. Bally, dit la femme, le Dr Bowen vous attend dans la voiture.

Bally acquiesça aimablement d'un signe de tête. Il passa sur le quai et la suivit, l'arme pendant à son côté comme un simple parapluie refermé.

Un homme, également en blouse bleue, ouvrit le hayon du véhicule. Le dépassant du regard, Bally aperçut Alexander Bowen assis sur le siège avant. Il se baissa pour pénétrer.

– Pardonnez-moi, dit Erasmus en désignant l'arme. Serait-ce trop vous demander que de la laisser dehors ?

Bally regarda Erasmus. Il sentit le danger sans pouvoir déterminer d'où il venait.

Il se pencha en avant avec un sourire engageant, appuya le fusil de chasse contre les bouteilles d'air comprimé de l'ambulance. C'est alors qu'il décocha un coup de pied à Erasmus.

Peu de gens peuvent se vanter d'avoir fauché d'un coup de pied les jambes d'un rhinocéros de sept cents kilos emballé et devenu fou, mais Bally le pouvait. Il atteignit le singe à la face externe du genou droit, la jambe céda, et Erasmus tomba à genoux sans un cri.

Bally dirigea son prochain coup de pied vers la tête du singe.

Le premier coup de pied avait été magnifique, mais il était parti de la jambe gauche, et la gauche était le point faible de Bally. Le second partit de la jambe droite, il avait tout ce qu'on pouvait souhaiter, et il arracha le pare-chocs de la carrosserie, car il n'atteignit pas Erasmus qui s'était reculé de cinquante centimètres d'une façon qui avait surpris Bally.

Sans lâcher le singe des yeux, Bally prit son fusil là où il l'avait laissé. Il n'eut pas le temps d'en faire usage. Ni même d'armer les percuteurs. Au moment où il se redressait, Erasmus le frappa.

C'était un coup léger à main plate ; s'il était venu d'un homme, il n'eût été qu'une gifle insignifiante. Mais il ne venait pas d'un homme. Il atteignit Bally comme un marteau-pilon, claqua comme un coup de feu, le souleva de terre pour l'envoyer rouler contre la porte de l'ambulance.

Il perdit momentanément conscience et se serait effondré s'il n'avait pas été soutenu. Le singe le soutint. Sa main gauche s'avança, le saisit sous le menton, et le maintint debout.

En revanche il l'empêcha de respirer, et la sensation d'étouffer réveilla Bally. Il ouvrit les yeux, regarda le long du bras, et vit le visage du singe venir à sa rencontre. Quand Erasmus ne fut plus qu'à quelques centimètres des carotides de Bally, il retroussa les lèvres et ouvrit la bouche. Bally sentit l'haleine du singe, la chaleur de sa gorge, et vit les canines blanches, coniques, et longues de six centimètres.

– Erasmus ! cria Madelene.

Erasmus lâcha prise, et Bally tomba à terre.

Alexander Bowen s'était aplati contre le tableau de bord.

– Je vous tiens pour responsables, dit-il. Vous aurez à m'indemniser. Pour les dégâts de la voiture et du matériel.

Le singe plaça Bally sur le brancard ; Madelene décrocha le téléphone de l'ambulance.

6

Une demi-heure plus tard, on frappa à la porte arrière de l'ambulance. Erasmus ouvrit et Johnny entra, traînant avec lui Samson qui tremblait de plus belle. Il jeta un coup d'œil sur Bally et s'assit.

Un quart d'heure s'écoula sans qu'un mot fût échangé. On frappa de nouveau. Erasmus fit entrer le vétérinaire odontologue, le docteur Firkin. Cinq minutes plus tard, on frappait encore.

– Il y a une limite au nombre de passagers admis ici, dit le docteur Bowen. S'il est question d'amende...

Erasmus alla ouvrir. Dehors se tenait Suzanne.

– J'ai été obligée d'amener les enfants, dit-elle.

Dans un endroit exigu, les relations humaines prennent un tour plus intense, plus animé. Dans l'ambulance se trouvaient maintenant dix individus : six adultes, deux enfants, un chien et un singe. Ils étaient venus là de force, ou parce que Madelene leur avait donné un rendez-vous dont ils ignoraient la raison. Maintenant, ils la regardaient, mal à l'aise comme les passagers d'un petit navire voguant à l'aventure vers la haute mer.

– Après-demain, dit Madelene, Adam devient directeur

du nouveau Jardin zoologique de Londres. A cette occasion, il prononcera un discours où il dira tout ce qu'il sait d'Erasmus. J'ai été mariée avec Adam. Je sais que si on essaye de tout savoir trop rapidement, comme il le fait, on efface ce qu'on voulait connaître. J'ai pensé que nous pourrions, nous tous ici, le dissuader de parler.

Elle avait parlé à voix basse, mais ils écoutaient, buvant chacune de ses paroles. Les enfants avaient oublié le chien, le chien avait oublié le singe, Bally avait oublié ses sanglants démêlés, et Johnny son abstinence.

– J'ai pensé que nous pourrions lui téléphoner. Immédiatement. Et que nous pourrions à tour de rôle lui dire quelques mots, brièvement. Qu'il comprenne que nous sommes unis, que nos connaissances sont réunies, et que s'il persiste, il sombrera, et que c'en sera fini de sa vie.

Elle décrocha le téléphone.

La secrétaire d'Adam Burden avait eu deux mois pour oublier et se remettre ; quand elle reconnut la voix rauque, grave et impérieuse, elle comprit que si elle était certes en convalescence, elle était encore loin d'être guérie.

– Il est en ville, dit-elle. Personne ne sait où. Il est parti avec sa sœur. Ils se préparent pour après-demain. Je ne sais vraiment pas ce que je dois faire...

Madelene resta sans bouger, l'appareil collé à l'oreille. Elle ne chercha pas à discuter, sachant que l'autre femme disait la vérité.

– Et après-demain, que se passera-t-il avant que ça ne commence ?

– Il entrera directement. L'accès sera contrôlé. On a

envoyé seulement deux cents invitations. Mais je peux vous arranger quelque chose après...

Il y avait maintenant des larmes dans la voix de la secrétaire.

– Après, dit Madelene, ce sera trop tard.

Elle reposa l'appareil.

Tous la regardèrent. Elle devina leur indécision. Il lui sembla délirant d'avoir un instant placé sa confiance dans une telle équipe. Des enfants, un chien, des charlatans, des braconniers, des ivrognes. Ils étaient des ratés, et la plus ratée, c'était elle qui avait rassemblé ce lot de vivants. Elle se rassit.

Le singe posa une main sur sa cuisse. Une main sèche, chaude, et parfaitement sereine. Elle se décontracta, ils se décontractèrent tous. Le calme du singe les enveloppait comme l'annonce d'une pluie de printemps, et l'attente fut profitable.

Ce fut Suzanne qui finit par parler.

– Parbleu, dit-elle, naturellement Frank et moi nous sommes invités. J'ai deux invitations. Et nous pourrions en obtenir d'autres.

Madelene regarda fixement son amie.

– Tu y vas à ma place, dit Suzanne. Johnny aussi, et ce monsieur contusionné. Et quand Adam te verra, je le connais, les hommes ça me connaît, si on lui donnait une pomme, avant d'y mordre il la ferait analyser en laboratoire... Quand il te verra...

Tous regardaient Madelene. Adam avait toujours été une énigme pour ses proches. Madelene avait épousé une énigme. Ils attendaient maintenant qu'elle la résolve.

Elle regarda devant elle.

– Je crois, dit-elle, que jamais Adam ne s'est vraiment intéressé aux animaux. Ils étaient davantage pour lui... un tremplin. Quand il m'apercevra avec Johnny et Bally parmi les spectateurs, il comprendra qu'il ne lui reste plus qu'à garder la tête hors de l'eau.

Ils étaient tous assis, silencieux, attentifs, recueillis, comme l'équipage d'un bateau en panne. L'ambulance commença à tanguer. Le vent se levait. Madelene accompagna son amie et ses deux enfants à leur voiture.

– Qu'est-ce qu'Adam pouvait bien chercher à travers les animaux ? demanda Suzanne.

– Parfois, je crois que c'était moi.

– Et maintenant ?

Madelene laissa errer son regard avec cette expression de lucidité chèrement payée qui ne vient qu'à ceux qui ont misé sur un autre être, tout perdu, et découvert qu'au-delà de leur grande faillite la vie existe encore.

– Il est trop occupé pour avoir le temps de se poser cette question, dit-elle.

Suzanne aida les enfants à monter en voiture.

– Que vont-ils répondre lorsque leur père va leur demander où ils sont allés ? demanda Madelene.

Suzanne se redressa et se gratta la tête. Depuis la veille, son cuir chevelu la démangeait.

– Tu sais quoi ? dit-elle, leur père sera trop occupé pour leur poser cette question.

Erasmus accompagna Bally à son bateau, l'aida à entrer dans le cockpit, et l'y suivit.

– Quand M. Burden doit-il parler ? demanda le singe.

– Après-demain, vendredi.

264

– Combien de fois doit-on dormir avant vendredi ?
– Deux fois, dit Bally.
– Savez-vous par hasard où il doit parler ?

Bally évita de regarder l'animal dans les yeux. Il savait qu'il ne perdait pas son temps à faire de l'ironie. Il passa la main par l'écoutille, attrapa un annuaire téléphonique sur la console placée sous la draille, écrivit sur un bout de papier le numéro et l'adresse du London Zoo, et le tendit au singe.

Il ne bougea pas.

– On peut voir dans un livre où habitent les gens ?

Bally fit signe que oui.

– Puis-je vous importuner et vous demander de chercher quelqu'un pour moi ?

Avec lenteur et application, il prononça le premier nom pour Bally.

Lorsque douze adresses et numéros de téléphone furent couchés sur la feuille, le singe la prit sans la regarder, la plia, et la glissa soigneusement dans sa poche. Il se redressa, tenant le fusil à canon scié. Il le porta à hauteur de ses yeux.

– Là d'où je viens, dit-il, on a coutume de se faire un cadeau. Quand on... s'entend bien.

Il prit le fusil à deux mains. Les muscles du poignet firent saillie. Avec une succession de bruits étouffés, les sécurités sautèrent, le bois laqué de la crosse se fendit, le pontet se détacha, et les moignons des deux canons cylindriques s'inclinèrent pour rejoindre la pointe de la crosse. Il posa l'arme démantibulée sur un siège à côté de lui.

– Je voudrais avec insistance vous suggérer de ne pas

mentionner le fait que nous sommes venus ici, dit-il. Et de veiller à ce qu'il n'arrive rien à Mrs Burden d'ici vendredi. Quand nous aurons dormi deux fois.

Le singe trouva l'ambulance vide, à l'exception d'Alexander Bowen.

– On va bientôt s'apercevoir de mon absence, dit le vétérinaire. On va me chercher.

Le singe s'assit.

– Vous ne manquez à personne, dit-il. Vous n'avez pas d'amis.

L'infatigable vigilance du médecin se relâcha, et fit place à une expression figée, ahurie.

Plus qu'aucune menace, c'était l'honnêteté clair-voyante du singe qui l'impressionnait.

– C'est vrai, dit-il. Pas un seul. N'est-ce pas épouvan-table ?

– Vous pouvez peut-être en trouver un ?

– C'est trop tard.

Dans sa poche, le singe prit la feuille qu'il tenait de Bally, la déplia, et désigna du doigt la dernière ligne.

– A cet endroit, dit-il. Venez me chercher là avec cette voiture, avant le lever du soleil, quand nous aurons dormi deux fois. Vous aurez alors commencé à vous faire un ami.

– Ce serait illégal. Vous êtes recherché.

Dans les yeux du singe s'alluma une lueur insolente de voyou que Madelene aurait pu reconnaître.

– Cela dépend de vous, dit-il, rien n'est tout à fait gratuit.

C'est alors que se produisit une chose époustouflante.

Sur le visage d'Alexander Bowen passa un rictus qui peut-être était l'amorce, encore timide, gourmée, mais vraiment sincère, d'un sourire.

— Je vois, dit-il, que vous êtes vraiment en train de devenir l'un des nôtres.

7

La pleine lune avait toujours perturbé Madelene. Naguère, elle lui avait donné envie de partir droit devant elle, de descendre un litre d'alcool, d'avoir trois amants la même nuit. Aujourd'hui, elle la rendait follement heureuse.

Elle était couchée dans le double lit du mobile home de Johnny et toutes les quinze minutes la lumière de la lune l'éveillait doucement, lui permettant de s'assurer qu'Erasmus reposait à ses côtés.

La dixième fois qu'elle s'éveilla, Erasmus n'était plus là.

De l'autre côté de la cloison, dans la cabine de conduite, elle entendit respirer lourdement Johnny et Samson. Même le chien ne l'avait pas entendu sortir.

Au cours des dix minutes qui suivirent, elle éprouva une rechute qui la replongea corps et âme dans une insécurité qu'elle avait oubliée. Lui revinrent pêle-mêle ses mauvais traits de caractère qu'elle croyait avoir laissés derrière elle, ces derniers mois : sa jalousie dévorante, son aveuglante irascibilité, sa soif de vengeance décapante, son apitoiement sur elle-même, sa maudite vanité.

Les masques les plus divers derrière lesquels se cachait sa haine d'elle-même faisaient irruption comme pour une soirée, un sinistre médianoche ; tous lui revenaient en mémoire.

Quand ils furent assemblés, Madelene leur fit un discours bref mais concluant.

– Il pèse 150 kilos, dit-elle. J'estime que s'il est capable de m'aimer, il peut aussi s'accommoder de vous tous.

Elle avait fait son discours en silence, les yeux fermés. Elle les rouvrit. Le mobile home était vide, ses occupants avaient disparu. Par le toit vitré tombait un pan de lumière bleue venant du clair de lune.

L'ombre d'Erasmus vint s'interposer.

Sans faire le moindre bruit. Tout ce que remarqua Madelene, ce fut un faible déplacement du matelas et du duvet. Il était revenu à sa place.

Elle n'ouvrit pas les yeux. Elle ne dit rien. Elle se contenta d'étendre la main pour glisser ses doigts dans la toison épaisse. Dans son for intérieur, elle accepta pour la première fois de sa vie de se réconcilier avec cette évidence que, même chez celui qu'on aime, on ne comprend pas toujours tout.

8

Les deux cents personnes rassemblées en ce vendredi après-midi de la fin juin pour inaugurer le New London Regent's Park Zoological Garden, et pour applaudir son nouveau directeur, tenaient aisément dans la salle d'apparat qui aurait pu en contenir bien davantage, mais elles avaient été triées sur le volet. Elles avaient été invitées parce qu'elles en représentaient des centaines, voire des milliers d'autres, ou parce qu'elles contrôlaient de gros capitaux, ou détenaient un pouvoir politique et administratif considérable, ou encore parce qu'elles cristallisaient en elles l'opinion publique. Et chacune était un symbole vivant des rapports entre la société et les animaux.

Étaient venus des représentants du conseil municipal de Londres, du gouvernement de Sa Majesté, des douze plus importantes associations pour la protection des animaux, de l'association des jardins zoologiques britanniques, de l'union des parcs de safari, des départements de sciences naturelles des universités anglaises, des investisseurs, des sponsors, des représentants de la police vétérinaire, des membres de l'office du tourisme d'Angleterre, du Royal Institute of British Architects, de l'association des musées zoologiques anglais, de l'association des chirurgiens vétérinaires en exercice, et du Wild Life World Fund. La maison royale était représentée par Son Altesse royale la princesse Anne, protectrice de la Royal Zoological Society.

Les vingt-deux journalistes invités et les trois stations de télévision sélectionnées devaient retransmettre les événements de l'après-midi à la nation et au reste du globe, car ce n'était pas seulement une fête pour le peuple britannique, mais pour le monde entier.

Et le monde entier se réjouissait que cette inauguration fût une émouvante expression d'unité. Elle mettait en évidence le fait qu'un groupe de nantis, de propriétaires, qu'un appareil étatique et la population d'une grande ville – au sein d'une civilisation impitoyable sous bien des rapports – avait entendu la voix de la raison, et offert au monde comme à eux-mêmes un lieu d'asile pour les bêtes sauvages. Du point de vue international, c'était une affaire aussi excitante qu'un événement sportif, mais sans l'agressivité chauvine du sport. C'est pourquoi le monde se réjouissait en ce jour ; de Tristan da Cunha au Spitzberg, on avait attendu ce jour avec la même impatience que le début du festival de Rio, avec un peu de la même émotion que lors du cinquantenaire de la Libération ou la chute du mur de Berlin.

Et Londres savait tout cela, elle savait qu'elle ne serait sur le podium qu'un seul jour, ce pourquoi les festivités avaient délibérément adopté un profil bas. Tel un petit mannequin coquet, consciente de n'avoir aucune rivale, la ville paradait aux yeux de l'opinion publique du monde entier avec un sourire tranquille, parée d'une robe ravissante mais discrète, au bénéfice des espèces en voie de disparition.

L'irrésistible optimisme qui flottait dans l'air avait gagné jusqu'aux lieux où l'on vit dans l'attente du pire, comme la Metropolitan Police Special Branch qui devait assurer la surveillance de la salle d'apparat, de sorte que Madelene, Johnny et Bally purent passer sans difficulté, en montrant les invitations et les pièces d'identité que Suzanne leur avait procurées, les deux premiers contrôles établis par la police autour de Regent's Park, Primrose Hill et Albert Terrace.

Johnny et Bally portaient l'habit pour la première fois de leur vie, et se faisaient l'effet de deux pingouins empereurs exilés sous les tropiques, car la température de l'après-midi était franchement tropicale. Le soleil brillait dans un ciel sans nuages, et à côté des deux hommes, Madelene ressemblait dans la robe empruntée à Suzanne à une perruche d'Amazonie au plumage lustré et haut en couleur.

A l'entrée de la salle se tenaient deux agents de la sécurité et une femme qui saluait les invités, apparemment pour leur souhaiter la bienvenue, en réalité pour les identifier un par un.

Cette femme était la secrétaire d'Adam Burden.

En reconnaissant Priscilla, elle se figea.

– Il dit ne pas vous connaître, dit-elle. Je le lui ai demandé. Il n'a jamais entendu parler de vous.

– C'est ce que disent tous les hommes après une partie de jambes en l'air, dit Madelene. Que dit le vôtre ?

La secrétaire se recula, un pas après l'autre.

– Je suis seule, dit-elle. Depuis plusieurs années.

Elle s'arrêta, rassemblant son courage.

Deux agents de la sécurité s'approchaient. Madelene se pencha en avant.

– Regardez-moi, dit-elle.

La secrétaire la regarda. Madelene enleva ses lunettes de soleil. Autour d'elle, la secrétaire sentit monter une vague de chaleur différente de la température annoncée par la météo du jour, un front chaud accompagné d'une odeur de brûlé comme venant d'un sauna.

– Il n'y a pas de Priscilla, dit Madelene. Il n'y en a jamais eu. Ce n'est que moi. Madelene Burden. Je *dois* entrer. C'est d'amour qu'il s'agit. Ça ne se voit pas à ma figure ?

Les deux agents étaient tout près d'eux. Bally et Johnny semblaient enracinés dans le dallage de marbre.

La secrétaire se ressaisit.

– C'est pour nous une joie de vous voir ici, dit-elle. Prenez la peine d'entrer.

Les agents s'écartèrent, la secrétaire recula, deux portes vitrées furent ouvertes. La voie était libre.

Au même moment, une ambulance de la Holland Veterinary Clinic s'arrêtait dans Albany Street en direction de Gloucester Gate. Assis au volant, Alexander Bowen portait une blouse bleue par-dessus son habit. A l'arrière de la voiture, près du brancard, Erasmus était agenouillé, en tee-shirt, veste, pantalon de karaté et lunettes de soleil.

– C'est un barrage, dit le médecin. Nous devons montrer nos papiers. Et vous n'en avez pas.

Sa voix était mal assurée et ses mains tremblaient. Il

273

n'avait jamais eu autant peur depuis le jour de son dernier examen.

— Puis-je vous demander d'allumer la lumière sur le toit ? dit le singe. Celle qui clignote et fait ta-ta-ta.

Le médecin mit en marche le gyrophare et la sirène.

— Ayez la bonté de rouler à fond.

Comme pour une urgence, l'ambulance se dirigea vers l'entrée du New London Regent's Park Zoological Garden.

Un agent se planta au milieu de la rue et leur fit signe de s'arrêter.

— Je suis perdu, dit le médecin.

Erasmus enleva ses lunettes de soleil. Sa voix était presque endormie, tant il était calme.

— Dites que vous transportez un singe malade, dit-il.

Bowen abaissa la fenêtre.

— C'est une urgence médicale, dit-il. Un singe. Il est en train de mourir.

L'agent passa la tête par la portière et regarda à l'arrière. Bowen ferma les yeux. Comme rien ne se produisit, il les rouvrit, et regarda dans le rétroviseur.

Sur la civière reposait Erasmus sous un drap blanc, un masque à oxygène pressé contre son visage rasé.

L'agent recula.

— On va vous donner un motard, dit-il. J'espère que vous arriverez à temps.

Escortée par un agent motocycliste, l'ambulance franchit le second barrage dans l'Outer Circle.

— Vous êtes en train d'apprendre, dit Bowen, que l'honnêteté ne mène nulle part.

Il fit signe au motard, et continua lentement en dépassant la salle d'apparat. Les portes étaient fermées. Dehors se tenaient la secrétaire d'Adam, les deux agents de la sécurité, et une légion d'officiers de police en grand uniforme.

– Il y a ici deux cents des personnes les plus influentes d'Angleterre, dit Bowen. Vous ne pourrez jamais entrer.

Il tourna au coin et s'arrêta. Il ouvrit le hayon et Erasmus descendit sur le trottoir, vêtu d'une blouse bleue, d'un tablier chirurgical vert et d'une calotte assortie. Il tenait à la main un extincteur à mousse carbonique, et avait fourré dans ses poches tout un lot d'instruments chirurgicaux.

– Je suis habillé comme un médecin, dit-il.

Alexander Bowen lui prit l'extincteur, lui ôta le tablier, les instruments.

– Le bon moyen pour ressembler à un scientifique, lui dit-il, c'est de trouver l'équilibre entre le fait d'avoir à sa disposition tous les moyens disponibles et de ne pas en avoir l'air conscient.

Il ôta la calotte chirurgicale du crâne du singe.

– Maintenant, dit-il, vous ressemblez à un médecin-chef. Et même davantage que la plupart des médecins-chefs.

Erasmus prit la main de Bowen dans la sienne.

– Je dois vous remercier pour cette fois, dit le singe. Au cas où il n'y en aurait pas une deuxième. Vous avez commencé à vous faire un ami.

Il allait repartir quand Bowen l'arrêta.

– L'analyse de l'ADN, dit-il. Il y a encore autre chose.

Le médecin tortillait la calotte chirurgicale entre ses mains.

– Je ne voulais pas le dire à la femme de Burden – pardon, à l'ex-femme de Burden. Je sais ce qu'elle aurait pensé. Que la science a pondu une nouvelle connerie et croit que c'est une perle sacrée. Mais je vais vous le dire. Comprenez-moi, il est très difficile de voir la différence entre le cerveau des grands singes et le nôtre. Le cerveau d'un chimpanzé ressemble au nôtre à s'y méprendre. Mais toutes choses égales, on peut dire que plus il a de circonvolutions, plus le *neocortex* est développé, et plus l'animal est intelligent. Votre cerveau, je l'ai vu tout de suite, quand Mrs Burden – pardon, votre amie – m'a montré vos scannings, il a le plus grand nombre de circonvolutions jamais vu. Avec le plus grand plan frontal. Et le plus grand volume. Nous n'avons jamais eu l'occasion de parler du déroulement de votre vie. Et ne l'aurons certainement jamais. Je veux cependant vous dire que vous... donc vos ancêtres, votre espèce, après s'être détachée de nous voici un million d'années sur les rives du lac Turkana, est partie vers le nord. Pour ensuite nous dépasser. Nous avons tout faux, Burden, sa sœur et moi. Nous croyions avoir affaire à un de ces *hominidés* qui ont précédé l'homme. Mais vous ne nous avez pas précédés. Vous venez plutôt après nous.

9

En cet après-midi, Adam Burden ne représentait pas que sa personne. Il était l'illustration de la réconciliation historique entre le public, la famille royale, le monde zoologique, et les financiers qui avaient rendu possible ce nouveau jardin zoologique. Il incarnait le mythe selon lequel l'homme exceptionnel connaît une réussite exceptionnelle. Il portait – depuis l'enlèvement de sa femme par un singe devenu fou qui l'avait vraisemblablement tuée – les stigmates de l'homme de science qui se sacrifiait, et il les portait avec la même humilité que Livingstone sa malaria à Lualaba, ou que Darwin sa santé ruinée par sa navigation autour du monde.

Certaines situations peuvent hausser un homme audessus de lui-même, et Adam avait grandi, ce que constata Madelene lorsqu'il s'avança vers la tribune. Il n'était plus seulement un homme exceptionnellement séduisant. Ses responsabilités l'avaient rendu charismatique.

En atteignant le pupitre, il laissa errer son regard audelà de l'avant-scène, sur les visages levés vers lui, les caméras et les lentilles sombres de la télévision derrière lesquelles attendaient des millions de spectateurs, et il devint encore plus grand. A ce moment, il aperçut Madelene.

Il devint blême comme s'il s'était soudainement vidé de son sang, et il serait tombé si une main ne l'avait saisi par le bras pour le soutenir. Andrea Burden se tenait à ses côtés. De sa main restée libre, elle coupa le contact des micros. Elle et Adam étaient toujours bien visibles. Mais on ne pouvait pas les entendre.

– C'est Madelene, dit Adam. Et Bally. Et le chauffeur.

– Ce sont des fourmis, dit Andrea Burden. Laborieuses, mais quand même seulement des fourmis.

– Et la presse ?

En ces circonstances extrêmes, Andrea Burden déploya ses qualités de chef, comme un lotus ouvre sa fleur. Elle prit son temps, tout son temps. Tel un entraîneur qui s'affaire comme une nounou autour de son champion poids lourd déjà groggy pour le lancer dans un dernier round victorieux, elle massait le dos musclé d'Adam, tout en lui parlant à l'oreille d'une voix douce, lente et distincte.

– Nous sommes en Angleterre, lui dit-elle. Ils ne pourront pas parler à la presse. Et s'ils le font, Toby veillera à ce que ce ne soit pas imprimé. Toby pourrait empêcher que paraisse l'annonce de la fin du monde si ça devait mettre en danger la sécurité de la nation.

Adam ferma un instant les yeux. Il oublia ses réserves et son libre arbitre pour retomber dans des bras auxquels il pouvait se fier.

Il rebrancha les micros.

278

– Votre Altesse royale, dit-il, mesdames et messieurs, distingué public. La nature est généreuse.

Les spectateurs dans la salle l'avaient vu tituber, et avaient retenu leur souffle. En entendant ses premiers mots, ils respirèrent. Au son de sa propre voix, Adam se redressa, rayonnant d'une *star quality* zoologique. Les répétitions devant son miroir lui vinrent en aide, les mots préparés et la gestuelle mémorisée lui ouvrirent une voie large comme une autoroute. Il leva les yeux, et écrasa l'accélérateur.

– Permettez-moi de déclarer le New London Regent's Park Zoological Garden, le plus grand, le plus moderne parc zoologique du monde situé dans une grande ville – ouvert.

Les murs et le plafond de la salle étaient en verre, doublés de stores en acier inoxydable. Les stores avaient été tirés, ils s'ouvraient maintenant lentement. Derrière Adam et le mur du fond apparurent en pleine vue le jardin zoologique, ses installations, sa jungle, sa savane, ses lacs et ses rochers.

– Un pacte, dit Adam. Un contrat entre la civilisation technologique et la nature. La preuve qu'il est possible de faire exister en bonne intelligence animaux et humains. Un miracle technique. Tout ceci est cependant bien modeste en regard de ce que je vais avoir le plaisir de vous montrer maintenant.

Une projection lumineuse de huit mètres sur quatre apparut sur un écran à la gauche d'Adam : l'image d'Erasmus photographié dans le jardin d'hiver de Mombasa Manor sur fond de végétaux, dans un éclairage évoquant le petit matin dans une forêt équatoriale.

279

– En ce jour me revient la tâche très flatteuse de vous présenter la découverte zoologique la plus importante du siècle, peut-être la plus importante de tous les temps. Un vertébré encore inconnu. Plus proche de nous que le chimpanzé. Un singe humanoïde aux facultés supérieures.

Adam avait conçu son discours à la manière d'une passionnante visite guidée. Au terme d'un exorde destiné à faire monter la tension, et censé culminer provisoirement avec la projection de l'image d'Erasmus, il pensait expliquer en quelques mots bien pesés pourquoi c'était l'image de l'animal qu'il présentait, et non l'animal lui-même, car c'était ce singe qui avait enlevé sa femme. Ensuite, il en serait venu à un exposé des données scientifiques.

Il n'alla pas au-delà de son introduction. Alors qu'il ouvrait la bouche et levait les bras, il remarqua une nouvelle tension dans la salle, une tension qui passa au-dessus de sa tête, car elle s'adressait à quelque chose derrière lui. Il se retourna.

Derrière la salle d'apparat se dressait un bâtiment qui pouvait faire penser à une grande serre, et qui était la partie visible de la grandiose installation destinée à abriter le *Pongo hominoides londiniensis*. Sur le toit du bâtiment se tenait une figure en blouse bleue. A l'instant où Adam se retournait, la figure fit un pas en arrière, prit son élan, et bondit dans les airs.

Ce fut un bond prodigieux. Un appel profond comme sur un trampoline, un plané comme celui d'un homme-canon, et une direction suicidaire : droit sur le mur de verre de la salle d'apparat.

La réception fut aussi légère que celle d'une mouche

sur un morceau de sucre. Un instant, l'homme – car c'était un homme, on le voyait maintenant – resta suspendu aux lamelles d'acier des stores. Puis il se propulsa vers le haut comme un sprinter abordant le dernier virage, pour atteindre le rebord du toit sur lequel donnait un ensemble de fenêtres ouvertes.

Afin d'alléger la structure portante du toit, on avait mis à nu un système hexagonal de fines poutrelles d'acier, semblable aux rayons d'une ruche. L'homme en bleu se balança de l'une à l'autre, jusqu'à atteindre l'une des chaînes soutenant les éclairages. Il se laissa glisser le long de l'une d'elles jusqu'à une lampe d'où il se laissa tomber juste à côté du pupitre.

Dans la salle, se trouvaient quinze officiers de police, tous armés, qui auraient pu facilement abattre le nouvel arrivant.

Mais nul ne le fit. Dans ce contexte, il était impossible de voir en lui une menace. Adam, à la tribune, rayonnait de confiance en soi, tout comme les invités, les journalistes, ainsi que les policiers ; le bâtiment et le jardin zoologique offraient l'image d'un flirt chaleureux mais de bonne tenue avec la nature et sa sauvagerie, un flirt qu'on pouvait se permettre, car il était parfaitement contrôlé.

Adam fit deux pas en arrière. L'homme en bleu s'installa au pupitre. Il se redressa, et resta immobile un moment, regardant l'assemblée devant lui. Il saisit alors sa blouse, l'arracha, et s'extirpa de ses pantalons blancs. Le singe Erasmus apparut alors, nu, velu, les jambes courtes, colossal, à la vue du public du monde entier.

Jusqu'alors, la salle avait été déconcertée, elle doutait.

Maintenant, elle comprenait. Ce qu'on voyait résultait d'une mise en scène. Un élément du discours d'Adam. Un échantillon du fantastique dressage d'animaux pratiqué dans les zoos de Londres et de Glasgow dont on avait entendu parler. C'était la présentation *live* du singe qui allait entrer dans l'histoire. Pas seulement localisé, capturé par des savants anglais, mais aussi – déjà ! – apprivoisé, adapté et dressé.

Des applaudissements éclatèrent, un tonnerre d'applaudissements, les policiers, les journalistes applaudissaient à tout rompre, sans fin. Le silence ne revint que lorsque le singe se saisit du micro.

– Nous sommes venus vous dire adieu, dit-il.

Les spectateurs dans la salle restèrent bouche bée, comme tétanisés. Leur confort et leur vision du monde reposaient sur la certitude que l'horreur peut être identifiée, localisée et circonscrite. Mais l'animal parlait un anglais parfait, grave et, par le truchement de la langue, il les touchait au plus profond d'eux-mêmes, comme le chômage, les menaces de guerre, le sida, la pollution.

– Là d'où nous venons, poursuivit Erasmus, nous avons coutume de dire que si... quelqu'un est à terre, nous lui tendons une main secourable. S'il la refuse, nous lui tendons les deux. S'il refuse encore, nous l'aidons malgré tout à se relever. Mais s'il nous tourne encore le dos, nous le laissons retomber. J'espère ne blesser personne si je vous dis que vous êtes à terre, tous à terre. Nous avons décidé d'essayer. Mais sans succès. Nous nous sommes trompés.

Les spectateurs avaient maintenant froid, très froid, malgré la chaleur de l'après-midi, leurs habits et leurs capes, leurs bijoux et leurs décorations, leurs caméras et leurs armes de poing.

– Nous avons essayé, essayé dans de nombreux pays, simultanément. Ma tentative était la dernière en date.

Erasmus se retourna, se retourna lentement comme un dompteur dans une représentation de gala. Très nettement, les spectateurs virent les cicatrices laissées par les opérations, les traces de morsure, les marques de brûlures, et les nombreux endroits rasés où Adam avait fixé ses électrodes.

– J'ai essayé d'être l'un des vôtres, dit le singe, nous avons tous essayé, mais ça n'a pas bien marché. Nous sommes tous d'accord, il est encore trop tôt. Nous ne pouvons pas faire plus. Pour cette fois. C'est trop... difficile. Nous rentrons chez nous.

Un mouvement se produisit dans la salle. Un doyen de l'université de Londres montait sur l'estrade. Célèbre entre autres pour ses échecs à devenir recteur, à cause de ses critiques du monde scientifique faisant fi de la notion de responsabilité globale. Il se plaça à côté du pupitre et demeura un moment silencieux et immobile. Un homme de haute stature, à la barbe grisonnante. Il passa une main derrière le col de son habit, fit tourner son plastron et l'arracha. Sa poitrine apparut, velue, mais pas à la manière des hommes : une toison blanchâtre, bouclée, longue comme une perruque Louis XV. Il ôta son habit, déboutonna son pantalon et l'enleva. Il était nu à côté du pupitre, ne portant en tout et pour tout qu'une paire de souliers vernis, gigantesques. Un singe, un être comme Erasmus, seulement plus grand, plus âgé, aux tempes argentées.

Une femme monta se placer à côté de lui, une grande femme, très connue, vice-présidente de la Royal Zoological Society, une personnalité publique, porte-parole pour les questions éthico-zoologiques, une intellectuelle réclamant l'arrêt complet des expériences sur les animaux, la personne qui plus que toute autre avait amené cinquante-deux nations à s'associer au Great Ape Project, et qui avait obtenu pour les singes humanoïdes du monde entier le même statut juridique, économique, moral et social que celui des handicapés mentaux. Comme le doyen, elle se tint un moment complètement immobile.

Dans la salle s'éleva un cri déchirant, suppliant. Il venait du mari qui cherchait comme un enragé à fendre la foule des spectateurs pour atteindre sa femme, et l'empêcher d'accomplir ce qu'elle allait faire. Mais il ne put avancer, les gens étaient comme pétrifiés, tels des stalagmites, et lui barraient la voie.

La femme retira sa robe en la faisant passer par-dessus sa tête, et la lança loin d'elle. Son visage était rasé de près, mais elle avait une toison abondante, elle était nue hormis de grandes culottes qui semblaient avoir été cousues dans de la toile à sac.

Deux fonctionnaires du ministère de l'Agriculture fendirent la foule. Inconnus des deux cents invités, ils étaient célèbres au ministère et au gouvernement, repérés, isolés depuis longtemps, et rendus politiquement inoffensifs à cause de leur insistance obstinée, déterminée et délibérée à poser le problème de la survie des animaux sauvages, en aucun cas dissociable de la boulimie matérialiste sans limite des pays riches. Les suivaient un policier, deux gardiens de zoo, un producteur de télévision, personnes qui jusqu'à cet instant avaient été des anonymes pour les deux cents invités de la salle, mais que leur entourage quotidien avait depuis longtemps à la fois redoutées et admirées pour leur incompréhensible et radicale honnêteté – un rappel permanent et pacifique qu'il y avait quelque chose de franchement mauvais dans la vie moderne.

Les gens s'écartèrent sur leur passage, et le petit cortège monta sur scène, enlevant, qui son habit de cérémonie, qui son uniforme, et déposant devant eux armes et cartes de presse. C'étaient des singes. Pas un seul spectateur ne put se rappeler par la suite combien de singes avaient fini par occuper l'estrade. Mais tous pensaient qu'elle était pleine, et qu'ils avaient dû être entre cent et deux cents.

En fait, ils n'étaient que douze. Ils se tenaient parfaitement calmes, et cependant un vent de folie se leva dans le cerveau des invités, chassant une tempête d'images délirantes de lions, de sauriens préhistoriques, de serpents, de dragons, de chiens atteints de la rage, de crocodiles, de cynocéphales devenus fous, bref : tout le cabinet des horreurs zoologiques de leur enfance.

Erasmus prit le micro.

– Une fois que nous serons loin, dit-il, vous nous oublierez. Jusqu'à notre retour. Jusque-là, il n'y a qu'une chose que je vous demanderai de vous rappeler. C'est la difficulté qu'il y a à savoir où, en chacun de nous, s'arrête la part humaine, et où commence la part que vous appelez animale.

Il bondit loin du pupitre ; un instant, les douze singes restèrent debout côte à côte. Puis ils reculèrent lentement vers l'escalier de l'estrade, et disparurent.

Pendant une minute, la salle resta sans bouger, pétrifiée de terreur, se rappelant vaguement les mots du singe. Puis les gens commencèrent à se ressaisir. Le premier signe de vie qu'ils donnèrent fut irrationnel, dénué de toute arrière-pensée, et par conséquent tout à fait sincère. Ils furent accablés de tristesse. Ils comprenaient qu'ils venaient d'être abandonnés, que quelque chose de précieux venait de les quitter, et qu'une grande force leur avait retiré sa protection. Ils se mirent à se déplacer en désordre, se heurtant les uns aux autres comme des bambins qui cherchent leurs papas et leurs mamans. Quelques minutes plus tard l'abattement fit place à la fureur, au besoin de vengeance, comme celui des enfants à l'endroit des adultes qui les ont trahis. Ils se mirent à crier, à crier comme des bêtes, on dégaina les armes et voulut entamer la poursuite ; on défonça les portes des vestiaires derrière la scène, on se précipita en poussant des cris perçants à travers les couloirs et les toilettes, on se rua dans les escaliers, mais les singes demeuraient introuvables.

C'est alors qu'au plus fort de cette haine désespérée, le vieux sens viscéral de la discipline librement consentie reprit le dessus. Quelqu'un communiqua des ordres du haut de l'estrade, et l'évacuation s'organisa.

Ils quittèrent la salle en files apathiques, comme du bétail. Ils étaient marqués par ce qui s'était passé, choqués, malades d'angoisse à l'idée de l'avenir, se demandant si le monde vers lequel ils retournaient existait encore.

10

Avant même que le dernier invité eût quitté la salle,
dans tous les recoins de Grande-Bretagne, de Jersey aux
Hébrides, se manifesta une activité fébrile qui dura environ deux heures. Après quoi le pays ralentit, puis s'immo-
bilisa.

La première vague de désespoir déferla quand tout un
chacun, dans les campagnes et dans les grandes villes,
recevant avec les premières émissions en direct des rapports alarmants et confus, laissa tomber ce qu'il tenait à
la main pour regagner en hâte son foyer. En proie à la
panique, les gens se mordaient, se foulaient aux pieds,
volaient la voiture des autres, prenaient d'assaut les autobus et obligeaient les conducteurs à jouer les taxis ; tout
le monde voulait rentrer chez soi le plus vite possible, à
n'importe quel prix, pour s'assurer que le mari, la femme,
les enfants, étaient toujours là, et qu'ils n'étaient pas en
réalité des singes sur le chemin de la fuite.

Une fois à l'intérieur, ils verrouillèrent les portes, tirè-
rent les rideaux, fermèrent les volets, et allumèrent la
télévision.

L'écran ne leur montra qu'une mire annonçant laconiquement que les émissions étaient momentanément suspendues.

Même la BBC, dont la fierté était de pouvoir émettre en toutes circonstances, qui aurait pu s'enorgueillir à l'occasion d'une nouvelle guerre mondiale d'avoir pour reporter le dernier homme vivant de la planète envoyant dans un éther vide un reportage en bonne et due forme sur le Crépuscule des Dieux, même la BBC avait baissé le rideau. Quand les journalistes de *Newsnight,* convoqués d'urgence, étaient venus travailler, ils s'étaient regardés, et avaient compris que chacun d'entre eux, voire tous les autres, pouvait être un singe, que l'incertitude était si grande que tout acte pouvait être une erreur, et qu'il était préférable de ne rien entreprendre, ce pourquoi ils s'étaient quittés sur quelques mots marmonnés et étaient rentrés chez eux.

A huit heures du soir, même l'annonce de l'arrêt des émissions disparut, les écrans devinrent noirs, les centrales fournissant l'électricité à Londres fermant l'une après l'autre faute de personnel (Dungeness A et B, le *French interconnector*, Barking in Essex, les centrales thermiques de Kingsnorth et de Tilbury), et la ville privée de son oxygène sombra dans le coma.

A mesure que le soleil déclinait, Londres s'enfonçait dans l'obscurité. La circulation cessa, les boutiques fermèrent, les rues devinrent désertes et noires comme de l'encre, comme elles ne l'avaient pas été depuis le blackout du temps de guerre. Toute activité humaine visible avait disparu, même la criminalité, paralysée par une peur qui l'emportait sur l'appât du gain. Même les coupejarrets, les revendeurs de billets, les tire-laine, les escrocs et la prostitution organisée ont besoin de se savoir protégés par un complice, un garde du corps, un maquereau, un bookmaker, car leur bourreau ou leur victime est un être humain, et non un animal.

Dans leurs quatre millions de foyers, les sept millions de Londoniens traversaient une crise d'identité psychotique. Ils étaient coupés du reste de l'Angleterre, de l'Europe, du monde et de son destin. Ils doutaient de leur propre gouvernement, de leur société. Ils n'étaient certains ni de l'identité de leurs patrons ni de celle de leurs amis. Ils se jetaient des regards effrayés, essayaient de se rappeler à quoi ressemblaient leurs enfants, leur conjoint, nus ; ils faisaient effort pour se rappeler quand ils avaient rencontré leur femme pour la première fois, se demandaient comme des possédés si elle pouvait être un singe ou la fille d'un singe. Ils se regardaient, à la flamme des lampes à pétrole et des bougies qu'ils avaient allumées, pensant à ce qu'ils connaissaient de plus sûr, de plus réconfortant, à la famille royale. Ils n'osaient pas envisager l'abominable possibilité, mais ne pouvaient pas non plus la chasser de leur esprit. Remontant une longue série d'années, de changements de trône et de querelles de succession, ils comprirent que rien ne leur garantissait que leur reine ne fût pas un singe.

11

Un cône de lumière trouait la nuit, une voiture solitaire traversait Londres, lentement, passant devant les devantures barricadées des boutiques, les feux éteints des carrefours, contournant les voitures abandonnées au milieu de la chaussée.

Sur la banquette avant, Madelene était assise entre Johnny et Bally. Blême et tendue, elle les guidait à travers une ville qu'elle reconnaissait à peine, à travers des quartiers qu'elle n'avait encore jamais vus à jeun et où elle n'avait jamais assumé la responsabilité de trouver le bon chemin.

Malgré tout, elle le trouva avec l'assurance aveugle du pigeon voyageur. Quand elle leur fit signe de s'arrêter au beau milieu de Mayfair, Bally et Johnny avaient depuis longtemps perdu le sens de l'orientation. Longtemps ils avaient gémi, pris entre la peur que leur inspiraient l'obscurité et la désolation au-dehors, et la crainte que leur communiquait l'énergie désespérée de cette femme assise entre eux.

Madelene les prit par la main comme des enfants, les conduisit dans la rue, leur fit passer une grille, monter

un escalier, et traverser une enfilade de pièces qui semblaient se refermer derrière eux comme une nasse.

Ils se trouvèrent enfin devant une porte. Madelene fit
jouer la poignée, la porte s'ouvrit sur une nouvelle porte
derrière laquelle le soleil ne s'était pas encore couché,
mais brillait incandescent dans une coupe d'acier inoxydable posée à côté d'un broyeur de documents et d'une
rangée de bidons pleins de pétrole.

Éblouis, ils s'arrêtèrent sur le seuil.

– Entrez donc et prenez une tasse de thé, dit Andrea
Burden.

Elle se tenait devant le feu, serrant contre elle une
masse de papiers rangés dans des chemises jaunes. Elle
laissa tomber ce qu'elle tenait dans la coupe d'acier, les
documents tombèrent comme des briques avant de
s'enflammer comme de l'essence. On sentait la chaleur
du brasier depuis la porte.

– Les puzzles, dit Andrea Burden, m'ont passionnée
depuis mon enfance. « Lever de soleil sur la savane de
Serengeti » : sept mille pièces. Les autres enfants ne s'y
mettaient jamais. Mais si on commençait, on ne pouvait
plus s'arrêter. A la fin, quand il restait une douzaine de
pièces, toujours celles du ciel – il y avait trois mille pièces
de ciel bleu pratiquement identiques –, ça devenait une
obsession. Mère racontait que pendant la guerre, pendant
le Blitz, des gens sont morts parce qu'ils voulaient trouver
leur dernier morceau de ciel. Ils n'entendaient pas les
sirènes. La première fois, quand je t'ai vue, j'ai pensé
que tu étais peut-être ce genre de personne.

– Où est Erasmus ? dit Madelene.

– Le singe ? Il est rentré.

291

– Où cela ?

– Il ne te l'a donc pas raconté ? Dans ses forêts. Au bord de la Baltique. Les forêts de Suède et de Finlande. Celui-là – Erasmus – a été capturé sur l'île danoise la plus à l'est, une île tout en rochers, comment s'appelle-t-elle déjà ?

– Ils devaient avoir ici un lieu où se retrouver, dit Madelene. Peut-être n'ont-ils pas encore quitté Londres. Je supposais que tu connaissais l'endroit.

– Est-ce important ? Sais-tu ce que nous avons ici ?

– Elle l'aime.

Cette réplique venait de la pièce voisine. Sur le seuil de la porte qui venait de s'ouvrir, se tenait Adam, les bras chargés de dossiers.

Pour la première fois depuis longtemps, peut-être pour la toute première fois, Madelene vit clairement l'homme avec lequel elle avait été mariée. Elle vit qu'elle l'avait aimé pour cette vulnérabilité spontanée qui rayonnait de lui pour disparaître l'instant suivant, et faire place à cette indifférence laborieusement étudiée, ce pourquoi elle n'avait pu continuer à l'aimer.

– La société est en train de se désagréger, dit Andrea Burden. J'ai parlé avec Toby. Le gouvernement démissionne demain. On murmure que la moitié des ministres sont des singes. Une commission d'enquête va être mise en place. Disons seulement qu'il y aurait eu mille singes occupant les plus hautes fonctions. Leur intelligence est indéniable. Il va falloir mettre de l'ordre dans le chaos qu'ils laissent derrière eux. S'assurer qu'ils ne puissent pas revenir, qu'ils soient vraiment partis. On m'a proposé le poste de secrétaire de la commission. Adam en sera le conseiller scientifique. La commission aura compétence pour légiférer. Pratiquement un gouvernement provisoire. Nous devons nous attendre à des bouleversements formidables. 1 000 est un chiffre faible. Adam et moi pensons plutôt à 10 000. 100 000 n'est pas à exclure. Rien que pour l'Angleterre. Pense au reste de l'Europe ! Au Nouveau Monde ! Nous ne connaissons pas leur taux de reproduction, mais pense que si – dans une optique globale – que si...

– Douze. Ils n'étaient peut-être que douze.

Ils tournèrent tous la tête. Une des fenêtres supérieures était restée ouverte. Erasmus y était assis. Les grands nombres étaient encore nouveaux pour lui. Pour être sûr d'être bien compris, il montra avec ses doigts d'abord 10, puis 2.

Ce n'était pas le singe que regardait fixement Andrea Burden, mais les chiffres que ses mains désignaient.

– C'est impossible ! dit-elle.

« 10 », répétèrent les mains du singe, « 10 et 2 ».

Par un effort surhumain, Andrea Burden révisa sa stratégie.

– Personne ne le sait, dit-elle. La confusion ne cesse de grandir. Avez-vous pensé aux autres pays ? Au Danemark ? A la Suède ? A l'Allemagne ?

Le singe ne répondit pas. Son visage restait impassible.

Le silence se fit. Personne ne disait mot, et pourtant, dominant le crépitement du feu, chacun pouvait entendre un bruit, un bruit plus mental que physique : le bruit de combinaisons secrètes et grandioses en train de s'effondrer.

Andrea Burden se prit à rire. Un fou rire en dépit de l'effet de choc, en dépit du caractère foncièrement problématique de la situation, elle riait, et son rire fut contagieux, comme une infection des voies respiratoires peut l'être. Bally se mit à ricaner, Johnny gloussait, Adam souriait, un sourire nerveux, mais un sourire quand même, enfin le visage du singe se convulsa de rire, et le brasier de papiers et de pétrole parut rire aussi. La grande pièce finit par être gagnée par une hilarité démente.

Seule Madelene ne riait pas.

– Tu m'as trahie, dit-elle au singe.

Rien n'est plus déplaisant que de ruiner l'ambiance d'une fête. Andrea Burden essaya donc de la retenir.

– Ôte-toi de là, dit Madelene.

Elle s'écarta. Madelene s'avança vers le singe.

– Tu nous a utilisés, dit-elle, moi et les autres, tu nous a utilisés comme des bêtes de somme.

– Je n'avais malheureusement pas le choix, dit le singe.

– Utilisés pour forcer les barrages, pour aller poser devant les caméras au milieu de centaines de gens. En nous laissant croire qu'on pouvait t'aider.

– J'avais besoin d'aide pour pouvoir entrer, dit le singe. Les gens regardent la télévision. Et nous souhaitions le dire à la télévision.

Andrea Burden et Adam s'étaient placés contre le mur, Bally et Johnny devant la porte. Le champ était libre pour la première confrontation entre Madelene et le singe Erasmus.

– Tu ne m'as rien dit. Tu m'as laissée seule avec mes craintes et mon angoisse, dit Madelene.

– Chez nous, on dit que tant qu'un plan est en voie d'exécution, on ne doit en parler à personne.

Le singe la toisa avec un air de satisfaction sculptural. Mais Madelene était assez proche pour deviner sous les paupières mi-closes de l'animal la panique qui montait.

– Tu oublies à qui tu parles, dit-elle. Regarde-moi bien. Sais-tu qui je suis ? Je suis celle que tu aimes.

Le singe la regarda.

– Je ne regrette jamais rien, dit-il. Là d'où je viens, nous ne pouvons rien regretter. Mais si je l'avais pu, je t'aurais demandé pardon.

Erasmus ne pouvait pas reculer, car s'il l'eût fait il serait tombé de la fenêtre à la renverse. Il était acculé contre le châssis de la fenêtre.

– Je ne veux pas d'excuses, dit Madelene. Tu n'as pas besoin de dire quoi que ce soit. Tout ce que je te demande, c'est de la fermer. De la fermer pendant deux minutes. Comme ça, je verrai si tu m'as comprise. Si tu ne le fais pas, c'est *moi* qui retournerai dans les bois. Et tu ne me reverras jamais plus.

Le silence s'établit, pendant une minute, deux minutes, trois minutes, un silence de mort. Andrea Burden s'ébroua nerveusement, comme celui qui essaye de trouver la bonne place sur le banc surchauffé d'un sauna.

– Les dernières pièces du puzzle, dit-elle, les derniers morceaux du ciel...

Le local était exigu, il avait autrefois servi de chambre de bonne, c'était maintenant une chambre forte de trois mètres sur trois où l'on pouvait se tenir debout. Les murs étaient tapissés de dossiers jaunes posés sur des rayonnages en émail vert qui allaient du sol au plafond.

– Nous vivons une époque passionnante, dit Andrea Burden. Les gens s'attachent plus aux bêtes qu'ils ne l'ont jamais fait. Les chiens et les chats dorment dans le lit des gens, on les embrasse sur la bouche, on les gratte entre les pattes. Les médias débordent d'animaux. Les chambres d'enfant croulent sous leur poids. Tout cela est passionnant.

Ils n'étaient que trois dans la chambre forte, Madelene, Erasmus et Andrea Burden. Bally, Johnny et Adam étaient restés sur le seuil.

– Les animaux sont partout. Quand les gens meurent, quand les autres héritent, au milieu des adultes et des enfants, à la garderie, au jardin, à la maison, dans les rencontres sportives, plus proches des gens qu'ils ne l'ont jamais été. Et dans le for intérieur des humains, dans leur vie spirituelle, dans leur conscience, leur vision du monde, leur angoisse et leurs passions, grouillent les animaux. C'est pourquoi ils viennent à moi. Les chercheurs, les hommes politiques, les nantis, tous viennent, car ils aiment les bêtes. Ils viennent à moi parce que je gère les moyens financiers, les hôpitaux pour animaux, les refuges pour les bêtes abandonnées. Je les gère impartialement, sans faire de politique, et sans blesser la conscience de quiconque. Pour eux, je suis un fonctionnaire, un juriste, un psychanalyste, un prêtre, et la dame qui tient la caisse. Et plus que tout, j'aime les animaux, j'appartiens à leur classe. C'est à moi qu'ils viennent parler du chat de la maîtresse secrète, du chien de chasse du divorcé, des animaux favoris des enfants, ces animaux avec lesquels ils ont embobiné leurs enfants, du serpent avec lequel il a demandé à sa maîtresse d'exécuter un numéro devant lui, du chien de garde qui a échappé à son contrôle, de l'animal qui a été témoin d'un viol, d'une faillite, d'une escroquerie, d'un mauvais traitement. Quand ils sont assis devant moi, je me sens devenir un peu cet animal, je participe de ses qualités, de son dévouement, de sa soumission, tout en écoutant et en comprenant comme un être humain. Ils se mettent alors à parler, à parler, ils ne peuvent plus s'arrêter, ils s'épanchent, ils se sont épanchés pendant vingt ans. Après leur départ, je prenais des notes.

Elle laissa ses mains errer sur les dossiers devant elle.

– 5 000 cas. 5 000 esquisses de la véritable anatomie de la classe dirigeante anglaise. Le facteur décisif sans lequel le New London Regent's Park Zoological Garden ne serait jamais devenu une réalité. Je n'ai jamais exercé de contrainte sur personne. Mais je leur ai laissé subodorer, je leur ai rappelé fortuitement ce qu'eux-mêmes, ou leur mère, ou leur cousine étaient un jour venus me confier. Je leur ai laissé entendre qu'une pièce comme celle-ci pouvait exister. Par allusions. Auprès des investisseurs, du gouvernement. Comment croyez-vous qu'il a été possible de faire de ce domaine une *development corporation* en dehors des lois ? Obtenir l'aboutissement d'une semblable entreprise aurait normalement dû coûter des millions de livres. Mais de cette manière, c'est eux qui sont venus à moi. Et alors, alors seulement, moi et d'autres avons pu mettre en place les derniers morceaux du puzzle.

– C'est du chantage, dit Madelene. Tu es une terroriste.

297

Andrea Burden plissa les yeux.

– Les abattoirs anglais massacrent 200 000 bêtes chaque jour. Les dernières grandes populations d'animaux sauvages sont sur le point d'être exterminées. Ma conscience est blanche comme neige.

Elle tendit la main vers Madelene et Erasmus.

– Venez à nous, dit-elle. Surtout maintenant. Si le grand chaos ne survient pas aujourd'hui, il surviendra demain. Jusqu'ici nous n'avons eu barre que sur une minorité, une élite. Mais l'élite est insignifiante. Ceux qui gouvernent n'ont pas le pouvoir. Je le sais, je sais ce qu'est le pouvoir, c'est mon outil de travail. Ce ne sont pas les riches qui détruisent le monde, ils sont trop peu nombreux, ils ne comptent pas. C'est le commun des mortels qui est en train de ruiner la terre. C'est la petite fringale, la petite fringale de la ménagère, la petite fringale de l'enfant, la petite voiture du petit père multipliée par 60 millions en Angleterre, par 250 millions aux États-Unis, par 750 millions en Europe. C'est là que nous devons agir, que nous devons lancer une bombe. Le nouveau parc est le détonateur, vous pouvez nous aider en fournissant l'explosif. Venez, trouvons ensemble les pièces du ciel bleu.

Madelene secoua la tête. Andrea Burden regarda le singe.

– Là d'où je viens, dit Erasmus, tout ce qui fait bang nous rend trop... nerveux.

– Toi et ton espèce, vous serez exterminés, dit Andrea Burden.

– J'attendrai mon heure, dit le singe.

Il prit la main de Madelene, et ils partirent à reculons

traversant la pièce, passant devant les braises dans la coupe d'acier.

– Vous ne pouvez pas m'abandonner, dit Andrea Burden. Après la confiance que j'ai placée en vous. Nous avons besoin d'être soutenus.

A ses côtés se tenait Adam. Il tenait à la main une carabine.

Le singe s'arrêta, et regarda l'arme.

– Nous avons coutume, dit-il, nous avons coutume de dire que quand on croise un ennemi, il faut d'abord essayer de faire la paix. Si on échoue, il faut le charmer. Et si ça échoue, il faut l'ensorceler.

– Et si ça échoue ? dit Andrea Burden.

– Si ça échoue, dit le singe, il faut le détruire.

Un silence se fit dans la pièce. Il dura une minute, ou deux, ou trois. Adam Burden déposa son arme. Madelene et le singe reculèrent vers la porte. Adam les suivit, sans arme, mal à l'aise. Il s'arrêta devant le singe.

– Je voudrais… vous souhaiter bonne chance, dit-il.

Il se tourna vers Madelene.

– J'ai fini par comprendre que... que... c'est mieux comme ça. Toi et moi, ça n'aurait jamais pu marcher. Je n'aurais pu... le supporter à la longue. Il me faut quelqu'un de... de plus doux.

Madelene posa la main sur son épaule, un petit geste, mais empreint d'une grande tendresse.

– Alors, tu la trouveras aussi, dit-elle.

12

Le dernier matin fut torride. Le soleil brillait sur Londres comme à travers une loupe, et dans cette lumière désagréable s'éveillèrent la ville et sa population comme après une tentative de se soûler à mort. Ne sachant plus si le monde extérieur existait encore, ils commencèrent à se traîner hors de leurs maisons pour se trouver – comme c'est toujours le cas au sortir d'un délire – amenés à choisir entre la répétition des erreurs dont ils finiraient par mourir, et l'effort de rester à jeun.

A Klein's Wharf, Bally rentrait les pare-flancs de l'*Arche*. Seules deux amarres qu'il était sur le point de larguer le rattachaient désormais à Londres. Dans quelques minutes, il aurait laissé derrière lui la ville et les événements dramatiques des deux derniers mois. Jamais plus il n'y reviendrait, jamais plus il n'y repenserait. Il avait d'ailleurs commencé à ne plus penser du tout, mais quand il perçut sur le quai désert le bruit d'un moteur venant des entrepôts, il passa instinctivement la main par une écoutille pour détacher son fusil de chasse et réalisa qu'il était courbé en fer à cheval. Son assurance l'abandonna, et malgré lui il repensa au singe.

Le camion de Johnny s'arrêta. Johnny, Madelene et Erasmus en descendirent. Madelene et le singe serrèrent la main de Johnny, s'avancèrent sur le quai, et montèrent à bord de l'*Arche*.

Bally considéra son arme inutilisable. Il sentit une douleur sur le côté toujours enflé de son visage. Il comprit que la violence ne servirait malheureusement à rien, il pensa appeler la River Police sur ondes courtes, en invoquant un acte de piraterie ; il songea, pour la première fois depuis son enfance, à en appeler à la compassion des hommes.

Avant qu'il n'ait eu le temps d'agir, alors qu'il ne savait encore quel parti prendre, le singe étendit la main, prit l'arme cabossée, la redressa comme en soufflant dessus, et la jeta par-dessus bord.

– Nous espérons ne pas vous être à charge, dit-il. Nous avons apporté nos provisions.   .

Bally leva les yeux. Surgissant de l'arrière du mobile home apparut un singe, de la cabine avant trois autres, encore deux, puis sept, dix, onze, tous énormes, grands comme Erasmus, et même plus grands, revêtus de gilets de sauvetage, de cirés et de suroîts, et portant des caisses et des sacs de marin.

– Je vais vous aider à larguer les amarres, dit Erasmus.

Au moment où Erasmus saisissait les cordages, où Bally, raide comme un automate, mettait le moteur en route et débordait du quai, où les onze autres singes se distribuaient à bord pour contrer la gîte, Madelene disait adieu à Londres et à Johnny. Et juste comme elle levait les bras en l'air, elle ressentit un mouvement qu'une femme enceinte pour la première fois ne peut normalement identifier, mais qu'elle sut immédiatement, sans l'ombre d'un doute, être celui de l'enfant, de l'enfant d'Erasmus, roulis du petit poisson encore frêle dans l'océan du liquide amniotique.

Erasmus revint du gaillard d'avant, et Madelene prit sa main en levant les yeux vers le ciel.

– Les dernières pièces du puzzle, dit-elle, ce n'est pas seulement du ciel bleu. C'est un ange.

– Qu'est-ce qu'un ange ? demanda le singe.

Madelene secoua la tête.

– Je ne l'ai jamais bien su, dit-elle. Peut-être bien pour un tiers dieu, un tiers bête, et un tiers homme.

RÉALISATION : I.G.S. CHARENTE-PHOTOGRAVURE À L'ISLE-D'ESPAGNAC (16340)
IMPRESSION : S.N. FIRMIN-DIDOT AU MESNIL-SUR-L'ESTRÉE (EURE)
DÉPÔT LÉGAL : SEPTEMBRE 1998. N° 30160 (43809)